講談社文庫

ストレンジ・デイズ

村上 龍

講談社

目次

ストレンジ・デイズ

『ストレンジ・デイズ』ドアーズ

春は嫌いだ。と反町公三は思った。

毛虫に刺されたのもオフクロが十二指腸潰瘍になって入院したのも懸賞で当たったペレのサイン入りサッカーボールを失くしたのも自転車で坂道を下っていて犬の死骸にハンドルをとられ白菜畑まで飛んで転がり目の下に傷をつくったのも上級生に体育館裏に呼び出され殴られた上にオヤジに買って貰ったばかりのシェーファーの万年筆をとられたのもたて続けに受験に失敗したのもハシシで警察にパクられたのも初めてうつ病といううっとうしい病気になったのも季節は全部春だった。そして、今も春だ。窓ガラスの向こうに雨が降っているのが見える。桜の花びらが何枚かガラスに貼り付いていて反町公三の家の庭には桜の木がないからどこか他の家か並木のある表の通りから飛んできたものだろう。本の形をしたカミュのコニャックを飲みながら、反町公三は窓ガラスに映る自分の顔を眺め、春に起こったイヤな出来事の一つ一つを思い出して、それでも今のこの状況が最低なのではないかと考えた。本の形のカミュのボトルにはルノワールの絵が描かれている。高い酒だ。銀座のクラブでボトルとして置いたら二十万は下らないだろう。だが、まったく味がしない。相当飲んでいるせいもあるのだが、高級なものとか有名なブランドとかとにかくありとあらゆるものに興味がなくなってしまった。冗談のような、突然の脱力と圧倒的な徒労感、このカミュのボトルは家族旅行の際にシドニーの免税店で買ったものだ。あのオーストラリア旅行から帰って来てまだ一ヵ月も経っていない。仕事がうまくいかないわけでもなく、日本の主にアイドル系のバンドやシンガーを西日本にプロモートするという反町公三の会社は社長抜きで今まで通りに回転している。反町公三が圧倒的な徒労感に襲われてあらゆる病院を訪れ別にどこも悪くないと言われ続けていた頃、女房も十一歳になる娘もまだこの家にいていろいろと優しい言葉をかけてくれていた。彼らが家を出て行ったわけではない。反町公三が頼むから実家へしばらく戻っていてくれと説得したのだった。幸いにして娘の通う私立校は実家からの方が通学に便利だった。一人でこの家にただ籠るだけになって一週間が過ぎようとしている。反町公三がまずとりかかったのは横浜と東京の境目にある4LDKの自宅を徹底的に掃除することだった。家具を全部どけて絨毯を専用の洗剤できれいにすることから始め、食器棚の中のバカラやボヘミアのグラスも一つ一つ磨きあげた。その作業は四日間で終わり、あとは別にすることがなくなった。アスレチック・ジムに行ったりテニスコートに出たりゴルフの練習場に行ったりした後、酒を飲み始めた。二階の寝室まで階段を上るのも億劫になりソファで眠るようになった。同じように桜の咲く頃に、似たような倦怠感に囚われてうつ病と診断されたことがあったが、あの時は逆に仕事をどんどん増やして治った。今は、仕事をする気もしないし、様々な症状を見た医者達もうつ病ではないと言った。病名などいつも自分とは関係がないのだ、と反町公三はカミュでしびれた頭で考える。脱力感と徒労感はあるが、何をする気も起きないというわけではない。目の前のあらゆるものに興味を失くしただけで、どこかに何か新しくて具体的なものがあれば今すぐにでも立ち上がって走り出すかも知れないのである。きっかけと言えそうなのは、一枚のCDだった。それは『セサミ・ウェスト』というバンドの新しい見本盤で、ジャケットにはごままんじゅうがイタリア未来派のタッチで描かれてあり、LAでの録音、テレビドラマの主題歌、初夏にコンサート・ツアーあり、みたいなことがキャッチ・コピーとして書いてあった。『セサミ・ウェスト』は確実に三十万枚を売る人気バンドで、ラテン・ヒップ・ホップとでも言うべき八人編成、過去二回反町公三のプロモートで西日本で大規模なコンサート・ツアーを行ったことがある。自宅に送られてきたその見本盤を反町公三はそうしようという明確な意志がないのに一度も試聴することなくビニールの封も解かずにゴミ箱に捨てたのだった。金属製のゴミ箱で他に何も入っていなかったのでカチンという硬い音がした。『セサミ・ウェスト』は扱うバンドの中ではどちらかというとまともな方だった。もっとひどいバンドは本当に彼らのCDに火を放ちたくなるほどたくさんある。バンドのリーダーはクロというニックネームの気のいいドラマーで何度も一緒に酒を飲んだことがあって親しくしていた。それ以来、整理、と称して反町公三は応接室の壁面を占拠していた自分のCDやカセット・テープ、昔のレコードを含めて、捨て始めた。最初は一枚、二枚と、これは『セサミ・ウェスト』よりも明らかにひどいと思われるものを、オレはいったい何をしてるんだろうと自分自身を不審に思いながら捨てていったが、そのうち手あたりしだいに段ボール箱に詰め、レコード盤を割り始めた。どうしてこんなことをしているのか自分でもわからないからお前らがどうしても取っておきたいと思うものを今のうちにどけて自分の部屋に持っていってくれ、と女房と娘に言った。二十数枚はあったウィンダム・ヒルのレコード盤は割るだけでは足りなくて庭の隅にある焼却炉の中で燃やした。クラシックのレコードとCDは段ボールに詰めてクローゼットの中に押し込んだ。そして、十五枚のCDが残った。懐かしのロックの名盤といったものばかりで、昔確かによく聴き込んだものばかりだが、どうしてその十五枚だけを捨てずに取っておこうとするのか自分でもわからなかった。『セサミ・ウェスト』を何気なく捨てた時から、何かが始まっていて、それは、誰かに操られている、もしくは誰かに導かれているといった催眠術や新興宗教めいたいかがわしい何かだったが、不思議なことに不安感がなかった。反町公三は小さい頃からずっと健康で漠然と不安で眠れなくなるといったような経験はない。ただ、ある時期、それはいつも春だったように憶えているが、テーマのある不安に襲われてうつ状態になることがあった。嫌いな教師だったり上級生の不良グループだったり、時には戦争という概念だったりした。浪人時代から美術大学に通う頃にかけて福生や横須賀にたむろする悪い連中と付き合うようになり、現在のプロモーターという仕事もその当時のコネクションがもとになっているのだが、ＬＳＤやメスカリンなどの向精神薬にのめり込んだ。体調が悪い時や量を多く摂りすぎるとＬＳＤは一時的な精神分裂状態になる。症状は個人差があるが、反町公三の場合は強烈な疎外感があってひどい時には恐慌状態となり手首を切ろうとしたり壁に頭を打ちつけたりビルの屋上から飛び降りようとして友人に押さえつけられることもあった。何度も恐ろしい目に遭い、会社を始め、家庭を持ってからは自然にドラッグから遠ざかった。直接的な後遺症、つまり神経の回路が偶発的にＬＳＤを服用した状態になるといったようなことはなかったが、恐慌状態のフラッシュバックに怯えて、意味なく不安になることはよくあった。それが長く続くとうつ病と診断されたのだが、今の状態はそれとははっきり違う。

不安感がないのだ。

反町公三はカミュを飲むのを中断しシャワーを浴びた。熱い湯がからだに当たった瞬間何か別の生きものが自分の皮膚を食い破って外に飛び出てくるようなイメージを持った。そういうシーンのある有名なＳＦ映画があったがタイトルを思い出せなかった。髪にシャンプーを流し込み泡立てている間、その映画のタイトルを思い出そうとしたが、頭で言葉を捜そうとしても記憶力が呼び起されないような妙な感じでまったく何も浮かんでこなかった。記憶を甦らせるためには脳だけではなく全身の細胞が必要なのではないかと反町公三は思った。要するに反町公三のからだはそんな映画のことなどどうでもいいと判断しているのだ。泡を洗い流していて、何か別の生きものが皮膚を食い破って出てくるというイメージが恐怖や不安を伴っていなくて、むしろ健康的に感じたことに気付いた。変だなあと、反町公三は呟いて、苦笑した。ひょっとしたら、オレは生まれ変わりたいと思っているのではないだろうか？

「ああ、ちゃんと食べているよ、心配しないでくれ」

シャワーの後、女房に電話した。初め娘が出て、後で女房と話した。娘は新学期が始まって好きだった男の子とクラスが別々になってしまったと嘆いた。それでわたしまったく元気がないんだけどパパも今のわたしと似たような感じなんでしょ？　そういうことを言われると今までだったら何て可愛い奴だろうと脳と心臓の両方の中心から微笑みの波が自然に広がっていったものだが、反町公三の中にいる別の生きものは娘の声と訴えと気遣いを完全に無視してしまった。ちゃんと食事はとってるの？　と女房は聞いた。心配しないでくれ、と反町公三は答えた。

「外食する気はしないし、家で自分で作る気もないから、この一週間よくコンビニへ行くんだ、そこでおでんとか肉マンとかを買って、食べてるよ」

「あの、駅の裏手にあるファミリーマート？」

「いや、あそこはパーキングもないし、何か店の中がゴチャゴチャしてるから、一度行ったけど好きになれなかった」

「じゃどこよ、四丁目の自転車屋の角にあるやつ？　あれはセブン‐イレブンだったかしら、あそこ？」

「違う、少し車で走るんだ、東名の川崎インターを過ぎて、ペットショップの前を左に曲がって、そこはパーキングがとても広いんだよ」

「あんなところにコンビニあった？　まあいいわ、わたし達いつ頃戻れそうなの？」

「別にどこが悪いというわけじゃないしね、酒もそんなに飲んでいない、もうしばらくだと思うよ、こういうのも一種の厄年なんだろうな」

「仕事の方はどうなの？」

「今年の夏までのブッキングは終わってるから会社に行ってもオレはスポーツ新聞を読むだけなんだよ」

「早く治ってよ、まあ、父も母も急に孫と一緒で喜んでるけど、わたしも妙に気を遣っちゃって疲れるから。そこは、あなただけの家じゃないのよ」

「わかってるよ」

「きょうはこれからどうするの？　寝るの？」

「いや、コンビニに行って少し漫画を立ち読みしてから、おでんとマカロニサラダと鳥のスモークを買おうと思ってるんだ、そこは『ゴルゴ13』を一巻から全部そろえてるんだよ」

「あなた」

「何？」

「浮気をしてるんじゃないわよね」

「違う」

電話を切り、簡単な着替えをして、細かい雨が、降るのではなく漂っているような春の夜の住宅街にメルセデスを走らせた時、思い出せなかった映画のタイトルが水滴が貼り付いたフロントガラスに重なって浮かび上がった。

エイリアン。

コンビニエンス・ストアのパーキングには荷台にキャンバス地の幌をかけた大型トラックが停まっていた。細かい雨で灰色に煙ったパーキング・スペースには灯りらしい灯りがなくトラックは店の内部から洩れる弱々しい光にところどころを照らし出されフロントガラスには店名を印したグリーンとオレンジのネオンが映っていてまるで傷を負った太古の巨大生物のように見えた。こんな感じの生物が、と反町公三は思った。オレの皮膚を食い破って外に飛び出てくると面白いな。

店に入り蛍光灯に照らされた果物を一つ一つ眺めながらプラスチックのカゴを取ると、青白い顔の店員二人が、いらっしゃい、と言った。レジの横には規則的に区切られたおでんの鍋があり妙な形の湯気が立ち昇っていてその形が何に似ているか考えようとしてすぐに止めた。反町公三はズボンの右のポケットに入っているはずの財布を確かめた。二度ほど財布を忘れたことがあったからだ。財布と一緒に四角い硬いものもあって取り出して見るとカセット・テープだった。ケースには『ストレンジ・デイズ』とボールペンで書いてあった。オレの字だ、と反町公三は思った。捨てたり焼いたり箱詰めにしたりしないで残した十五枚のCDのうちの一つをテープにダビングしたものだった。部屋の掃除や整頓がすべて終わった後に何にもすることがなくなって反町公三は残した十五枚のCDをDATやカセット・テープにダビングし始めた。なぜダビングしようと思ったかはわからない。十五枚のCDを、ただ聴くというのがいやだったのかも知れない。音楽を聴いているのではなく、ダビングという作業をしているという風にしたかったのかも知れない。『ストレンジ・デイズ』のオルガンのフレーズをハミングしていると急に冷奴が食べたくなってせんべいやスナックのコーナーを過ぎインスタント食品とレトルト食品の棚を回って豆腐のおいてある半冷蔵棚に向かっている途中、その女に出会った。女は反町公三とほぼ同じ背の高さでジーンズの上下を着て編上げ式の踵の低いハーフブーツを履き、赤く染めた髪を右耳の横で上手に束ねていた。女は缶コーヒーの半ダースパックと透明な容器に入った卵とハムのサンドイッチを両手で抱えて一瞬反町公三の方を見た。その目は僅かに充血していて、反町公三は、あのトラックのドライバーに違いないと思った。長い時間あの負傷した古代生物のようなトラックを運転して目が疲れたのだろう、と。

こんばんは。

気付いた時にはもう話しかけていた。あまり相手を見ることなく、笑顔もつくらず、まるで無人島で一ヵ月ぶりに出会った人間、という感じで話していた。女は声を出さず、顎を軽く動かして応じた。

「表の大きなトラックはあなたのですか？」

滑らかに言葉は出てきたが、心臓はドキドキしていた。家に戻ったら吐くかも知れないと思った。

「そうだけど、何か？」

女は、ヘッドライトが点けっ放しだとか、荷が解けかかっているとか、そういうことを注意してくれようとしているのかな、という感じで言った。形のいい頭蓋骨に少しの筋肉と薄い皮膚が貼り付いただけという顔、化粧はほとんどしていなくて、唇の左横に本当に小さなほくろがあった。

「突然話しかけて本当に失礼なんだけど」

そう言って、反町公三はポケットからカセット・テープを取り出した。

「これは、ドアーズという昔のロック・グループのテープなんです」

それがどうしたんだ、という目で女はテープと反町公三を交互に見た。

「わたしは音楽関係の仕事をしているんだけど、最近自分の仕事に自信が持てなくて、このテープの他に何本か、それを除いて、あとのレコードやCDを全部捨ててしまったんです」

こいつ頭がおかしいんじゃないか、女はそういう目になった。

「ドライブしながらこのテープを聴いて欲しいんだ、そして、もしもう一度この店で偶然にでも会ったら、気に入ったかどうか聞かせて欲しいんだけど」

女はしばらく黙っていた。

「それ、あたしにくれるっつうわけ？」

反町公三はうなずいた。女は透明な容器入りのサンドイッチを脇にはさみ、手をのばしてきた。反町公三はテープを渡した。

「ドアーズ？ 何かで聞いたことあるよ、実際の曲は知らないけど」

六曲目に、「ムーンライト・ドライブ」という曲がある、と反町公三はプラスチックのカゴに絹ごし豆腐を入れながら言った。

「世界最高のラブソングだとわたしは思っている、ちょっと恥ずかしいけど、ジム・モリソンという天才が、月まで泳ごうぜ、と歌っている、波を越えて、夕闇の中に沈み、アホのように眠っている町なんか置き去りにして、月まで泳ごうぜ、みたいな歌詞だった、よく憶えていないけど、確かそういう歌詞だったと思う」

緊張のあまりこめかみが痛くなった。反町公三は女の視線に耐えられなくてカゴの中の絹ごし豆腐を見た。その、白く四角いものが何なのかまったくわからなかった。手造り本豆腐と容器に書いてあってその文字を何度も読んだがそれが何なのかわからなくなっていた。

あ、思い出した、と女が言った。

「ドアーズって、映画なかったっけ？」

あったが映画は最低だった、と反町公三は足が震えださないようにひざをすり合わせて緊張に耐えながら言った。

「なんであたしにくれるの？」

女がそう聞いて、あんな大きなトラックを運転しながらこういう雨の夜に『ストレンジ・デイズ』を聴くといいだろうなあ、と思ったんだ、と反町公三は答えた。

「でももう一度会えるかどうかなんてわからないよ」

女は手の中でカセット・テープをクルクル回している。会ったら気に入ったかどうか聞いてみたいけど会えないならそれもしようがない、と反町公三は言った。

じゃ貰うよ、と女は言って反町公三から遠ざかり、レジで支払いを済ませて、雨の中をステップを踏むように走り、平均台に乗る体操選手のようにトラックの運転席に滑り込んだ。やがて地響きに似た音が鳴り店のガラスが震えた。ライトが点き、ワイパーのゴムがガラスをこする音がして、トラックは走り去った。反町公三はじっとその様子を店の中から眺め、喉をカラカラに渇かせて長いことそのまま立ちつくしていた。

『ホワイト・ライト・ホワイト・ヒート』ヴェルヴェット・アンダーグラウンド

次にいつあのトラック・ドライバーに会えるだろうとそのことだけを考えて反町公三は憂鬱な春の昼と夜を過ごした。どしゃ降りの雨を巨大な車体とワイパーではね返しながら彼女が『ストレンジ・デイズ』を聴いているところを想像しながら自分も『ストレンジ・デイズ』を聴き、次に会える時にはどのバンドのカセットを渡そうかとそればかりを考えた。ヴェルヴェット・アンダーグラウンドに決めた。『ホワイト・ライト・ホワイト・ヒート』ヴェルヴェットに限らず十五枚手許に残したレコードを聴いていた頃は、反町公三にとって奇妙に充実しているように錯覚していた時期だった。六〇年代の終わりから七〇年代の初め、何もすることのない暑く気怠い夏。女の部屋、狭くて、夏なのに隅に石油ストーブのあった女の部屋、女はいろいろいていろいろな名前がついていたが一様に田舎の出身で意味のない自信を持ったセックスしか能のない痩せぎすのからだの持ち主ばかりだった。そういう女達とはほとんど一日中セックスしていた。部屋の中はエアコンがなくて常に何かが腐っていたような記憶がある。リンゴとか挽肉とか魚の切り身とか、腐りつつあるものが傍にあっても何も思わなかった。女達はちょっとした麻薬とかインドの宗教とかモロッコの楽器とか中国の香かに凝っていてセックスをする前やした後に裸のままでさまざまな儀式を行った。汗やその他の分泌物で湿ってすっぱい匂いのするシーツの上から反町公三は女が何か呟いたり目を押さえたり笛を吹いたりからだをくねらせたりするのを見ていた。そういう部屋には常に今手許にある十五枚のアルバムのうちのバンドの音楽が鳴っていた。希望がなく退廃して堕落しているような状態、それをある種の充実だと錯覚していたのである。今はその頃に何もなかったのがよくわかる。何もなかったというより必要としていなかったのだ。退廃も堕落も希望も充実も、反町公三だけではなく、しかもあの頃だけではなく、必要とされていなかった。おかしいな、と反町公三は思った。こんなことを考えるのは初めてだ。オレに何が起こったのだろうか？　中に何か別の種類の生きものがいて、いつかそいつはオレの皮膚を食い破って外に飛び出してくる。内臓と内臓の隙間でそいつは成長している。そういうイメージを初めて持ったのは確かきのう女房と娘に電話する前にシャワーを浴びている時だった。だがそれは以前からあった漠然として曖昧なものがたまたまイメージとして像を結んだという感じだった。オレの中にいる別の生きものが送ってきた信号に初めて気付いたのかもしれない、と反町公三は思った。そいつが何かをオレに伝え続けている。それは今オレのまわりにあるすべてのものが嘘だということで、しかも嘘だということでそれを攻撃したり破壊したりする必要もないということだ。まわりは嘘だらけだがそれは別にたいしたことはない、大切なのはどっちかと言えばオレの中にいる別の生きものの方で、映画の『エイリアン』シリーズの最後では、主人公のシガニー・ウィーバーが自分自身と共に生きものを殺してしまったが、オレの場合はそれを殺してはいけない、というより、その、別の生きものだけがオレを発狂とか自殺から救っているような気がする、と反町公三は思った。

反町公三はヴェルヴェット・アンダーグラウンドを聴き続けた。あの、トラック・ドライバーに会った夜以来、雨が降っていない。あれはきれいな雨だった。雨の降る夜でないとトラック・ドライバーには会えないような気がする。買いものは他のコンビニエンス・ストアで済ませるようにした。カセットをポケットに忍ばせて出かけていって彼女に会えないことが恐かったのである。ヴェルヴェットを聴く以外に何もしなくなってから四日目の夜に、ルー・リードの声に他にはない魅力があることに気付いた。ヴェルヴェットの魅力は、その反社会的な歌詞や暴力的なサウンドではなく、ルー・リードの声にあることがわかった。そのことをあのトラック・ドライバーに伝えたくて、いても立ってもいられなくなり、すぐに車に乗り込みそうになったが、雨が降るまで待たなければいけないと自分に言い聞かせた。

雨は強い風と共に六日目にやって来た。雨ではなく透明な虫の大群のようだった。夜になるのを待って、反町公三はメルセデスのシートに飛び込んだ。車を発進させた瞬間、何か黒いものが転がってきてメルセデスのフロント・ノーズがそれをはねとばした。柔らかなものの感触が伝わってきて反町公三は子供をはねてしまったと思いぞっとして車を停め、雨の中に出た。それは道路の端に転がっていて、よくアメリカ映画のクリスマスのプレゼントに使われるような動物のぬいぐるみだった。ヘッドライトのあたる場所まで引きずってみると、それが灰色に汚れた白熊のぬいぐるみだということがわかった。幼稚園児の背丈ほどもあるそのぬいぐるみがどこから飛ばされてきたのだろうと反町公三は考えた。轢き逃げをしたような気になってしまって何となく放置しておけなくて白熊を助手席に乗せた。ちょうど右側のスピーカーをぬいぐるみの顔がふさぐことになって、ヴェルヴェットのテープをかけると白熊がルー・リードの声で歌っているような感じになった。右手を伸ばして白熊の口を動かしてみて、反町公三は本当に久し振りに声を出して笑った。

「何となくこういう雨の夜に、またあなたに会えるような気がしたんだ」

卵サンドとコーヒー牛乳を小脇に抱えて雑誌を立ち読みしていた彼女を見つけて、反町公三はそう言った。女は、「アンアン」の、化粧品の広告ページを開いていた。

「あの音楽はなかなかよかったよ」

そう言って笑顔を見せたので、反町公三の緊張が少しゆるんだ。女は、「アンアン」を雑誌のスタンドに戻した。

「いつも卵のサンドイッチを食べるんだね」

籠の中に視線を落してそう聞いた。

「何を食べようかって考えるのは面倒じゃない、それより、あなたは何をしてる人なの？」

興味を持たれたことで反町公三は気分が高揚したが、何をしている人間なのか自分で一瞬わからなくなった。

「さっき白熊のぬいぐるみをはねたよ」

そう言うと、彼女は、やっぱり少し変な奴なのかな、という顔になった。

白熊の？　ぬいぐるみ？

「風が強いから、どこからか飛んできたんじゃないかと思うんだ」

しかし本当にぬいぐるみが飛んでくるだろうか？　台風でもないのにそんなものが飛ぶだろうか、オレは一体何を言っているのだろう、何とか自分ではなくて中にいる別の生きものが喋りだすってことができないものだろうか、その生きものは地球の言葉が、日本語が喋れるだろうか？

「わたしが言ったのは、職業のことなんだけど、いや、ファッションがね、一人でこういうところに来るような人には見えなかったし」

彼女がそう言って、反町公三はこの春に起きた複雑な事柄を全部話したいという気持ちに駆られた。だが彼女は卵サンドとコーヒー牛乳を買いにここに立ち寄っただけなのだ。

「ぼくは音楽のコンサート関係の仕事をしているんだけど」

音楽のコンサート関係と言った後で自分で吹き出しそうになった。この先オレはまたあの仕事に戻るのだろうか？　あの仕事に戻る、そう考えただけで、腐った肉を食べてしまったような気分になった。

「どんな音楽？」

そう聞かれて、答えた。

「腐った肉のような音楽だけどね」

腐った肉と聞いて、彼女は眉を寄せ唇を尖らせた。

「自分で、好きじゃない仕事をやってるわけ？　ま、そういうのもありだろうからわたしの知ったことじゃないけど」

彼女は楕円形の小さな顔をしている。一度会うと絶対に忘れないというタイプの顔ではない。手足は細いが強そうだ。この前会った時とは違う、えんじ色のジーンズの上下を着ている。無造作に髪を後ろに束ねて、明るいブルーのリボンで留めている。さっきはなぜ化粧品の広告ページを眺めていたのだろうか？　化粧品に興味があるようには見えない。

「最近、なぜだかわからないんだけど突然嫌いになったんだ」

と言いながら、反町公三はポケットからヴェルヴェット・アンダーグラウンドのカセット・テープを取り出した。

「あら、またテープをくれるの？」

彼女は唇の端を少し動かして微笑みを作った。今度は何？

「ヴェルヴェット・アンダーグラウンドというバンドだけどね、ルー・リードという天才がやってたバンドで、彼はとてもいい声をしてるんだよ」

そう言いながらカセット・テープを手渡した。彼女は、ありがとう、と言って、レジへ向かいかけた。今夜はちょっと長く走らないといけないからね、と、反町公三の方に振り向いた。どこまで行くんだ、と聞きたかったが止めた。彼女が目の前から去って行った寂しさのせいだった。手を振りながらまた彼女は巨大なトラックに乗り込み、すぐにエンジンをかけた。排気ガスがあたりに白く立ち籠め、ヘッドライトが虫の大群に似た雨を映し出し、あらゆるものが震え出すようだった。鉄道のレールを連想させるバンパーが銀色に輝き、タイヤのゴムが地面をこする音が聞こえて、トラックはゆっくりと道路へバックで出て行き、ハザードライトの点滅がまるで宇宙船のようだと反町公三が思っているうちに、あっという間に遠ざかっていった。トラックがいなくなって、ただ雨が降っているだけのパーキングを眺めていて、反町公三は、声に出さずに、早く出てきてくれ、と呟いた。自分の中にいるはずの別の生きものの、恐らく幼虫に向かって呟いた。

自宅に戻っても何もする気になれず、時計を見ると深夜の十二時で、この時間うろつける場所と言えば、コンビニ以外にはレンタル・ビデオのショップしかない。バーとかスナックとかラーメン屋とかそういうところには行く気がしない。別の生きものが自分の皮膚を食い破って出てくるのを望んでいる人間が人の集まるところに行きたいと思うわけがない、人がちょっとした用事を済ませに立ち寄るところに行きたいだけなのだ。

街に四軒もあったレンタル・ビデオ屋は、一軒だけになっていた。ドアーズのドキュメンタリー・ビデオを捜したが、なかった。観たい映画なんか何もない。タイトルもろくに見ないでただビデオの並ぶ棚の間をゆっくり歩いていると、小柄な老人に話しかけられた。

「あんた、北海道に、馬を買いに行った人じゃないかね?」

老人は、ひどく顔が小さくて、足はもっと小さかった。よくこんなに小さな革靴があったなと驚くほど小さなデッキシューズを履いていた。白のワイシャツに紺色のベスト、草色の作業用ズボンの片方のひざのあたりに、黒い染みがついていて、反町公三は最初血だと思った。だがそれはすでに乾いていて、何か油のようなものだろうと思い直した。

「馬?」

トラック・ドライバーの彼女以外に他人と話したのは久し振りだと思いながら、聞き返した。

「わたしの友達の息子が言ってたんだ、そいつとは昔からの知り合いでね、友達があまり家庭的な男じゃなかったんで、わたしがそいつを子供の頃からよく遊びに連れていったんだ、だから今でも本当によくなついているんだけどね、でもそいつは今あまりこういう場所では気軽に口にできない仕事についてしまっているんだよ、え？　ヤクザかって？　違う違う、あんたこの世の中にヤクザ以上に悪い連中はいないと思ってたらそれは子供のような間違いだよ、でもそいつが何をしてるかっていうことはわたしの口からは言えないのさ、そう、よく口が裂けてもって言うけど、口が裂けて顔の皮がベロンと逆さに剝けてもそいつの仕事だけはわたしは喋れないんだ、それはカンベンしてくれ、でもね、そいつは普段はとても礼儀正しくて、気持ちも優しい奴でね、一ヵ月に一度くらいわたしの家に遊びに来てくれるんだよ。遊びに来るっていったって、まあ、二、三十分、コーヒーを飲みながら話すだけだけどね、そいつは先週も来たよ、そいつはやたらに胴体の長いアメリカの車に乗ってるんだけどね、そいつが言ったんだよ、オレの友達がこの不景気な時世にやたらに金回りがよくて北海道に馬を買いに行ったんだって、今はあんた、イギリスとかで何億と払うより北海道の方がよほどいいサラブレッドがいるらしいねえ、で、そいつは言うわけだよ、それも一頭や二頭や三頭じゃねえってね、何でも二十頭くらいまとめて買いに行ったそうなんだ、馬を二十頭まとめて、しかもそれもサラブレッドだよ、どんな奴だろうと思ってその人のことを詳しく聞いたんだよ、背格好とかね、人相とかね、そしたらその人がほら今目の前にいるじゃねえか、それでわたしはびっくりして声をかけたのさ、でも、反応を見るとどうやら人違いらしいね、いきなり声をかけてすまないことをした、謝るよ」

そう言って老人は、よく時計の中に入っているぜんまい式の人形のようにペコリと腰を九十度に折って謝った。その仕草が今時珍しいものだったので、反町公三は、馬は買いに行ってないけど、と言った。

「白熊を拾った」

老人は、白熊のぬいぐるみが風で飛んで来たエピソードを興味深そうに聞き、二人はそれがなぜ飛んできたのかというさまざまな仮説を考えて楽しんだ。その中で最も説得力があったのは、汚くなったぬいぐるみを洗って物干し台に干している間に、それが強風で飛ばされた、というものだった。別れる時に老人は名刺をくれた。電話番号と住所と名前だけの肩書きのない名刺、有名な人なんですか？　と反町公三が聞くと、今、無職なものでね、と老人は答えた。ヒマだったらぜひ訪ねて来てくれ、その、胴の長いアメ車に乗ってるやつが来るのはたいてい土曜日の昼間なんだ、そいつもあんたに会えばびっくりするんじゃないかな、だって、その馬を買いに行ったって人の面相に本当にそっくりなんだから。老人がレンタル・ビデオ・ショップを出て行ってから、反町公三は、まるでおとぎ話の主人公のようだったな、と思った。娘と一緒にたまにやるテレビ・ゲームにもよく出てくるような老人だった。ゲームのヒーローに黄金の剣とか秘密の鍵とか暗号を教える、街の深くに潜んでいてなかなか出会うことのできない老人。馬を買いに行ったという話もなかなか興味深いものだった。しかしどうして足があんなに小さいのだろう、と考えながらビデオの棚の間を歩いていて、アダルト・ビデオのコーナーの旧作を超安値で売ります、と書かれた紙の右上に、そのビデオがあって、反町公三は心臓に痛みを覚えた。タイトルは、『濡れすぎてごめんなさい』。ジャケットで白衣のすそをはだけている女が、あのトラック・ドライバーにそっくりだったのだ。

『ヴードゥー・チャイルド』ジミ・ヘンドリックス

反町公三はそのアダルト・ビデオをすぐ棚に戻し二度と見ずに夢遊病者とロボットを合わせたような動きで裏に停めていたメルセデスに乗り込み雨がフロントガラスを叩いているというのにワイパーをかけるのを忘れたまま自宅に戻った。その女の名前だけは目に焼きついてしまっていた。同じように桜が雨と風に飛ばされる頃、警察が捜査令状と逮捕状という古い書体の紙をヒラヒラさせて実家に上がりこんで来た時にも、今のようなショックは受けなかった、と思った。トラック・ドライバーとは全然関係ないことがアトランダムに次々と頭に浮かんできて、それがどういう理由によるものかわからなかった。例えば、会社に今年入ったばかりの佐藤君子という短大出の女の子がいてその女の子の歯茎の色がひどい紫色で若いのになぜそんな歯茎になってしまったかということを会社設立時からずっと一緒にやっている松田という今は専務の肩書になっている三歳年下の男と四谷にあるバーで三時間笑いながら話したこととか、昔関西に受験に行った帰りに大阪駅の北か南か忘れたがフラフラ歩いていて髪をオレンジ色に染めたおばさんに誘われ付いて行ってベニヤ仕切りの二畳もない腐った野菜の臭いのする部屋でシックスナインをやらせてくれと頼んだらペニスを指で弾かれて、何かののしられたこととか、都内から帰って来る時東名の川崎インターの料金所のおじさんが見ていた漫画雑誌の右半分のページが女のからだの形に切り取られていたとか、脈絡のない記憶が、澱んだ水溜まりの泡のように、次々に浮かんできて、ちょうど泡が消えるように一瞬にして消えた。そういう状態がずっと続く間、反町公三は濡れた髪や顔も拭かずソファの横に指を動かすこともなく、ただ立ちつくしていた。しばらくすると、なぜそういう意味のない記憶が次々に浮かんでくるのかがわかった。無意識のうちに、ショックを受けた対象のことを考えないようにしていたのだ。あまりに意味がないので本当に吐気を催してくるとアトランダムな記憶の種が尽き、やがて自分でも驚くほどの、発狂してしまうのではないかと恐くなるくらいの、嫉妬が襲って来た。肉体が焼けるようなジェラシー、なんて毎年プロモートするゴミのような女性バンドの歌にあったな、と反町公三は思って、無理に笑顔をつくろうとしたが頬の筋肉がつねっても感じないほど硬く冷たくなっていて、ぞっとした。熱く焼けた金属を呑み込んでしまったような感じで、目まいがしてソファに坐り込み、思いきり歯を噛みしめているのに気付いて顔の力をゆるめようとしたが、できなかった。最も苦しかったイメージはあのトラック・ドライバーが床にひざまずいて一人の男にフェラチオをしもう一人の男に後ろから犯されるというものだった。ほとんど自分の生きのびていく希望と化している女が他の男によって道具のように扱われている、ということ、反町公三は昔酒場でよく笑いながら聞いた誰それが別れると言ってきた若い女の髪の毛を泣きながらハサミで切ったとか出て行こうとした女を包丁で刺したとかいう話を思い出し今あのトラック・ドライバーが事故で死んでくれればどんなに楽になるだろうと考えた。マーテルのコニャックを、酔うためではなく気分を強くするために一口だけ飲み、粉々になったプライドを辛抱強く拾い集めて、彼女の死を願うのは止めよう、と決めた。あのトラック・ドライバーはまだお前にとって何者でもないじゃないか、と自分に言い聞かせた。あの女はたぶん自分にどれだけ価値があるのかわかっていないんだ、だからほんの僅かな金のために、きっとオレだったら今すぐにでもプレゼントできる金のために、知らない男達に道具のように扱われてその様子をビデオに撮られることもOKしてしまった。自分の胸やお尻、からだ全部に一般的なそして抽象的な価値があることを知らないためオレにとってはこの地球全体と同じくらいの価値さえあるのにそのことを知らない。オレに何ができるだろう？　オレにできることと、あの女にとってこれから絶対に必要なこと、それが同一であるようなことを考えなくてはいけない、いいか、それは簡単なことじゃないんだぞ、それを考えるんだ、考え抜いて脳みそがスポンジのようになるまで考えるんだ……そういうことを反町公三はずっと一人で呟いていた。その夜は一睡もできなかった。

眠れなくて、疲労のために精神状態はどんどん悪化した。誰かと話さなくてはいけない、と思ったが、家族は論外で、会社の人間なんかその名前と顔を思い出すのもイヤだった。住所録を何百回と「あ」から「わ」までめくり、名刺ホルダーを二時間近く眺めたが、今、話ができそうな人物は誰もいなかった。怪物を自分の中に飼っていると感じてからの反町公三は、以前とは別人になってしまっていたからだ。誰かいるような気がして、もう一度住所録をめくっているうちに、それがあの老人だと気付いた。足が異様に小さかった、レンタル・ビデオ屋で会った老人、雨に濡れたために皺の寄った名刺がポケットに入っていた。

田崎神平。

午前十一時になるのを待って、反町公三は電話機のボタンを押した。何だよ、と、不機嫌そうな声が聞こえた。地底深くとか地獄の底からとか、そういう古い表現がぴったりの声だった。それほど不機嫌そうな声を今まで反町公三は聞いたことがなかった。

「あ、すみません、昨夜レンタル・ビデオ・ショップで会った者ですが」

そう言うと、田崎神平の声が変わった。

「何だ、わたしが馬の件で間違えた人か、本当に早速電話をくれたんだね?」

田崎神平の声は本当に劇的に変わってしまった。お通夜からバースデイへ、などという古くさい表現をまた反町公三は思い出してしまった。

「実はちょっと仕事を休んでいるんですが昨夜おっしゃって頂いたお言葉に甘えて、お宅にお邪魔しようと考えていたんですが」

「そうか、そうか、そうか、そうか」

その後も田崎神平は、そうか、と十回ほど繰り返した。

「何時頃かね？　いや、何時でもいいんだが、大体何時頃来るつもりなのかな？」

これからすぐに出ます、と反町公三は答えた。

名刺に書かれた住所をもとに地図を見て、反町公三はメルセデスを走らせた。誰かに会いに行く途中だという思いがトラック・ドライバーへの嫉妬を和らげてくれていた。昨夜いくらコニャックを飲んでも眠れなくて薬箱から快眠精という漢方薬をのんでそれでも眠れなかった時、妙なことに気付いた。意識が朦朧としていたのでトラック・ドライバーの顔を忘れてしまっていた。その日の顔も思い出せないのに嫉妬するなんて変だ、と思った。嫉妬という概念だけが反町公三の中である神経回路に乗ってグルグルと、遊園地の乗りもののように回っていた。

メルセデスは住宅地を外れ開発前の狭い県道を走っている。大手の電鉄会社が開発した住宅地を少しでも外れると、道は急に狭くなり、両側には果樹園や畑や石材屋や神社が現れる。道を歩いている人の顔つきまで違う。「明治時代の日本」という写真集に出てきたような色の黒い人々が意味もなく笑顔を浮かべて歩いている。そういう風景を見ていて、また、意識をふっと自分の内部に戻すと、渦を巻いている嫉妬という概念に出会ってしまう。オレはまだあのトラック・ドライバーと何もしていない、からだのどこにも触れていない、コンビニで立ち話をしただけだ、自分の女だという意識もない、他に恋人がいて毎晩その男に抱かれて眠っているかも知れない、その男には不思議なことに嫉妬は起きない、問題はアダルト・ビデオにあるのだ、幾ら貰ったのだろう？　五十万？　百万？　その程度の金で裸になって男のものをくわえたりセックスしなければいけないほど、あのトラック・ドライバーは価値や魅力のない女じゃない、オレがすべての時間を使ってずっと君のことを考えているのに……嫉妬に囚われて、からだの中がすべて嫉妬という概念でいっぱいになって周囲の景色を見ずにメルセデスを走らせていたが、オーイ、という鋭い声が聞こえて、振り返ると田崎神平が手を振りながら後を追って走ってきていた。

よく僕がわかりましたね。

「うん、ここはわかりにくい場所だからね、私道だし、テニスコートができてからはけっこう高い塀までできてしまって、道そのものが見えないんじゃないかと思ってね、目印だって教えたギター教室の看板だって古いものだから目立たないし、あんたが通り過ぎてしまったら大変だと思っていたんだよ」

でも車の種類を教えてなかったし、それに第一、車で行くなんて言ってませんよ。

「うん、わたしも電話でギター教室の看板とバス停の名前を言ったから、バスで来るかも知れないと考えたよ、でもね、バスの場合はとても簡単だった。単に降りる客を注意して見ればいいんだからね、車は大変だったよ。一台、一台をそれこそ、決して見逃さないようにと集中して見続けなければならなかった」

田崎神平の家は、彼の言う私道を百メートルほど行った突き当たりにあった。私道というより、あぜ道に近いものだった。右側に、近所の農家の主婦がイトーヨーカドーのバーゲンで買ったピンク色のトレーニング・ウェアで太陽に金歯を光らせながらプレイしているというようなパブリックのテニスコートがあり、左側はキャベツ畑だった。反町公三はキャベツ畑からテニスコートへと移動中の青虫を何百匹とひき殺しながらゆっくりとメルセデスを走らせ、足が異様に小さい老人の田崎神平が昨夜話していたヤクザより悪いことをしているという男のロング・ストレッチのリムジンはどうやってこのあぜ道を走るのだろう、と不思議に思った。田崎神平の家は、廃屋に少し手を入れたもので、背後には急斜面の雑木林があり、大小さまざまな虫が乱舞している黒い土を踏み固めた庭には、みすぼらしい菊の花と、全身から毛が抜けているネズミのような顔をした雑種の犬がいた。

「実は、わたしは、戦争中、もちろんまだ子供だったが、防空看視班という民兵の組織にいて、B29をじっと見ていたんだよ、ヤグラの上にあがって、暗い空をじっと見ているんだ、暗くなると、ヤグラに登りに行くんだが、それが誇らしくてね、みんなに自慢できたよ、わたしは小学校の四年生だったが、大人に混じって防空看視班に入ったのはわたしだけだった、ずっと暗い空を見ていると、キラッと光るものが見えるんだ、B29は高々度を飛ぶからね、光るといっても六等星くらいのものなんだ。大人達より、わたしの方がよく発見できて、何度も何度もほめられたよ、一晩中空を眺めていたこともある。変な話だけど、B29が飛んで来ない夜は少し寂しかったよ、わたしは、だから、ものすごく目がいいんだ、きょうなんかもその目の良さがプラスに働いたってことなんだけどね」

家の中ではなく、縁側に腰を掛けて話をした。田崎神平は、ドクターペッパーを、よく麦茶を入れるような磨りガラスのグラスに入れて出してくれた。反町公三は顔のまわりを飛ぶこれまでに見たことのない小さい虫を絶えず手で払いながら、いつ自分のことを話そうか、とそればかりを考えていた。手で払った小さい黒い虫が一匹ドクターペッパーの中に落ちた。虫は焦げ茶色の発泡性の液体の中で背中よりもやや白っぽい腹を見せてもがいていた。虫が入ってしまったね、と田崎神平が本当に心からうれしそうな笑顔で言った。

「わたしも、一晩中空を見ていて、眠くなってヤグラにしがみついたまま寝てしまって、夏だったからやはり虫が多くてね、気がついたら歯茎と舌の裏に虫がべったりへばりついていたことがあるよ」

田崎神平は反町公三の顔をじっと覗き込んでいる。

「あんたも、何ていうか、不安があるのかな」

そう言われて少し驚いた。テニスコートからボールを打つ不規則な音が届く。ポン、ポン、昔ピンポンを十個以上呑み込んで一個ずつ吐き出す大道芸人をパリで見たことがあって、その音に似ていた。

「わたしのことを正直に言うとね、癖になってしまっているんだが、あんたにやったみたいによく他人に話しかけるんだ、わたしはね他人に話しかけるのがものすごく上手なんだ、それはなぜかというとね、練習するからだよ」

じゃあの馬の話っていうのは嘘だったんですか？

「あんたねえ、何にも、わかってないんだねえ、この世の中に嘘なんていうのはないんだ、馬を買いに行った人間なんていうのはどこかに絶対いるわけじゃないか、こまごましたディテールはどうでもいいことだしわたしにとってはすべてが本当のこととして話しているわけだし、嘘なんかじゃないよ、わたしはね、ヤグラの上からB29を見張っていた時から、とても時間をもて余している人間だったんだ、他に何もなかったということもあるけどね。力があり余ってるわけでもないし、金があり余っているわけでもないし、頭脳だってそうで、小さい時から要するにあり余っていたのは時間だけなんだよ、子供の頃ヤグラの上でそれに気付いてからその時間を考えることに使ったんだ。昔からいろんなことを考えたけどこの十五年間はどういう風に他人に話しかけるか、見知らぬ人に、不安を持って生きている人だね、不審感を持たれないためにどういう態度と話題と表情で話しかければいいのか、それだけを考え続けたんだ、要するに大切なのは誠意なんだよ、今、わたしは八百以上の話しかけ方のヴァリエーションを持っている。人間は八百も種類がいないからたいていそのヴァリエーションの中で話はできるわけだよ、言葉さえ通じれば、わたしはアラスカのエスキモーにだって話しかけることができるんだよ」

エスキモーにはどう話しかけるんですか？

「アイスクリームの話をするんだ。まずハーゲンダッツのことを話してからエスキモーというメーカーのアイスクリームの話をする、エスキモーというアイスクリーム・メーカーの社長は、若い頃カナダのイヌヴィックという町でひと夏を過ごしたことがあって、その時にレインディアというトナカイ狩りをやったんだが、というような話だよ」

反町公三は、この人にならすべてを打ち明けてもいいのではないかと思った。そう思った時には、女性トラック・ドライバーのことをもう話し始めていた。田崎神平はドクターペッパーを五ミリずつ飲みながら興味深そうに聞き、聞き終わると、彼女と次に会う時にどういう風に会話を進めたらいいか、アドヴァイスをしてくれた。

コンビニエンス・ストアに行くまでの三日間、反町公三はジミ・ヘンドリックスの、『エレクトリック・レディランド』の中の「ヴードゥー・チャイルド」を聴き続けた。ジミ・ヘンドリックスのギターは嫉妬という概念を中和してくれた。ブルースは悩みを消してくれるわけではないという当り前のことがわかった気がした。ブルースは嫉妬や不安を当然のものとして受け入れるように、とうたわれるのだ。

その夜がやって来て、反町公三はカセット・テープをポケットに入れ、田崎神平のアドヴァイスを復唱しながらメルセデスに乗り込み、コンビニエンス・ストアに出かけた。

その夜もまた雨が降っていて、「金曜日」だった。日付や曜日の感覚はなくなっていたが、トラック・ドライバーと会うことのできる金曜日だけが特別なものとして反町公三の中に存在していた。

人通りのあまりないそのコンビニエンス・ストアも、白と黄色の蛍光管によって際立っていて、金曜日の存在のしかたに似ていた。蛍光管の灯りが暗闇と交錯する場所に巨大なトラックは停まっていて、細く強そうな脚をオレンジ色のジーンズに包んだトラック・ドライバーは、いつものように卵とツナをはさんだサンドイッチを買って、雑誌のスタンド付近で「アンアン」を立ち読みしていた。

「ハーイ」

彼女は反町公三を認めると手を振って挨拶した。

「また、テープ持って来てくれたの?」

反町公三はうなずきながら、ジミ・ヘンドリックスのカセット・テープを出した。

「この前の、あれ何だっけ？　ヴェルヴェットとかいうやつ、ちょっとノイズ系みたいなやつ」

ヴェルヴェット・アンダーグラウンドの『ホワイト・ライト・ホワイト・ヒート』だよ、反町公三は、目の前の女性ドライバーを見て、今の自分にとってこれ以上に価値のあるものはどこにも存在しないのだ、と思いながらそう言った。その思いは、その女性トラック・ドライバーが目の前に、手を伸ばせばその白い腕に触れることのできる距離にいる時にだけ、細胞や神経が正常な機能を始めるという、飢えの感覚に似ていた。これは何だ？　と反町公三は思った。まだこの女の手も握っていないというのに。

「アンダーグラウンド？　うん、そう、ヴォーカルの声がよかったよ」

ヴォーカル？　声？　反町公三は自分が嬉しそうな声になっているのに気付いた。喜び、とか、力、とかが内臓の奥から物質としてにじみ出てくるのがわかった。オレは、この女と、話しているだけで嬉しいのだ。

ルー・リードっていう有名な人だよ、でも声がいいっていう感想はやめてだな、オレが聴いてた頃はね、歌詞がよく話題になったんだよ。

「あたし、英語わからないから」

ああ、そうか、と反町公三は喜びのために頬をひきつらせて、ジミ・ヘンドリックスのカセットを彼女に渡した。

「サンキュー、じゃあ、聴かせて貰うわ」

女性トラック・ドライバーは、そう言って、身体の向きを変えようとした。反町公三は、田崎神平のアドヴァイスを実行することにした。今、話しかけないとこの女は行ってしまう。ちょっとだけいいかな、そう話しかけると女性トラック・ドライバーは身体の向きをもとに戻したが、以前のような警戒の表情はなく、口元には微笑みさえ浮かべていた。ルー・リードの声のせいだろう、と反町公三は思った。

「何？」

女性トラック・ドライバーは、肌に貼り付いたようなジーンズをはいているので、カセット・テープをポケットに入れることができなくて、手の中でクルクルと回し続けていた。反町公三は彼女の手の中でクルクルと回るカセット・テープを見ていて、昔観た映画のカットを思い出してしまった。主演の俳優の名前もタイトルも忘れたが、石油コンビナートの火災を消すために使うニトログリセリンをトラックで運ぶ話だった。男の、確かフランス人のトラック・ドライバーだった。道を塞ぐ大きな岩をニトログリセリンで吹き飛ばして前進するシーンでそのカットが使われたのだった。ニトロを岩にセットした主人公が、爆風から逃れるために物陰に潜む、緊張を表わすために主人公の汗ばんだ手の平がクローズアップになり、その中でマッチの箱がクルクルと回るのである。そして爆発音が聞こえて、マッチ箱の回転が止まり、手がギュッと握りしめられる。

最近、夜になっても眠れないんだよ、何ていうか、あなたにこんなことを聞くのは変だってわかっているんだけど、すごく不安定になってしまった夜に、あなただったらどうするのかなって思ってね、田崎神平に教えられた通りにそう言うと、女性ドライバーの手の中のカセット・テープの回転が止まった。

「あたしは、夜は、いつもトラックを走らせてるからね」

そう言って恐い目で反町公三を見た。田崎神平はこうアドヴァイスしたのだった。ちょっときれいなねえちゃんのトラック・ドライバーなわけだよね、トラック・ドライバーというのはたいてい深夜に走るもんなんだよ。それは道が空いてるからなんだけどね、そういう仕事の人間っていうのは、若い頃にそれが目立つんだが、夜に、トラックを走らせてないで一人で部屋にいたりすると、妙に不安になるもんなんだよ。

そうだよね、反町公三は少しがっかりした表情を装ってそう言い、じゃあね、という感じで女性トラック・ドライバーを見た。

彼女の方から誘ってきた。

「コーヒーを飲もうと思ってたんだけど、付き合う？」

コンビニエンス・ストアから五分くらい走ったところにあるファミリー・レストランまで、二人はそれぞれの車で行った。金曜日の夜だというのに、雨のせいか他に客はほとんどなかった。ファミリー・レストランのテーブルは、新建材独特の光沢、安い油を塗ったような、触れたらべっとりと手にくっつきそうな光沢があって整然と並んでいて、オレ達にはとても似合いのステージだな、と反町公三は思った。

「コーヒー、二つ」

彼女は、注文を取りに来たウェイトレスの顔をまったく見ないでそう言った。リノリウム張りの床にも同じような光沢がある。雨と泥に汚れた靴で歩いた跡があって、その小さな足跡で、反町公三は田崎神平のことを思い出した。

コーヒーが運ばれてきて、カップの片方に軽く口をつけてから、彼女はやっと口を開いた。

「さっき、なんであんなことを聞いたの？」

カップの縁を舐めるだけで、コーヒーを飲まない。

あんなことって？　反町公三は別にとぼけたわけではなく、コンビニエンス・ストア以外の場所で会う彼女に見とれていたので、一瞬何のことかわからなかったのだ。コンビニもファミリー・レストランも似たようなものだが、蛍光灯に照らされた食料品が並んでいない分だけ、雰囲気は少しだけ抽象的になって、反町公三には彼女が神秘的に見え始めていた。コンビニでは気付かなかったが、目の色が薄くて、サングラスなしでは夏の強い陽差しに耐えられないだろうと反町公三は思った。だが、強い目だった。その目を見ていると、彼女にはきっと嘘がつけないだろうという気がしてきた。

「夜、眠れないって話をあたしにしたじゃない、どうして？」

極端に足の小さい変なじいさんに教えて貰ったんだ、とは言わずに、反町公三は首をひねりながら、最近ボクがそうなんだ、と言った。

そういう夜ってきっと誰にでもあるだろうから、いろいろ他人に聞きたいんだけど、これが案外相談しにくいんだよ、友達はみな忙しい奴ばっかりだし、しかしこういう風になってみると、自分には本当の友達がいないのかなって思っちゃうね、反町公三は実際にそういう状態が長く続いていたので、リアルに話をすることができた。

「でも、どうしてあたしに話したの？」

彼女が手に持っている象牙色のカップにはまだ一口も飲まれていないコーヒーが冷めきって静かに揺れている。

「この、あたしにさ」

彼女は怒っているように見えた。

その前に、自分のことを話してもいいかな？　反町公三がそう言うと、彼女は少し表情をゆるめコーヒーのカップをテーブルに置いて、うなずいた。

なぜ眠れないのかを考えたんだけど何もこれといった理由はわからなかった。具体的な不安があるわけでもないし、失恋したわけでもないし、家族に病人がいるわけでもない。で、そんなことを考えるのは止めたんだ。

彼女は一言も聞き洩らすまいとして、じっと反町公三を見つめていた。いつもそんな顔であの巨大なトラックを走らせているのだろうかと反町公三は思った。

そういうことを考えるのはそのうち止めて、ある時シャワーを浴びていたんだ。そうしたら奇妙な考えが浮かんできて、でもそれはものすごくリアルで、どんどんそのイメージが強くなってしまった。それは、うまく言えるかどうかわからないんだが、自分の中に、別の生きものが棲んでいるような気がしたんだ。反町公三がそう言った時、ちょうど彼女はコーヒーカップを持ち上げようとしたところで、別の、生きもの、という言葉を聞いたとたん、コーヒーがまるで熱く溶けたコールタールのようにテーブルに垂れ、クリーム色の表面を流れて、リノリウムの床にポトポトと落ちていった。彼女はそれを拭こうともせず、身体を硬くさせてじっと眺めていて、反町公三には二人を包む時間が急にゆっくりと歩みを遅くしたのがわかった。何かが溶けて、ドロリと流れ出し、時間の上に被いかぶさったのだ。ちょうど砂時計の砂に重い廃油を混ぜ合わせたように。

「もう一度、言ってくれない？」

彼女がやっと顔を上げた。ウェイトレスがぞうきんを持って現われテーブルの上と床を拭いたが、その動きもスローモーションの映像のようで、現実感がなかった。

何を？　反町公三は今までに味わったことのない胸騒ぎを覚えた。

「さっきの、シャワーの話だけど」

エイリアンって映画を観たことがある？

「もちろん」

映画の中で、エイリアンの子が人間の胸を食い破って出てくるだろう？　オレもきっとあいう何か人間じゃない生きものがオレ自身の中にいて、そいつはけっこう凶暴なんだけどね、いつかオレ自身を食い破って出てくるんじゃないかっていう思いに囚われたんだ。しかも、その思いはどういうわけか決してイヤな感じじゃなかった。だって、それ以前はほとんど眠れなかったのにその怪物のことをイメージすると、妙にドキドキするんだけど、楽しみっていうか、元気になれるのに気付いたんだよ。

彼女は、一度も視線を外さずに、反町公三を見続けた。

あたしは、そう言った後、どうしようかしばらく下を向いて考えた末に、彼女は話し出した。

「びっくりしたんだけど、あなたの考え方がよくわかるの、怪物が棲んでいるという感じじゃないけど、あたしもずっと、本当に、生まれて、ものを考えたり、本を読めるようになってからずっとだよ、何かがあたしの中にいるような気がしてたの。それはとても恐いことで、狂ってるって思われるのがイヤだから誰にも言えなかったし、今はもちろんそういうイメージにも慣れてるから、昔の、高校の頃とかの気味の悪い、恐ろしい感じはなくなったけどね」

あなたはずっとだったのか、オレはつい最近からだけどな。

「移動していると、そのことを忘れられるから、とにかく車を走らせる仕事をしようと思ったんだ。免許もすぐ取ったし、大型もね、大きなものを走らせてそれに乗っていたかった。ほら、ナウシカが大きな虫に乗って走るよね、あんな感じよ」

それは、と反町公三は慎重に言葉を選びながら言った。

二重人格ってこととは違うんだよね？

「うん、とても恐い日が続いたからそのての本は読んだ。たぶん違うと思うよ。二重人格とか三重人格の場合は、それぞれに人格があって、それらはまったく別々に独立してるみたいなんだけど、あたしの場合は違う、本当に、うまく言うのは難しいんだけどね、だって自分でわかってるんだもん。はっきりと、何かがいるのがわかる。よく、くだらない小説とかテレビドラマとかにもあるじゃない、自分の中にいるもう一人のわたし、とか。そういうんじゃないのよ。誰もわかってくれなかったし、小学校の二年くらいから、もう他人に相談するの絶対に止めようと思ったから、話すのはあなたが初めてなんだ。何かがいる、そのことをあたしはよくわかっている。でもそれが何なのかはわからない」

人間なのかな？

「他人が住んでいるとかそういうもんでもないみたいで、だからさっきあなたが怪物が自分の中にいるって言った時はちょっとびっくりした。怪物っていうのはエイリアンとかフランケンシュタインとかってそういうイメージがあるから、違うかなって思ったんだけどその正体がわからないってことでいうと怪物かも知れないな」

　それがあなたに何か話しかけたり、命令したりするのかな？

「話はできないんだよ。でも、動くことがある」

　動く？　それはあれなのかな、よく妊娠している時に赤ちゃんがお腹を蹴るとかいうよね、あんな感じなのかな。

「違うね、いるのはわかるんだけどその形がわかるわけじゃないんだよ。それに、動くといったってモゾモゾと内臓とかにあたるわけじゃないし、あたし思うんだけどそれはもちろん霊みたいなもんじゃない。形なんかわかるわけないけど、でも絶対にいると思ったからあたしはよく『ミクロの決死圏』っていう映画を観たの、いろんなものが、内臓とか血管とかリンパ球とか白血球とかが実際に目に見えるもので出てくるよね、変なビニールのヒラヒラみたいなやつが多くて笑っちゃうこともあるんだけど、あれをね十回も観てね、あたしは生きものはあたしの血管の中にいると確信したのね」

　血管？

「そう、血で感じる時があるの、血の流れのスピードでそいつのことを感じるんだ。流れが速くなるとそいつは喜んで、あたしにちょっかいを出すのを止めるからね」

　ちょっかいを出す？

「うん、話しかけてきたりするわけじゃないよ、そしたらただの精神病だからね。からだのどっかを刺激してあたしを気持ち良くしたり不快にするわけでもないしね、テレパシーでもないよ。ただそれは何ていうかはっきりしないもんじゃないんだ。すごくはっきりしたもんでまだ完璧じゃないけどある程度のことはわかるようになった。簡単な信号だけどね、急げ、とか、怒れ、とか、これは違うぞ、とか、あたしに言うんだよ。血の中にいるはずっていうのは、そいつが何か作業しているように感じるからなんだ。どういう作業かなんてそいつの正体にも気付いていないのにわかるわけないいんだけど、血液のことを少し知りたくてエイズ・ウィルスのことを読んだ時に、エイズ・ウィルスはリンパ球を破壊するんだけど、それはね、リンパ球の遺伝子を切断して、自分の遺伝子を組み込んじゃうんだよ。そうやってあっという間に増殖していくのね。それにすごい似てると思った。あなた、DNAのモデルの形って知ってる？」

昔、本で読んだけど忘れたよ。

「二重の、螺旋階段みたいなもんだよ。その形をあたしはとても好きだった。きれいだったんだ。それにそのDNAのモデルの絵を見てるとそいつもあまりちょっかいを出してこないからきっとそいつはああいう形をしてるんだと思う。ただしDNAみたいにうんと小さいわけじゃないんだ。そいつはたぶんあたしと同じくらいでかい。だから想像するんだけどすごい細長いやつだと思うんだ。ミミズとかサナダ虫とかウミヘビとかそんな形だよ」

サナダ虫と言った時に彼女は少しだけ照れたように笑った。

「でもあたしは気味悪くなんかない、恐くもないし、あなたが怪物の誕生を待ってるように、あたしもそいつが、あたしを、変えてくれるのを待ってるんだ。一時期、少し変われるかな、と思ったけど結局、できなかった」

名前は？　と、反町公三は聞いた。

「名前、どっちの？」

と言って、彼女は笑った。

あなたの、

「あたしはジュンコだよ、そしてサナダ虫の名前は、これもジュンコっていうんだけど、そう、同じなんだ」

今なら話せると思って、反町公三は、聞いた。

アダルト・ビデオのカバーであなたそっくりの顔を見たんだけど、中身は見てないんだけどね……。

「何だ、あなたは何でも知ってるんだね。そうだ、その前に、あなたの名前を聞いてもいいかな？」

そう言いながらジュンコという名前のトラック・ドライバーが耐熱ガラス製のコーヒーポットから自分のカップにコーヒーを注いでいった時、ソリマチコウゾウ、と名前を教えながら、何かが変化し始めていると感じた。それは単なる目の錯覚とか耳鳴りとか一時的な知覚の異常なのかも知れなかった。誰にでもそういうことが起こることを反町公三は知っていた。もう何年も前のことになるが、親しくしていたレコード・ディレクターが重い鬱病にかかってその症状を聞いたことがあった。彼は、気圧の変化や時間の流れ、それに人間の感情の揺れなどを知覚が捉えてしまうのだと反町公三に言った。例えば気圧は首の付け根に貼り付いたネバネバした食虫植物の触手のような感触の目に見えない首輪状のもので計ることができると言った。その首輪が気圧の変化に応じてほんの少しだけきつくなったりゆるくなったりする。普通の人にはわからないくらい僅かな変わりようなのだがネバネバする触手が首にまとわりつく感じでわかる。それから時間の流れは映像としてはっきりと見える。朝目覚めたばかりの時なんかにとても小さなシャボン玉のようなものが一個か二個視界の表面をちょうど卵巣へ向かう精子に似た形と動きで見えることがあるだろう？　あれは医学的には視神経のニューロンかシナプスだと言われているが実は違うんだ、あれが時間の粒なんだよ。物理的には時間は一定の方向へ決まったスピードで流れると言われているが、それはもちろんある領域で生きている人間の場合は違っていて、ある領域というのはこのオレとか宗教家とか芸術家とか特にアクション・ペインティングのジャクソン・ポロックとかまさにあれは時間そのものを描いたわけだけどな、そういう人々には時間が主観の産物として目に見えるものとして視界の中を極めて小さいシャボン玉がフワフワとあるいはジャラジャラと流れていくようにはっきりと見えるものなんだ。そのレコード・ディレクターはそういうことを言っていた。だがファミリー・レストランのテーブルで向かい合って坐っている反町公三とジュンコという名前のトラック・ドライバーに起こっている変化はそのような種類のものではなかった。ジュンコというトラック・ドライバーの動作が急にスローモーションに映るといったようなものでもない、その変化がどういうものなのか言葉を捜していて、違う生きものだと気付いた時、皮膚にではなく、内臓の表面に鳥肌が立ったような気がした。しかしいやな感じはなかった。それどころかレコードやカセットを壊しながら捨てていたあの頃だったら恐怖と不安でいてもたってもいられなくなったはずなのに、内臓の表面の鳥肌、器官に突然できた小さな無数の突起は妙な高揚感を生んだのだった。女が必死に優しくキスマークをつくるように、反町公三のからだの中に棲む別の生きものが、まだ成長しきっていない幼い唇と歯で一つ一つていねいに内臓の表面を吸い上げたかのようだった。そして反町公三は、ジュンコという名前のトラック・ドライバーの中でも別の生きものが動き始めたのがわかった。ホラー映画のように彼女の顔やからだが変形していったわけではない。コーヒーを注ぐ動作に前と違うところがあったわけでもない。コーヒーの焦茶色と比較して、彼女の腕の肌の色が少し変わったような気がした。脱色しているのかそれとももともとそういう色なのかトラック・ドライバーの腕には黄色がかった細く短い毛が生えていたがそれが一斉に震え、その下の皮膚がなくなって、ほんの一瞬だが血管が透けて見えたように感じた。彼女自身が、皮膚や筋肉を半透明にして、血管と、その中に棲むというサナダ虫に似た別の生きものを見せたがっているようだった。反町公三は中学生の頃好きだった詩の一節を思い出した。

〈彼女の白い腕がボクの水平線のすべて〉

「じゃあソリマチさん、あと二十分くらい時間を貰ってもいいかな」

そう言った彼女は今までと違ってなかなか消えることのない微笑みを浮かべ頰にはえくぼができている。反町公三はどんな告白が始まるのだろうという緊張と、彼女の頰にできたえくぼを見たという喜びと共にうなずいた。

ボクの方は、時間なんて余っているんだ。

「あれは確かにあたしなんだよ。もう二年前になるけど、とても変な理由であのビデオのジャケットができた」

じゃアダルト・ビデオに出演したの？　反町公三は喉が急に渇きそうになるのを感じた。

「最後まで聞いて、頼むから最後までね。あたしは高校卒業してすぐにバイクと車ともちろん最終的には大型トラックの免許に挑戦し始めたんだけど、それしか頭になかったのよ、大きなトラックに乗るっていうことしかね。だからアダルト・ビデオっていうの？　エッチなビデオなんかに出るわけがないよ。でもジャケットの写真はあたしで、長い話になるかも知れないよ、いいかな？」

言ったじゃないか、時間は本当に腐るほどあるんだよ。

「そいつはちょっと変わった男で、そうだな年はあなたと、あソリマチさんだったね、多分同じくらいじゃないかな。もう四年になるからいやもうすぐ五年かな、あたしは十九だったしその男は四十を少し超えてたんだけどね」

じゃオレより年上だ、反町公三はテーブルの向こうの彼女の背後にある広い窓ガラスを無数の雨粒が伝わり落ちるのを見ながら言った。窓ガラスが雨という生きものに引っ掻かれているようだった。

「そうか、その年代の人ってあたしからするとみんな同じに見えちゃうんだ。その男と知り合ったのはね、二俣川の運転試験場なんだよ、あたしは中型のバイクをとりに行ってて、そいつは普通免許の失効で来てたんだけど、あそこは食堂って一つきりないから。ね、あたしって二俣川の試験場のことは誰よりも詳しいんだよ。だって原付から数えたらたぶんあそこには十数回足を運んだからね。で食堂が混んでてそいつはちょうど今のソリマチさんみたいにあたしの前に坐った、『ここ、いいですか？』って言ってね。あたしはその頃今よりきつい目をしてたから何だこの野郎って目でガンとばしたんだと思うよ」

ジュンコはその男のことを楽しそうに話した。その男を思い出すのを楽しんでいるように見えて、まだ忘れてなくて本当は好きなのではないかという疑いを持ち、胸が苦しくなってきた。ガンとばしたんだと思うよ、と言ってジュンコは言葉を切り、細長い袋からグラニュー糖をカップに散らしてスプーンで掻きまぜていたので、思い切って聞いた。

今でも、その男が好きなんだね？

「バカなこと言わないでよ」

ジュンコは笑いながら首を振った。

「確かに忘れることはないだろうと思うけどもうあたしのライフとは関係がない」

ジュンコは人生とは言わずにライフと言った。その言い方がよく似合った。オレがその言葉を使ったら自分で吹き出してしまうだろうと反町公三は思った。

「あたしはホットミルクを飲んでてそいつはトマトジュースを飲んでて、いろいろと話したよ。あたしはそうやって初対面の男と簡単に打ち解けるタイプじゃないんだけどそいつもソリマチさんと同じように、今の自分とは別のライフの可能性について話しかけてきたんだ」

別の人生？

「うん、そいつが何をしてる奴かは未だにわからないんだよ。でも相当な金持ちで、生活の匂いはなかったけど多分妻子持ちで、あたしにはオヤジさんがアンティックの貿易をやっててその財産を使ってしまう間に何か自分のしたいことを捜すんだなんてとぼけたことを言ってたね。それで財産があるうちはきっと真剣な気持ちになれないからホテルに泊まる時はなるだけ広いスイートルームにするし飛行機はファーストクラスでタクシーじゃなくハイヤーを使うし、とにかくお金を使わなきゃいけないんだって言って恥ずかしそうにいつも五、六万もする赤ワインを飲むような奴なんだよ。あたしもいつも一緒に飲ませて貰ったけどまあそりゃそれなりにおいしかったんだけどね。そいつはあたしに初対面の時、一人の死刑囚の話をしたの。死刑囚が獄中で面会に訪ねてくる女と好き合うようになった。それで、当局は死刑の前日に、双方が結婚を望んでいるのを確認した上で、式を挙げさせてやることにしたんだって。もちろん刑務所の外でだよ。式は三十分で終わったんだけど、その後にね、そういうことは本当は許されてないんだけど、関係者が席を外して、死刑囚とその花嫁と十分間だけね、二人きりにしてあげたんだってさ。で、そういうことがあって、普通だったらさ、死刑の時、ああもっと長く生きたいな、ここで死ぬのはいやだなって思うわけじゃない。でもね、その死刑囚は晴れ晴れとした顔をして電気椅子に坐ったっていうのよ。そいつが言うには、そういう晴れ晴れとした顔になるタイプと、そうじゃなくて死にたくないってジタバタしてしまうタイプと二つあるってことなの。そいでね、その二つを分けるのが、今の自分とは別のライフの可能性ってやつがあるってことを信じるかどうかだっていうんだよ。つまり、その死刑囚は、自分とは別のライフの可能性に一瞬でもね、触れたものだから、晴れ晴れとした顔で電気椅子に坐ったというわけなのよ、どう思う？」

反町公三はその問には答えず、別のことを聞いた。

初対面の時にそういう難しい話をしたの？　ジュンコさんってそういう人には見えないけどね。ジュンコさんと名前を初めて呼んだだけで心臓のまわりが暖かくなるのを感じた。少しだけ頬が赤くなるのがわかって反町公三はそれを隠すためにぬるくなってしまっているコーヒーをすすった。ぬるくなっていたが家で以前飲んでいたマーテルのコルドンブルーよりもおいしく感じた。

「別に難しい話じゃないんだよ。あとはうまく話せないからダメだけどそいつはとても話がうまかったの。ベラベラとニュースキャスターみたいに喋るってことじゃなくてあたしみたいな女にもわかるように話してくれるってことだけどね。それに、ソリマチさんとだって今が初対面みたいなものじゃない？　あたしファッションとか目つきもきついしとっつきにくいイメージかも知れないけど、そいつと会った時と、例えば今と、ひょっとしたら今までに二回かも知れないけど、何かが扉が開くように開いて、そこから言葉と本当は言葉だけじゃないんだけど何かが出ていくっていうようなことがあるの、ごくたまにだけどね」

そう言ってジュンコは反町公三の顔をじっと見た。その男と会った時と今と二回目だ、そう言われて反町公三は嫉妬の炎が音を立てて消えていくのがわかった。その男とはすべての関係を持っていたことだろう、オレはただこうやって話しているだけだ、手にも触れていない、だが彼女の白い腕や頬は至近距離に、手をのばせば届くところにある、その男は過去だ、今彼女と一緒に時間を共有しているのはオレなのだ。

「で、死刑囚の話をして、そいつが、別のライフって言葉を使った。あたしは、別の、っていう言葉にひどく敏感になってたんだよ。別のライフ、別の生きもの、別の何か、今のこのあたしとはまったく違う別のもの。あたしはさっきのサナダ虫の話をその男にしてしまって、そいつは、ものすごく興味があると言って、付き合うようになったの。会うのはいつもそいつが住まいがわりにしてる赤坂のホテルの部屋だったんだけど、すごい部屋だったよ。あたしはそいつがお金ってやつを憎んでてお金と早く縁を切りたくてそういう部屋に泊まっているんだと思ったくらいだもの。広い窓からは東京中が見渡せて遠くには東京タワーが見えた。アホみたいな部屋で、そういうのにあたしは憧れとかなかったし今もないけどそういうきれいな夜景が見えて排気ガスとか生ゴミとか酔っ払いのゲロとかの匂いがない空調の利いた部屋っていうのは人のハートをオープンにするらしいんだ。あたしはそれまで誰にも話せなかったサナダ虫のことをそいつに全部話したよ、二度目にその部屋に行った時には自分が空っぽになってしまったと感じるくらいで、そいつはそれを聞いて妙なことを言い出したんだ。つまりね、あたしに、本当に別の人間になってみる気はないかって言ったんだよ。たぶんそれを聞いてあたしは目が点になったと思うんだけど最初は具体的にどういうことかわからなかった。結婚でもさせられるのかなって思ったりもしたけどね。そいつが言うには、あたしにそいつと会う時だけ別の人間になれってことだったんだ。それでそいつの、ワープロで打ったシナリオを見せて貰ったんだけど、それによるとあたしは、地方で大きな病院を経営してる奴の三人姉妹の末っ子って設定で、親から代官山のでっかいマンションを買って貰って住んでるのよ。でも、幼い頃に変質者にいたずらされたことがあってそれが傷として残ってて結果として何とかマニアって言ったかな、要するに色情狂よね、変態みたいになってるのよ。で、そいつはそれを知らずにあたしに恋をしてひどく愛してしまうという設定なの。そいつの前であたしは常にいいところのお嬢さんとしてふるまって変な話だけど最初の二回エッチしただけでその後その変なゲームが始まってからはあたしのからだに触ろうともしないの。あたしは見たこともない大金を貰って、一万円札で二センチくらいの束だけど、それで例えば『JJ』とか『アンアン』とかを参考にしてそれから実際にセイシンとかに通う女子大生のファッションを見に行ったりして化粧も変えたし話し方も変えたの」

ジュンコの手や腕や頬や首筋の肌の色がさらに白くなったように反町公三には感じられた。顔色が失われて蒼白になるのではなく、皮膚の細胞が不思議な熱を帯びて白っぽく輝いているかのようだった。ジュンコという名前のトラック・ドライバーは、明らかに気分が高揚していた。まったく、と反町公三は思った。目に見えない薄い皮膚が剝がれて本当に別の生きものが現れたみたいだな。

実際に会ってからずっとその別の女の子になりきるわけ？　別れるまで。

「もちろんよ」

ジュンコのえくぼはますます深くなり刻まれた微笑みは消えることがなかった。

「一ヵ月後に、シナリオ通りにある事件が起こったんだ。それは本物のアダルト・ビデオのジャケットにあたしの顔写真が載るというやつで、それ用の写真もちゃんと撮ったんだよ、信じられる？　カメラマンまで準備して、あたしだとわかりにくいようにわざと厚く化粧してね、それをそいつの友人がやってるっていうビデオ会社から本当に出したんだから。中身はもちろんあたしじゃないわよ」

何のために？　答えはわかっていたが反町公三はそう聞いた。たぶん人工的な嫉妬心を引き起こすためだろう。

「そいつが夜も眠れなくなるくらい嫉妬してあたしのことを疑うためよ。そのアダルト・ビデオが世の中に出て、そいつが手にして、さらに一ヵ月後にそいつから最初はおだやかに、あとになってくるに従って強い調子でお酒をたくさん飲んで最後の方になってくるともう泣き叫びながらあたしにいろんなことを聞くの。もちろんあたしはシナリオに書いてある通りの答え方をするんだけど細かいことは間違えてもいいけど、決してゲームを止めちゃいけないんだよ。『あれ、こういう場合は何て言うんだったっけ？』なんて言っちゃいけないんだ。『そんなこと言われても何のことかわからないってさっきから言ってるじゃありませんか、とにかくそんなに怒らないで冷静に喋って下さい、お願いですから』なんてことを言い続けなくちゃならないのよ」

反町公三の内臓にまた鳥肌が立った。ジュンコという名前のトラック・ドライバーが、昔を思い出して、地方の資産家の娘の話し方を真似た時、彼女のまわりの空気が変わってしまったような気がしたからである。彼女が別の人間を演じたのではなく、一瞬にして人間が入れ替わったかのようだった。

『ゼア・サタニック・マジェスティズ・リクエスト』ローリング・ストーンズ

「あたしはそれから約半年間くらい、そのいいところのお嬢さんってやつを演じてたんだよ、信じられないよね」

信じられないよね、と言ったが、ジュンコという名前のトラック・ドライバーは明らかにその当時を懐かしんでいた。

その頃もトラックを運転していたのかい？　反町公三は、そう聞いた。ジュンコという名前のトラック・ドライバーは首を振った。

「だってまだ十九なんだよ、大型の免許なんてちょっと無理よ」

内臓に立った鳥肌はしだいに収まっていったが、反町公三は、さっきの、心臓や肝臓や肺や胃の表面を体内に潜む生きものの幼虫が舌で舐め上げているような感覚をもう一度味わいたいと思っている自分に気付いた。別の生きものの舌による愛撫をもう一度欲しがっているのは、内臓自体で、そのことが反町公三を落ち着きのない気分にさせた。つまり内臓がもう一度、それもできるだけ早く、鳥肌を求めているのだった。

ジュンコという名前のトラック・ドライバーの顔と腕を交互に見た。黄色がかった細く短い柔らかそうな産毛の生えた白い腕と、過去を懐かしがってかすかに微笑んでいる薄い皮膚で被われた顔……。

その半年間だけど、完全に演技のしどおしだったのかな？　そう聞くと、トラック・ドライバーはうなずいた。

「そう、そいつも忙しい人だったからね、一週間に一度とか、ひどい時には一ヵ月に一度って時もあったから、半年なんてもうあっという間に経ってしまったよ」

でも、ジュンコさんも何ていうのかな、そういう付き合いを楽しんでいたんじゃないの？

「うーん、どうなんだろう、楽しむとかそういうことじゃなかったね、必死だったもんね、その男が、信じられないくらい真剣だったから笑ってごまかしたりしたらすぐにゲームが終わりになるってすごいプレッシャーがあったし、っていうのはあたしはずっと二俣川の運転試験場に通ったりあと大型は教習所に行ってトラックを転がしてたからそのお金やなんかそいつから貰ってたわけだから、それまでやってたバイトも止めちゃってたしね、うん、何やかんやで月に四、五十万貰ってたんじゃないかな、洋服代とかの必要経費は別でね、そのお金はけっこう貴重だと思ってたし、十九だからね、まわりのことも自分のこともよくわかってなかったから、そいつから、切られるっていうか、もう必要とされないっていうか、要するに嫌われるのがけっこう恐かったよ、そういうのがあったけど、正直に言って、演技をするのはイヤじゃなかった」

それまではどういうアルバイトをしてたのかな？

「うん、普通のやつ、吉祥寺でジーパン屋にいたこともあるし西荻窪のモスバーガーでてり焼きバーガーの汁垂れないようにすばやく紙で包んでいたこともあるよ、コンビニのレジもやったし、平凡っていうか、本当に普通だね」

そういうアルバイトよりもその男性と奇妙なゲームをする方が楽しかったっていうか充実感みたいなものがあったのかな？

「充実感？」

とジュンコという名前のトラック・ドライバーは繰り返した。充実感かぁ、ともう一度呟き、そのあたりが問題なんだよね、と呟いた。そして、言った。

「何もそういうのはないんだよ」

その言い方が反町公三を軽く刺した。あんたは何もわかってないという意味にも聞こえたし、あんたみたいな人間とその妙なゲームが好きな男とは最初から全然違うんだよ、という意味にも聞こえた。

「不思議だなあ」

トラック・ドライバーはそう呟いて、ぬるくなっているはずのコーヒーを全部飲み、顔を横に向けて窓ガラスを伝わり落ちる水滴を見つめた。そういう風にして窓ガラスを眺めるのがくせになっている、というような仕草だった。彼女の気分が離れようとしているのがわかった。何とひどい言葉を使ってしまったのだろう。

充実感。

言い方を変えなくてはいけない。

いや、つまりね、その男性とゲームをしてる時はあなたの中の虫はどうなっていたんだろうと思ってね。

「あ、そういうことか」

トラック・ドライバーはまだ窓ガラスを見つめたままだった。

別の人間になっている間、サナダ虫は大人しくしてたのかな？

「うん、大人しくしていたのよ、よくわかるね」

彼女はやっと反町公三の方を向いた。

「それだけは不思議だった。別の人間を演じる時っていうより、そいつの前にいる時は、サナダ虫のことを考えなくて済むっていうよりサナダ虫が優しく見守ってくれているような気分でね、それは決して悪くなかったな、でも別の人間になるってこととサナダ虫の関係はよくわからない、半年で全部が終わってしまったからね」

なぜ終わってしまったの？　と聞きそうになって反町公三は別の言葉を捜した。

途中で終わったの？　それとも最後までいって終わったの？

「途中だったね、でもラストまでいかなくてよかったと思ってるんだ、ラストはひどかったんだから、あたしの役は幼い頃にいたずらされたせいで色情狂になってるって役なんだからね、『どうしてそんなにひどいことをおっしゃるんですか？　わたしの言っていることが全部、本当に全部嘘だとおっしゃるんですね？　でしたらわたし、お喋りするのがあまり得意ではないので、これからの態度とかあなたと一緒に居る時の立ち居振る舞いで御判断下さいという他ないわ』なんてね」

反町公三の内臓が喜びに震えた。肝臓の表面とさらに内側にも鳥肌が立つのがわかり、あることがはっきりした。やはり彼女は誰か別の人間を演じているわけではなかった。別の人間になりきってしまうのでもない。別の人間を、どのようにしてかは不明だが自分の中に呼び込んで喋らせているのだった。

「言うわけよ、変ね、今でも台詞を憶えてるよ、その間そいつは怒ったり涙を浮かべたりしながら自分の疑いについて語るんだけど、ラストはひどいもんだよ、色情狂であることが結局ばれてムチャクチャだよ、そこまでいかなくてよかったと思ってるよ、すごいこと書いてあったよシナリオには、そいつは怒ったけどね、大体がそのムチャクチャのために金を払ってるんだからって、でも知ったこっちゃないよ、悪いのはあいつなんだから、ゲームがダメになった夜は今考えると面白かった、そいつがすごい演技をしたんだよ、泣きながら蘭の花をハサミで切るっていうやつ、いつものように派手な言い合いをした後にね、あたしが半分ベソをかきながら言うの、『わかったわ、そう言われるのがお望みなのだったらわたしいくらでも言えるわ、わたしには他に好きな人がいるんです、あなたみたいな嘘とごまかしの人ではなくてちゃんと自分の能力に応じた仕事をしている人ですけどね、ずっと黙ってたのは悪いと思うけど、お金を貰ってたわけだし別にフェアだとかフェアじゃないって関係じゃないもんね』わかった？　だんだん言葉遣いを変えていくわけよ、『何でそんなことをずっと黙ってたんだ？』ってそいつが目を漫画の主人公みたいに開いて言うの、ここでお嬢さんは笑うのね、頭のてっぺんから突き抜けるような金属みたいな音で笑うんだよ」

彼女は深夜のファミリー・レストランで実際に笑ってみせた。奥のテーブルでビールを飲んでいた四人組の若い男達が笑いと話を止めてこちらを見た。歩いていたウェイトレスも立ち止まってこちらを見た。笑い声がそれほど大きかったわけではないのだが、一瞬店内は静まりかえった。どこか遠くで、非常に高価なガラス器がたて続けに割られていくような笑い声だった。反町公三はひどく喉が渇いた。彼女はそういうこと一切を気に留めずに話を続けた。

「その笑いでそいつは逆上するの、お嬢さんのことを思いきり悪く言うんだよ、まあ金持ちの大学出の中年が思いつく一番悪い言葉を吐くわけ、唾をとばしながらね、あたしはそれをソファにバーンって坐り直してお酒を飲みながらニヤニヤして聞くんだ、それまではさ、『あ、そんなにいただいたらすぐに酔ってしまうわ』なんてナヨナヨと手と肩を一緒に動かしてたんだけどね、お酒は何だったのかな、あんまり見たことのないボトルのブランデーとかそういうやつだったな、それをストレートで飲むんだけど、それが失敗でね、ちょうどその前の晩は大型の学科をやっててちょっと睡眠が足らなかったらしくて『よくそんだけ言いなれない悪口が出てくるわね』なんてあいづちをうちながらつい寝てしまったんだよ、そいつは起こさなかった、紳士だったから、あたしが大型免許の勉強をしてるって知ってたし起こさなかったんだ、そいつが毛布みたいなやつをあたしにかけてくれるのがわかったけど、何か緊張が解けて気持ちが良くてすごく浅い眠りだけど目が開けられなかった、でね、どれくらい寝てたのかそれはわかんないんだけど、声が聞こえてきたんだよ、そいつの声で演技なんかしてないやつ、そっと目を開けると、その、東京タワーの見えるバカみたいにでかい部屋にはいなくて、声は寝室から聞えてきて、今考えると、止めればよかったんだけど、あたしはドアのところまで忍び足で行ってしまったんだ、信じられないことにそいつはガキと話してたよ、そいつのガキだけど、『うん、そうか、まだ起きてたのか、え？　おとうさんは仕事だよ、ほら、いつかハルコやおかあさんと一緒に、まだハルコは小さかったから憶えてないかも知れないな、夏にプールに来たホテル憶えてないか？　そう、うんそうだ、ハルコがファミコンのなかのゲームの、ボスキャラの要塞みたいって言ったホテルだよ、そうか、フファイナルファンタジーだったかな、そう、プリンスホテル、何だ、憶えてるじゃないか、そこにいてね、ん？　お仕事の書類の整理をしてるんだ、そう、うん、あのペルーの背の高い女の人の絵は売れたよ、そう、だから……』そいつはそこのあたりであたしに気付いた、まあ、振り向いた時の顔は最高だったね、どうしたらいいのかあたしは一瞬考えたんだけど、そういうのってゲームを続けるのがちょっとバカ臭くなってくるじゃない？　ガキがいたのかって思って当然奥さんもいるんだなって、年も年だしホモじゃなさそうだったし、からだも清潔にしてたんで、妻子持ちだって想像はしてたけど、ああいうのって目の前で露骨になまなましいやつを聞かせられるとね、思わず指差して笑っちゃったよ、そいつは無言であたしの横をすり抜けてリビングの方へ行って、しばらく何も言わなかったね、『ゲームオーバーってこと？　それともお続けになる？』って聞いた時だよ、あいつはふいに一輪挿しにあったピンクと白のダンダラ模様の蘭の花を煙草をつまむように抜いてしばらく眺めてからその茎と花びらをね、テーブルの上にあったハサミで一センチずつくらいに切り刻み始めたんだ、事故車のオイル洩れみたいに、ポタッ、ポタッって涙を垂らしてね、それがどういう意味だったのか今もわからないんだけど、わかったところで何も変わらないよね」

反町公三が家に戻ったのは深夜の一時過ぎで、ソファに深く坐るとマーテルのコルドンブルーをブランデー用のグラスではなくオン・ザ・ロック用のタンブラーに注いで、二センチほどを一息で飲んだ。胃の内側にまだ少し残っていた鳥肌がコルドンブルーの熱で消えた。粘膜の突起が消える時に、焚火に水をかける時に似た音がしたような気がした。もう一センチ飲んで、反町公三は声に出して独り言を言った。
あいつは天才だ、
大きなボリュームでローリング・ストーンズが聴きたくなって『ゼア・サタニック・マジェスティズ・リクエスト』をかけた。ひっきりなしにコルドンブルーを飲んだ。声に出していろいろと呟いた。あいつは何かをやるべきだ、あいつは自分の才能を知らないんだ、その男はあいつの才能がわかっていたんだ。コルドンブルーの酔いとローリング・ストーンズは、ジュンコというトラック・ドライバーの白く細く強そうな腕、黄色く細く短く柔らかそうな産毛が生えた腕の記憶に重なって、昔の、反町公三の学生時代をフラッシュバックさせた。ソファの向かいに学生時代に付き合っていた女が坐っているような感じがした。淫乱と屈折と小利口という言葉にない肉をくっつけてベタベタと化粧をしたというような二歳年上の女で弱いくせに酒が好きで一時間も飲んでいるとすぐに吐いてとにかくローリング・ストーンズを聴きたがりレコードと一緒にうたってまた浴びるように酒を飲み二度目に吐いた後は必ず泣き出して髪の毛の先から足の指の一本一本に至るまで真赤に燃えるほど欲情してしまい自分の指だろうが他人の指だろうが果物だろうが野菜だろうが男性器だろうがコーラの瓶だろうがオロナミンCの瓶だろうが手をのばせば中に入るものはすべて股の間にある湿ったところに入れたがり裂けて血が出ても粘膜が傷ついて血が出てもとにかくこすり続け泡を吹いては目を剝き叫ぶだけ叫んでもう声が出なくなってもまだこすり続けてそのうちすべての力を使い果たしてけいれんしながら眠り長い長いうわ言を言い寝ながら泣き続けてその間右の足の指が全部内側に折れ曲がりそれが何かのサナギにそっくりで、翌朝ひどく腫れた目で起き上がってシャワーを浴びた後に必ず次のようなことを言った。コウゾウ、絶対に誤解しないでね、あたし昔は男の手を握るのもイヤだったのよ、フォークダンスもできなかったし、保健室で胸囲を測られる時に本当に何度も何度も吐きそうになったんだから、ああいう風になるのもあんただけよ、あんたの前だけなのよ、他の男の前じゃ吐くほど飲まないし他の男のあそこだってくわえたことないのよ、でもあんたといるとそのことがわかるんだけどあたしは自分の中の性の欲求が恐ろしくて男のからだを恐がってたんだと思うの。その女の名前はフルサワかミズサワのどちらかで名前はユミコかフミコのどちらかだった。フルサワとミズサワとユミコとフミコをいろいろと組み合わせている時、ソファの脇のマガジンラックに突っ込んである「ニューヨーカー」が目に入った。こんな雑誌を航空便で取り寄せて喜んでいた時もあったな、と思い、フルサワとミズサワとユミコとフミコを組み合わせたどれかを名前に持つ女子大生を思い出し、そこにジュンコというトラック・ドライバーを付け加えた時、頭の中ではなく、胃のあたりで、何かが弾けたような気がした。最初、からだの中に棲む怪物が姿を現わしたのかと真剣に思ったが違った。あのトラック・ドライバーの才能を全面的に活かす方法を発見したのだった。それは、ニューヨークで、ロールプレイと呼ばれている性的なゲームだった。

『ベガーズ・バンケット』ローリング・ストーンズ

夜中の二時を過ぎていたが住所録を開き、ニューヨークでインディペンデントの広告代理店をやっている昔の友人に電話した。ニューヨークはちょうど正午だ。

「珍しいな」

ちょっと聞きたいことがあるんだ、

「また、愛人を連れてミュージカルでも観に来るのかい？」

そんなんじゃない、そっちで今ロールプレイってのが流行ってるだろう？

「盛りは過ぎたみたいだぜ」

もうあんまりないのか？

「普通の売春になってしまったんだ、昔はエイズの影響で、けっこうゴージャスでエッチな遊びだって人気があったみたいだけどね、でも一部にはまだ残ってるみたいだぜ、ブロードウェーの端役みたいな女の子がやってるんだ、そういうのは高いらしいよ」

そうなのか、

「遊びに来るのか?」

いやそうじゃない、ありがとう、今度真空パックの浜松のうなぎを送るよ、反町公三は電話を切った後、今までどんなにあがいても戻って来なかった力がからだ中に充ちているのに気付いた。コルドンブルーの酔いのせいではなかった。自分の中の怪物がどこかへ去っていってしまったのか、それとも怪物の支配力が神経と細胞と血管のすみずみに及んでしまったのか。


次の週末、夜が待ち遠しかった。準備を始める前に、ジュンコというトラック・ドライバーに会って、ロールプレイのことを相談しなければならない。反町公三は本当に久し振りに食欲が湧いて、昼にはトーストと目玉焼きを、夕方にはハンバーグステーキとヨーグルトを食べた。

夜の十時過ぎ、コルドンブルーをほんの少しひっかけてコンビニへ向かった。ジュンコというトラック・ドライバーは既に買いものを終えて店の外で反町公三を待っていた。

「この前のギターは最高だったよ、名前は何て言ったっけ?」

ジミ・ヘンドリックスだ、

「うん、最高だった、あんたにテープを貰うのが何か楽しみになったよ」

きょうはテープはない、それより話があるんだ、そう言うとジュンコというトラック・ドライバーの顔に警戒が走った。オレがジュンコさんに話があるのか、それともオレの中に棲む怪物があなたのサナダ虫に話があるのかはっきりしないんだけどね、そう付け加えると、ジュンコというトラック・ドライバーは警戒を解いて微笑みを見せた。

「ジュンコでいいよ、年上なんだし」

ファミリー・レストランは先週と同じように客がほとんどいなかった。たった三組の客の間を、ウェイトレス達がロボットのように歩き回っている。何か食べていいかな、とジュンコというトラック・ドライバーが言って、反町公三は、何でも、好きなものを、とメニューを渡した。この前はあの後お腹がすいて困っちゃったんだよ。彼女は和風スパゲティを選んだ。反町公三はヴァニラのアイスクリームを頼み、ロールプレイというやつを知ってるかい？　と話を始めた。

「知らないけど」

運転試験場で知り合った人とジュンコさんがやっていたようなことだよ、そのゲームはニューヨークですごく流行ったんだけどね、

「そいつも言ってたよ、ニューヨークでやってみたんだって言ってた、でも言葉が違うから

難しかったって」

オレと組んでそれを本気で仕事にしてみる気はないかい？　ジュンコというトラック・ドライバーはキノコとタラコのスパゲティを食べるのを中断した。

「よくわからないな」

オレが客を探すから、ジュンコさんはロールプレイを演じるんだよ、

「本気で言ってるの？」

反町公三はうなずいた。ジュンコというトラック・ドライバーは反町公三を睨みつけながら残りのスパゲティを食べた。反町公三はアイスクリームに手をつけずに、彼女の視線に耐えた。彼女の歯がキノコを嚙みちぎる音が、店でかかっている内臓が腐るようなムードミュージックの合間に聞こえた。降ったばかりの雪の上をウサギがとび跳ねているような音。彼女はスパゲティを食べ終え、アイスクリームは下半分が溶けかかっていた。

「あたしはそんな女じゃないよ、あんたはそういう人だったの？」

彼女はナプキンで口元を拭いながら目を吊り上げた。今彼女の中では、サナダ虫のことを話せる理解者だったのにという思いと、新しく芽生えた敵意とが交錯しているのだろうと反町公三は思った。それにしても何て強い目の輝きだろう、こんな目で、愛して欲しいと言われたらオレはどうするだろうか、覚悟を決めてくれと言われたら。

勘違いしないでくれ、別に売春で客をとれと言ってるわけじゃない、彼女の目を見つめな

がらものを言うのは簡単ではなかった。喉が渇いて反町公三は何度も唾を呑み込んだ。アイスクリームを喉に流し込んだらどんなに気分が良くなるだろうと考えたがそれは既に全部溶けてしまっていた。

オレは、今は休んでいるがちゃんとした仕事がある、ヤクザでもないしジュンコさんのヒモになろうとしているわけでもない、

彼女は反町公三の口元から目をそらさない。ジュンコと呼んでいいとはもう言わなかった。

仕事は主に日本の若いバンドや歌手のプロモートだけど、四国を除く西日本の公演を手がけている、いや、手がけていたと言うべきだろうね、ジュンコさんは日本のロックとか聴くことあるかい？

彼女は返事をしなかった。そんなことはどうでもいいという顔をしていた。

それはひどいもんだよ、実際そういう仕事を十五年も続けながらそういうことを言うのは変だけど、二、三ヵ月前から自分はいったい何をやってきたんだろうって、何もする気がなくなったんだ、ひどい脱力感がえんえんと朝起きてから夜寝るまで続いて、自分が手がけたバンドや歌手のCDとかテープを全部捨てたよ、突然見るのもイヤになって全部捨てた、何百枚何百本と捨てて手許には十五枚のCDしか残らなくてジュンコさんに一本ずつ渡してたのはその僅かに残ったやつさ、こういう言葉を使うと笑ってしまうけど、オレはあなたに会

う前に絶望していたんだ、絶望、なんて言葉だろうな、なぜそんな言葉が死語になってしまったんだろう、

「希望だって死語だよ」

彼女がやっと口を開いた。ウェイトレスを呼んで水を注がせ半分飲んだ。紅茶かコーヒーはいかがでございますか？　とウェイトレスは言った。ウェイトレスは喋ってない時でも上下の唇に隙間ができてだらしない感じの顔をしていた。要らない、と彼女は首を振った。かなり遠くからでも毛穴の見える足でウェイトレスは別のテーブルに歩いていった。ああいう女が、と反町公三は思った。ああいう女が、オレのプロモートした歌手のコンサートに行くようになって、絶望や希望が死語になったのかも知れないな。オレの中に何かがいるんじゃないかって思うようになったのはそれからだよ、

「けっこう歴史が浅いんだね」

あなたは自分のことをわかっていないと思うんだ、

「あたしは女で、二十一歳で、トラックの運転手だよ、それで充分だ」

半年付き合ったその男は何て言ってた？　ただそれだけだったって言ってたかい？

「あの頃はトラックには乗ってなかった」

その人は何か異様なものに気付いてたんだと思うよ、

「あいつの話は止めてよ、ゲロしそうになるんだ」

オレの話はどう？

「ジミ・ヘンドリックスとルー・リードとジム・モリソンに免じて、聞くよ」

オレはあなたのことを天才だと思うんだ、反町公三がそう言うと、彼女は茶色がかった細く短い柔らかそうな産毛の生えた白い腕を伸ばして、窓ガラスをコンコンと軽く叩いた。そして、人差し指を反町公三に突き出して、チッチッチッと舌打ちに合わせて三回振った。

映画とか見るの？

「ほとんど見ないね、あのては見たよ、『風の谷のナウシカ』とか『ラピュタ』とか」

テレビのドラマとかは？

「テレビっていうのはサナダ虫が最も嫌うものなんだ、第一持ってない」

音楽は？

「あんたがくれたのをたまに聴いてる」

本とか読む？

「何か取り調べみたいだね、雑誌は美容院で読むよ」

本だよ、

「絶対に読まない」

じゃあ普段は何をしてるんだ？

「だから言ったよ、前にも、最近も言った、あたしはトラックに乗ってるんだよ」

二十四時間乗ってるわけじゃないだろ？

「かなり乗ってる、アパートに着くと、疲れ果てて、シャワーを浴びて、ビールを飲んでるとすぐに、本当にあっという間に眠くなる。そのあっという間に眠くなる感じが好きなんだ」

休みの日は何をしてるんだ？

「たいていは寝てるね、みんな知らないと思うけどトラックの運転は重労働なんだよ、特にあたしは一週間で一万キロを超えることもあるからね、よく飛ばすし、睡眠はとっても大切でね」

それでわかったよ、

「何が？」

ピカソがそのへんのシロウトの展覧会を見に行くと思うかい？

「ピカソって何だよ？　ブランドの名前？」

本当にピカソを知らないのか？　と反町公三が聞いて彼女は首を振った。間違いない、と反町公三は思った。知らないフリをしているだけではなさそうだった。彼女はピカソを本当に知らないのだ、今の二十歳前後の人間は例えばオードリー・ヘップバーンやジョン・ウェインやハンフリー・ボガートを知らない、ロバート・デ・ニーロやアル・パチーノを知らない奴もいる、ジョージ・ルーカスやスピルバーグの方がまだ知られている、昔の有名な映画スターでも今はすぐに忘れられてしまう、映画スターという概念そのものがなくなっているのだ、個人の輝きといったものが信じられていないし、すべては一方的な垂れ流しの情報の中に埋もれて、あらゆるものはコピー可能だと思われている、他と大きく際立って才能を示してくれる個人というものはただうっとうしいだけになっている、反町公三の会社にはビートルズを知らない十九歳のバイトの女の子がいた、その子はビートルズのことを日本の漫才コンビだと思っていたのだ、だからジュンコの無関心はそいつらとは全然違う、ジュンコは今まで自分以外のものに興味を持てなかったのだ、サナダ虫と彼女が呼んでいるものが実は才能なのかも知れないが別に本当にサナダ虫であっても構わないし別の生物が彼女の中にいてもいいのだ、重要なことは、盲目的な自己愛ではなく、ジュンコは自分しか見てこなかったし、今も見ていないということだ、あらゆることに興味が持てないのも当り前だ、マーロン・ブランドのような人間が、生まれた時からずっと小学生の学芸会か中学校の演劇クラブのようなものばかり見て育ったとしたらそいつはすべてに無関心となってしまうだろう、そういうものから自分を遠ざけようとするだろう、まったく関係ないところで自分のスピード感と折り合いをつけて生きていかなければいけないだろう、ジュンコが今トラックだけを愛しているのはきっとそういうことだ。

その、半年間付き合ったっていう男性だけど、

「そいつのことはもう止めにするってさっき言ったよ、あ、言ってなかったっけ?」

反町公三は少し驚いた。天才だ、と言われてジュンコは明らかに喜んでいたのである。そ

の言葉を聞いてから、彼女の目にあった敵意が消えた。何かとげとげしいものが消えて、妙な熱のようなもの、直接触れたら火傷しそうなものが目の奥に宿っている。

ジュンコさんに役者になる気はないかとか女優なんだとか言ったことないの？

「何回かあるよ、実はね、でもそういう言い方じゃなかった——」

どういう言い方なの？

「さっきあんたが言ったようなことよ」

天才だって？

「まあね、でもあいつには何ていうのテレビとかそういう世界の知り合いもけっこういたみたいだけどそんなものを相手にしたらダメだって、言ってたね、あたしはもうトラックだけしかイメージになかったからそんなところに興味はなかったからね、クソだって言ってたよ」

何がクソなの？

「この国で演技してる連中がね、全部クソだってあいつは言ってた、変だな」

何が？

「あいつがあたしに言ったことを思い出すなんてほとんどないことだからさ、今、思い出したんだ」

その男性だけがジュンコさんのことを少しわかっていたんだと思うな、そう言うと、彼女は変な微笑み方をした。彼女の中にいる別の生きものが、彼女自身は気付かないように口元を微笑みの形にした、というような人工的で、しかも誰にも真似のできないような微笑み。その後に彼女は言った。

「ジュンコでいいって言ったじゃん」

三十分だけという約束でジュンコは反町公三の家に寄ることをＯＫした。寝静まった住宅街に停まるトラックは威圧的だった。犬だけが吠える東京西部の住宅街でエンジンを止めトラックから降りるジュンコはまるで冷酷な軍人のようにも見えた。ヒトラー直属の親衛隊機甲師団の戦車兵のようだった。玄関を開け、居間に案内して、ゆっくりと室内を見回すジュンコを見ていると、どんどん不思議な気持ちになっていった。オレ達はひょっとしたら最高のパートナーなのではないかという確信のようなものである。この人と知り合うために今までのライフがあったのではないかという啓示に近い思いだった。

「ねえ、少し安心したよ」

何で？　言いながら反町公三はジュンコと向かい合ってソファに坐った。ジュンコのために、ウェッジウッドのデミタスカップでエスプレッソを出した。エスプレッソマシンを作動させるのは半年ぶりだった。

「いいところに住んでるからさ」

金持ちだと安心するのかい？

「少なくとも殺されてお金を奪われたりはしないわけじゃない、そうじゃない？」

ジュンコがそんなことを心配するって何か意外な感じがするな、エスプレッソにほんの少しだけコルドンブルーを垂らして飲みながら反町公三は初めてジュンコと呼んだ。エスプレッソのせいで何とかごまかせたが頬が赤くなるのがわかった。女の名前を呼び捨てにするだけで、と反町公三は思った。頬が赤くなるなんて高校以来じゃないだろうか。

「家の人は？　結婚してるんだよね？」

ジュンコはリラックスして大きな肘掛けと背もたれのついたソファに坐っている。今までセットで百二十万もしたこのスペイン製のソファに坐った人間の中で、と反町公三は思った。ジュンコが一番足が長い。ペルシャの絹の絨毯に、ストッキングに包まれたペディキュアのない足の爪が接していて、灰色のジーンズがぴったりと貼り付いた細いけれど強そうでしなやかに伸びた脚がにぶく光るソファの褐色の革によく似合っている。

だからね、ちょっと恥ずかしい話だけど、オレがさっき言ったノイローゼになってから、実家に帰って貰ってるんだ、

「ソリマチさんの方から帰ってって言ったわけ？」

そうだよ、娘も一人いるんだけど、何ていうのかな、自分勝手なんだけどね、弱っているところを見られたくないんだよ、

そう言うとジュンコは例の別の生きもののサナダ虫が彼女の意志とは無関係に作り出したような微笑みを浮かべて、なるほど、と言ってうなずいた。

「このコーヒー、おいしいよ、これ何て言うんだっけ？」

エスプレッソだけど、

「ね、ああいう、喫茶店とかで出るこんなに濃くないコーヒーってさ、日本とアメリカだけだって本当なのかな、ヨーロッパとかあと南米とかアフリカでもどこでもこの濃いコーヒーしかないって本当なの？」

本当だ、と反町公三は言った。そういうことを教えたのは彼女が運転試験場で知り合った男だろう。さっきからずっとジュンコは無自覚のうちにその男を甦らせているのだ。

ロールプレイの話をする前に、と反町公三は言った。

見て貰いたいビデオがあるんだ、

『ブラック・マジック・ウーマン』サンタナ

ビデオをデッキにセットしながら、マリア・カラスを知っているかい？　と反町公三は聞き、ジュンコは首を振った。それはマリア・カラスの一生を描いたドキュメンタリー・ビデオだった。オペラが好きな反町の妻がアメリカで買ってきたもので、日本語の字幕はない。有名なオペラ歌手なんだ、反町公三は言った。

オレも詳しくないから何というタイトルのオペラなのかはわからないんだけど、ちょっとここのところを見て欲しいんだよ。

それはオペラのリハーサル風景をモノクロのフィルムで撮ったものだった。マリア・カラスは舞台の袖にいて、衣装も普段のものだ。喋っているのはイタリア語で、それに英語のナレーションが重なっている。

邪魔だから音は消すよ、反町公三がそう言って音声を消し、ジュンコは画面に見入っている。マリア・カラスの顔に興味を引かれたようだ。マリア・カラスはまだ三十代の後半で、ほとんど化粧をしていないが、強烈な顔をしている。意志の力を人間の顔で表現したらこうなるだろう、というような、一度見たら絶対に忘れられない顔、大きな切れ長の目とか、鋭角的な顎とか、尖った鼻とか、きれいな弧を描いた眉とか、それらに何かが宿っているわけではなく、またそれらのバランスのせいでもない。デリケートで派手な顔だが、たとえ優しそうに微笑んでも、仮面を被っているような、人工的な感じがした。そのシーンのマリア・カラスは特にそういう印象が強くて、それは、ミラノのスカラ座の最高度にキッチュなステージの袖で一緒に談笑している相手が演出のビスコンティだからなのかも知れなかった。長身で痩せたビスコンティはカーディガンを着てシャツの襟元にチーフをまき、貴族にしかないある種類の残酷さが伝わってきた。二人はステージ下手の袖に置かれたテーブルをはさんで坐っている。丸い小さなテーブルで椅子も街中の普通のレストランにあるようなシンプルなものだ。ステージではひげをはやした男性歌手が歌い、そのまわりを数十人のエキストラが囲んでいるが、二人は見ていない。大きな身ぶりで何か話し、時々笑い合っている。給仕の男の子が盆に載せたコーヒーのカップをテーブルに置いていったが二人は一度もその男の子の方を見なかった。コーヒーを飲みながら、ビスコンティが何か言って、マリア・カラスはカップをテーブルに置き、右手の人差し指を顎にあてて何か考えている表情になった。さらにビスコンティが何か言おうとしたが、マリア・カラスはそれを指で制して、顔を上げ、遠くを見る目付きになった。ビスコンティが合図をして、まだ男性歌手の歌の途中だったが、ステージが空けられた。誰かが追い払ったかのように、エキストラ達は舞台の後ろと隅に下がった。マリア・カラスはまだどこか遠くを見つめていて、やがてビスコンティに笑いかけ、ステージにゆっくりと歩いていった。一度下を向き、見上げた時に、顔が、決定的に変わっていた。反町公三は、ジュンコを見た。気付いたかどうか確かめたのだ。ジュンコは今までもっとも真剣な顔をしていた。やっぱり気付いたな、と反町公三は思った。マリア・カラスは、表情を変えたわけではなかった。自分の中からある何かを取り出し、それを顔に出したのだ。右手を上げて、歌い始めた。マリア・カラスには別の生きものが宿っているようだった。もう一度見せてよ、とジュンコが言って、その同じシーンを二人は四回、見た。

「今の女の人は、役者じゃないの？」

オペラの歌手だって言ったじゃないか、

「よくわからないな」

何が？

「歌手なんだよね」

そうだよ、

「歌を聴いたわけじゃないのに、鳥肌が立っちゃった、まだ消えていないよ」

ジュンコはシャツの上から両方の腕を交互に擦った。

「どうしてかな？　どうしてあのビデオを見せたの？」

サンプルっていうか、ジュンコがサナダ虫と呼んでいるのはひょっとしたらこういうことかも知れないっていう具体的な例をあれからずっと捜したんだよ、オレはレーザーディスクだったら八百枚くらい持ってるし、ビデオでも五百本近くあるけど、映画っていうのはどんなすごい女優でもずっと演技をしているわけだから、変化する瞬間っていうのがわからないんだよ、すごい演技って言ったってよくわからないだろう？　人を殺したり、突然発狂したりっていうのがすごい演技だとは思えないんだ、『ベティ・ブルー』って映画を知ってるかい？　女が狂ってしまうシーンがあるんだけど、それは口紅を唇のまわりにべっとりと塗るんだけどオレはそれについてはひどくて笑ってしまったよ、そういうことじゃないと思うんだ。じゃあ何だっていわれてもよくわからないんだけど、女優が、あるニュートラルな状態から激しい演技に入っていくっていうんじゃなくてね、人間が、女優になる瞬間の映像を捜したんだけど、今のやつしかなかったんだよ、

「だから、なぜ見せたの？」

ジュンコはじっと反町公三を見ている。何かに怯えている風でもある。

あのマリア・カラスの映像を四回も見る人はあまりいないよ、

「あのオペラ歌手はあの時どうなったんだろうか？」

顔が変わったわけじゃないよ、急に化粧が濃くなったとか、眉が吊り上がったとか、目付

きが鋭くなったわけでもない、オレよりジュンコの方がよくわかるんじゃないか？

「表情が変わったわけじゃないよ、うん、こめかみに血管とか浮き出てくるわけじゃないしね」

でも何かが表面に出てきた感じがしなかったかい？　マリア・カラスがからだの中に飼っている別の生きものが、決めてある合図を受けて飛び出してきたような感じじゃなかった？　オレはジュンコの話を聞いてからあのビデオをすぐに思い出したんだ、
ジュンコは下を向いて、髪を二、三度掻き上げ、顔を上げて、コルドンブルーを指差し、少しだけ貰っていいかな、と言った。反町公三は、ブランデーグラスではなくワイングラスにコルドンブルーをほんの少し垂らして渡した。もう少しだけ注いでよ、とジュンコは言った。これじゃ本当に何とかの涙みたいだよ、大丈夫、あたしは酒にも強いから、微笑みながらそう付け加えた。

「これはおいしい、こんなのはさすがに飲んだことがない、ブランデーはウイスキーやバーボンの十倍おいしいってあいつが言ってたのは本当だったんだ」

ジュンコが「あいつ」と言っても、以前のような嫉妬を覚えなかった。何かが薄らいでいるのがわかった。

「他にも不思議なことがあるよ、こんなに気軽にあいつの言ったことやあいつ自身を思い出せるのは、今までなかった、あいつが言ったことやあいつのことを思い出す時や思い出しそ

うになった時には何か自分でひどく用心しなきゃいけなかった、ソリマチさんだからこういうことも言えるんだけどね、別にあいつのことがどうこうっていうんじゃないんだよ、あいつしか男を知らないからとか、あいつのことが今でも好きだとかいうんじゃない、それはもちろん痩せ我慢とかそういうんじゃなくて自分自身に何十回も聞いたからその通りだと思う、うまく言えないな」

彼のことを思い出しそうになると用心してしまうのは、彼と一緒にいた頃の自分が甦ってくるからだよ、反町公三がそう言うと、ジュンコは、参った、と呟いて首を振り、拳でテーブルを軽く叩き、うなずいた。

「別にあいつと一緒の頃の自分がイヤなわけじゃないんだ、ただ何て言うか」

恐いっていうのとも違うだろう？

「うん、恐いわけでもない、こんな風に、あの頃のことを誰かと話す時がくるなんて想像もしなかったよ、あいつと一緒の頃の自分は、すごく残酷な感じがする」

残酷？　と反町公三は呟き、もう一度自分の頭の中でその言葉を繰り返した。

残酷。

「誤解されそうだな、自分でもよくわかってないから誤解もくそもないんだけど、あーあ、くそ、なんてダーティな言葉を使っちまったよ、何かね、ほら子供の時、よくひざとかひじとか意味もなくすりむいたよね、遊んで、家に帰ってそのすり傷に初めて気付くんだよ、お風呂に入るともっとヒリヒリする、けっこう痛いんだけどね、でもナイフで刺されたり、骨を折ったり、腐った卵を食べて下腹がヒクヒクするっていう痛みじゃない、親にムヒとかメンソレータムとか塗って貰ってフーフーと息を吹きかけて貰う時に、その、ヒリヒリする箇所が、自分と、世界との具体的な境界だっていうことがよくわかった、そういう感じがわかし好きだったよ、あいつと一緒の時の自分は、ヒリヒリしてた、無理矢理すり傷をたくさん作った感じ、自分と世界との境界がよくわかったけど、すごく痛かった、何も整理なんかついてなくて、何もわからない時に、そういうことをした自分がすごく残酷な感じがする、あいつが残酷な人間だってことじゃもちろんなくてだよ、あたしが言ってることとわかる?」

想像はできるけどわかるとは言えないな、と反町公三はコルドンブルーの入ったエスプレッソを飲み干して、言った。エスプレッソは冷えきっていた。オレにはそういう体験がないんだ、ヒリヒリとした傷を持ったことがない。

「そういうのを仕事にできる人がいるのは、だから信じられない、少しうらやましくて、あとは恐い感じがしてた、でも、さっきのビデオを見て、あのオペラの歌手、名前は何ていったっけ?」

マリア・カラスだ、

「その人を見て驚いた」

どうして驚いたの?

「ナチュラルだったからね、あの人があたしと同じようにサナダ虫みたいなのを自分の中に飼ってるのかどうかそれはわからない、でも、さっきのあの、歌い出す時の感じは、ソリマチさんがいうように、何かが姿を現わしたってことだと思うよ、それが、ものすごくナチュラルだった」

マリア・カラスは、自分に宿っているものをたぶん科学的にとり出せるんだと思わないか？ 平凡な言い方だけど、それは才能だとオレは思うんだ、自分に宿っている何かが才能なわけじゃない、それをとり出して、誰にでもわかる形にしようっていう意志の力を才能っていうんだと思う、

「それであたしに何をさせようっていうのさ」

ジュンコはほんの少しだけ頬を赤くして、反町公三をじっと見ている。

オレが一緒に何をしようとしているかはともかく、と反町公三は言った。

とりあえずオレ達はいいペアだと思わないか？

ジュンコはしばらく考えて、微笑んだ。

「うん、思う」

翌日の夜も、二人は反町公三の家の居間で向かい合う形でソファに坐っていた。いつものコンビニエンス・ストアで会い、それが決められた儀式であるかのようにテープの受け渡し

をして、ファーストフードの店には寄らずにまっすぐ静かな住宅街へやって来た。テープはサンタナのセカンド・アルバムだった。

「卵サンドをここで食べちゃっていいかな」

とジュンコは聞いて、反町はうなずき、カプチーノを作ってやった。

「ソリマチさんの話を、トラックを運転しながら考えてみたよ」

サンドイッチを包む薄いビニールを剝がしながらジュンコは言った。人差し指についたマヨネーズを舌で舐め、現実的じゃない、と呟いた。

現実的じゃない、どういうこと？　反町公三はエスプレッソを飲んだ。コルドンブルーはもう欲しくなかった。

「ソリマチさんの言うことはわかる気がする、あたしは確かにトラックの運転が好きなわけじゃないのかも知れない、もっと他にやりたいことっていうか、向いたことがあるかも知れない、で、それは、ロールプレイってやつかも知れない、でも、トラックは気に入ってるんだ、それは確かなんだよ、うざったい言い方かも知れないけど、トラックに乗ってる時の自分が不自然じゃないんだ、だから、今のライフを変えるのはすごく無理がある、無理はしたくないんだよ」

反町公三は、わかるよ、とエスプレッソを飲んでうなずいた。ジュンコはそういう風に言うだろうと思っていた。昨夜、反町公三がジュンコに説明したのは簡単に言うと、売春のないロールプレイを金持ちの老人相手に商売にしよう、ということだった。自分にはそのての老人の知り合いもたくさんいるから信用のある客をつかめるだろう。金が目当てなのか、とジュンコは聞いて、そうではない、と答えた。考えさせてくれ、と言って昨夜ジュンコは帰って行った。ジュンコが帰ってから、反町公三は、本当に他の誰かに彼女を紹介して金を得たいのか？　と自分に聞いた。聞くまでもなく、答えはわかっていた。

「でも、ソリマチさんのことを信用していないっていうことじゃないんだよ」

ああ、わかってるよ、と言って、反町公三はジュンコに笑いかけた。実はオレもあの後考えたんだけど、金持ちのじじいにジュンコを紹介して金を貰ったたって別にそんなことをオレもやりたいわけじゃないってことがわかったんだ、オレだって、そんなことをやりたいわけじゃない、ただ、すごく照れてたんだと思うんだ、

「照れてた？　何、それ」

ジュンコはゆっくりとサンドイッチを食べる。六枚の薄いパンを全部剝がして、まずレタスだけを食べた。そしてマヨネーズが手につかないように注意しながら、一枚ずつ、薄いパンを口に入れていった。他の、金持ちの老人とそういうことをして、金を貰うってことは一種のビジネスだから、ビジネスなんだっていうと、自分と距離ができると思ってさ、わかりにくい表現になってしまったな、と思いながら反町公三は言った。

「ソリマチさんが何を言いたいのか、よくわからないよ」

ジュンコはさらに薄いパンを舌に載せながら、いたずらっぽく微笑んで、ちょっと、やってみていいかな？　と言った。

何を？　反町公三は動悸が速くなるのを感じた。

「きのう、家に戻って来たのは朝だったんだけど、いつものようにシャワーを浴びて、ミラーのギニュイン・ドラフトっていうお気に入りのちょっと甘めの缶ビールを一本飲んだけど眠れなくてさ、それで、そういうことは本当に久し振りで、自分でもどうしてやったのかわからないんだけど、ちょっと練習してみたんだ」

練習？　何の、反町公三は喉が渇いてきてコルドンブルーに手をのばしそうになった。

「きのうの、マリア・カラスのあの顔だよ、それで、マリア・カラスの真似だけしてもつまらないからちょっと変えたの、どんな風に変えたか、聞きたい？」

ああ、反町公三はついに我慢できずにコルドンブルーのボトルをとり、食器棚からグラスを取る余裕もなく、エスプレッソを空けたデミタスのカップに注いだ。オーストリア製のデミタスカップの底に二センチほど溜まったコニャックを、一息に飲んだ。

「あたしはね、田舎から出てきたばかりの、音大生なのね、それで田舎は、名古屋のあたりで、音楽科のある高校を出て、声楽をやっているんだよ、哀れな女の子で、田舎じゃすごくチヤホヤされてたんだけど東京に出てきてから、これが音大に入ってんだけどね、まわりは実力のある人か金持ちのお嬢さんばっかりで完全に孤独で自信を失くしているわけね、で、あのビデオを見てマリア・カラスに憧れてるものだから毎晩毎晩真似をするの、そしてごていねいに頭がおかしくなっていくの、狂っていくんだけど、マリア・カラスのあの瞬間の真似だけは上手になっていくの、何度も、何度も真似をするんだよ、ね、それを、ちょっと今からやってもいい？」

いいよ、と反町公三は答えて、背部に寒気を覚えた。何てことを考えるんだ、と思い、動悸がさらに激しくなって、コルドンブルーをさらに二センチ飲んだ。

やがて、ジュンコは、何も映っていないテレビの画面に正対し、薄いパンを一枚とって、手のひらの上でクルクルと丸め始めた。

「あ、言うのを忘れてた、こうやって、サンドイッチを全部バラして、一枚ずつ食べるっていうのも、その哀れな音大生のくせなんだよ、名前はミサトっていうんだ、じゃあ、あたしは今からミサトだよ」

反町公三は息を呑んだ。

『ハロー・グッドバイ』ビートルズ

ジュンコは、手のひらで丸めたパンをまず三センチほどかじった。噛み砕こうとするのだが唾液がまったく出ないという感じで顔をほんの少しだけ歪めた。それは、眉の間に皺を寄せるとか唇の端が歪むとか目付きが変わるとか頬の筋肉が震えるといった目に見える変化ではなく、逆にそういう変化が顔を中心にして起こるのを意志の力で抑えているといったものだった。反町はそういう風にひどくまずそうにサンドイッチを食べる人間を生まれて初めて見た。ジュンコは、いやもうミサトという音大生だが、丸めたパンの一部をやっとの思いで喉に押し込んだ。表情はまだ全然変わっていない。無表情だ。目の焦点は定まっていなくて、神経の集中も見られない。すべてが弛緩している印象を受ける。ミサトは残りのパンを見て、さらに一センチほど食べ、いじらしく努力して全部を口の中に入れた。それを噛んでいるうちに、顔に僅かな変化が現われた。チラリと部屋の隅を見て、まるでそこに誰かが潜んでいるような、そしてそれに気付いたような、あまり健康的ではない目の動きをした。パンを噛み砕くのが辛い、ということをその誰かに知られるのがたまらなくイヤだ、そういう思いが空気の揺れとなって伝わってきて、反町は胃のあたりが重くなるのがわかった。コルドンブルーを飲んでもその内臓のしこりは取れなかった。やはり、という思いよりも、恐れに近いものをジュンコに対して持ってしまった。何なんだこの女は、と反町は思っていた。誰かに何か習うわけではなくこういうことができるのか？　ミサトなんてリアリティのある固有名詞をどこで思いつくんだ。ジュンコが演じるミサトは、部屋の隅をしきりに気にしながらやっとの思いでパンを食べ終え、顔を上げて、右手も同時にかかげ、声を出さずに口だけを開けて、うたう真似をした。それは、吹き出したくなるような、また、吹き出して笑い出した瞬間にたまらなくイヤな気分になってしまいそうな、こっけいで、シリアスなうたう真似だった。それがかなり長く続いて、反町はしだいに感情が乱れ、何かがどんどん失われていくような気がして、現実感が薄れていった。空気がどんどんなくなっていってもうすぐ肺が苦しくなり喉を掻きむしるのではないかというような、時限爆弾の針が目の前でセットされている時間に近づいていくのを見るような、とり返しのつかないものを目のあたりにするような、しばらくしたら神経が本格的なパニックに陥ってしまいそうな、急激な喪失感があった。ミサトが必死にマリア・カラスの真似をして声を出さずにうたうふりをするのは、ひどくこっけいで無様で、何度も笑い出しそうになるのだが、そのたびに何か切実なものが伝わってきて笑うのをためらってしまう、切実さといってもそれは能力の限界ということや血を吐くような思いでマリア・カラスの真似をしているということではない。ジュンコの顔がある瞬間ぞっとするくらい美しくなってしまう、それはマリア・カラスの顔にあったものと同じだ、意志が、形になった時の美しさ。永遠にそのうたう真似が続いているような感じと、逆にたった今始まったばかりだという感じが矛盾することなく同時に反町にあって、時間の感覚がどんどん失われていき、とり返しのつかないことが起きているという気分だけが強くなっていった。ついに耐えられなくなって反町は言った。

わかった、もう、いいよ。

「え、どうしたの？」

と、ジュンコはミサトになったまま恐怖の表情を顔いっぱいに浮かべた。顔のあらゆる部分とその全体が、恐怖という兆候と概念を表わしていた。

「ね、あなた誰？」

ミサトは唇を僅かに震わせながら、真剣な目でそう反町に聞いた。反町は一瞬どうすればいいのかわからなくなった。ジュンコが本当にミサトになりきって、自分を失ってしまったのだと思ってしまった。おい、大丈夫かよ、と反町は自分でも間が抜けてるなと思うような声を出してしまった。すると、ミサトの顔があっという間に解け、ジュンコが現われて、言った。

「どうだった？」

反町は、何も言えなかった。からだ中にギクシャクしたものが残っていた。信じられないことに声を出して泣き出しそうだった。子供だったらワーッと泣きながらジュンコに抱きついてしまっていただろう、実際にそうできたらどんなにいいだろう、と思った。

「ね、どうだった？」

ジュンコは軽く微笑みながらそう聞いてくる。よくわからないよ、とやっとの思いで反町は答えた。声が裏返ってしまいそうなくらい心臓がドキドキしたままで、なかなか現実感が戻ってこない。

「ミサトかあ」

サンドイッチの残りを食べてしまいながら、ジュンコは他人事のように呟いた。

「ミサトもけっこうリアリティあるなあ、どうしようかなあ」

ジュンコは明らかに気分が高揚していた。いつだったたか、深夜のファミリー・レストランで、前の男との間で演じていた女子大生の役をほんの少しやってみた時も同じ反応だった。ジュンコは、他の人間を演じるのが好きなのだ。自分でそのことに気付いているのだろうか？

どうしようかなあって、何だい？

「コレクションに入れるかどうか、迷っているんだ」

「笑っちゃう名前だよね、サチコだってとんでもない名前だよ、サチコはコレクションに入ってないんだ、入れたくない」

ジュンコの口から自発的にロールプレイという言葉が出た。

「あいつとのロールプレイの時の、女子大生の名前はサチコっていうんだけど」

コレクションって何だい？

何人か、たまに演技して楽しむための役柄と人格を持っているということだろうか？

「うん、別に意識してそうしたわけじゃないよ、その辺の女の子だって無意識のうちにそういうことはやってると思うんだ、あたしは、仲良しがいないからわからないけどね」

友達がいないの？　と反町は思わず聞いた。確かに変わってはいるが友達がいないタイプには見えないからだ。

「友達はいるよ、忙しいからつるんで遊ぶなんてことはできないけど、いる、たまに電話するし、本当にたまにお茶を飲んだりする、仲良しはいない、仲良しってやつが昔から嫌いなんだよ。漫画雑誌の『なかよし』とは関係なくてね、何でだろう、まあいいや、とにかく嫌いだったんだ」

コレクションの話だったね、

「うん、この話は誰にもしたことがない、もちろんあいつにも話さなかった、今考えるとなぜあいつに話さなかったのかは不思議なんだけど、そんな大したものじゃないんだけどね、コレクションっていう言い方も今初めて言ったんだよ」

　何人いるの？

「名前をつけているのは三人、ハナとケイとメグミ、けっこう昔からいるんだけど、ミサトはどうしようかな、たぶん仲間に入れて貰えないかも知れないね」

　名前がないのもいるの？

「ウーン、正確に言うとそういうニュアンスじゃない、例えばトラックに乗っててパーキングエリアでコーヒーを飲むよね、あたしと同じようなライフの女の子が最近はけっこういて、その子が印象に残った場合に限り、真似をしてみることがある、名前がないっていうのはそういうことだけどね、名前がない割に存在感のある子がいるんだけどね、あたしより十歳も年上でとても暗い目をいつもしていて醜い年寄りをいたわりながらずーっと夕焼けをその年寄りと眺めているっていう子がいる、その子はよくステージに上がることがある」

　コレクションとかステージとか、ジュンコは今まで決して明らかにしなかったことを語り始めていた。マリア・カラスとミサトが引き金になったのだ。トラックを運転してヘトヘトになってビールを飲んで寝るだけだ、とそう言っていたのに。

　昔からのことなのかな、そのコレクションとかステージっていうのは、

「うん、ハナが一番古くて、いつ頃からなのかちょっと思い出せない」

　サナダ虫とは別のものなんだよね、

「もちろん、サナダ虫には名前は付けられないよ」

ハナと話をすることもあるの？

「ない、それだと二重人格じゃないか、そんなのとは違うよ、例えば小さい女の子が縫いぐるみの熊とよく話したりしてるよね、ああいうのとはもう最初から違うんだ、さっき言った、あたしより十歳も年上で暗い目をして年寄りをいたわる女っていうのは日本人じゃないんだよ、雑誌で見たんだ」

週刊誌とか？

「違う、日本の雑誌じゃないの、東名の海老名のパーキングスペースで、夜明け頃で、秋の終わり頃で、とても寒かった、雨も降ってたね、あたしはでもそういうシチュエーションが嫌いじゃない、そういう時にそういう場所にずっといるってのは拷問だけどトラックをちょっと停めてコーヒーの自販機まで歩いていって、『あったかい』って赤い字で書いてあるコーヒーのボタンを押して、湯気が立ってるやつを一口飲むと東の空が明るくなっていて、最後の星かなんかがちょうど消えていくところで、息が白くて鳥が鳥には見えない針金のゆがんだやつみたいな形で飛んでて、きのうの夜に話したひじやひざのすり傷と同じで何か信頼関係のようなものが自然にうち立てられているのがわかるんだよ、自分がいて、その外側に自分のからだではない外の世界があって、境界線がはっきり感じられてすがすがしいって感じかな、当然コーヒーもおいしい、自販機がよくできていて絶対に反抗も無視もしないお利口なロボットみたいに見えてきて、冷たい雨なんかもサナダ虫もあいつとのこともまったく関係がなくなっていくんだけどね、そういうあたしが好むタイムとシチュエーションの典型的なやつのまっただ中で、その雑誌を見たんだ、それはゴミ籠から何かひどくエッチな感じで、まるでこっそり捨てられてそのくせ捨てた奴が誰か拾うかなってどこからか見ている女ものヒラヒラした下着みたいなエッチな感じで雨に濡れてそのページがゴミ籠のふちからペロンと垂れ下がっていたんだ、今考えるとあれは海岸の、よく知らないけどハワイとかオーストラリアとかの別荘やホテルなんかを紹介する雑誌だと思うな、写真がたくさん入って、それを見た人が別荘を買いたくなるように仕組まれたのってよくあるよね、それだと思うな、ペロンと垂れ下がった黒白の写真が妙にインパクトがあったんだ、二人の外国人の白人のカップルが夕日を眺めているやつ、そのページは雨に濡れてたけど皺になったり破れたりしていなくてそれほど大きな写真じゃなかったけどディテールまでよく見えたの、それはあまり大きくなくてどちらかと言えば小男の、ハゲでお腹が出てて、腹にも胸にも黒い毛が生えてる醜い年寄りと、暗くて寂しそうな目をした三十代半ばの背の高い女だったんだ、その写真を見て何か感じたんだろうね、そんなに長い間写真を見ていたわけじゃないんだよ、十秒くらいだと思う、女の人はその醜い年寄りの肩に手を回して微笑みかけていたんだけど、その微笑みが何ていうかものすごく曖昧なんだ、本当に好きなんだっていう風にも見えるし、他にライフを選べなくてこの人と一緒だとお金に困らないからしょうがなくてこうしてるっていう風にも見える、それは表情やポーズが不自然だっていうことじゃない、暗く寂しい目のせいかも知れないしそうじゃないかも知れない、長いことその写真が頭から消えなくていつもボーッとしている時に思い出していたらいつの間にかその女のことを真似てみたくなって何度かやった、とにかく、その写真はもう本当にすみずみまで思い出せるよ、二人はベランダにいるんだけど、そのベランダには妙な形の石像が置いてあってそれは中国のスタイルで造られた象なんだけどその象の、変わった曲がり方をしている鼻とか、その女が片方の手に持っているグラスに飲みものが半分入っていてそれにセロリが差してあったってこともね、そんな飲みものがあるの？」

ブラディマリーをアメリカ人はよくそうやって飲むことがあるね、

「ブラディマリーって何？」

ウォッカとトマトジュースで作るんだ、タバスコやウースターソースも入れることもある、

「たぶんその女が飲んでたのはそれだな、どういう味なの？　さっぱりしてるの？」

作ってあげようか？　と反町が言うと、ジュンコは、うん、と嬉しそうにうなずいた。

いろいろなスタイルのブラディマリーがあるんだけど、どういうのがいいかな？　キッチンに立ち、そう聞くと、ジュンコも傍に寄ってきて、あたしが言ったのとできるだけ似ているやつ、と両手を後ろに組んで爪先立ちをするようにして、言った。

セロリとトマトジュースがなかったので、ジュンコがコンビニに買いに行くことになった。トラックで行きたいと彼女は言ったが、あのエンジン音を響かせるのは止めた方がいい、と反町はメルセデスの鍵を渡した。

「ベンツなんか運転できるかな」

ジュンコは鍵をジャラジャラさせて玄関先で笑っている。あのトラックに比べたら、まるで赤ちゃんとケンカするようなもんだよ、反町がそう言い、ジュンコは、赤ちゃんとケンカなんかしちゃだめだよ、と独り言のように呟いて、出て行った。

反町は、バカラやボヘミアではなく、アメリカ人がリゾートで使うような、下品で安いタンブラーを選んだ。簡単には割れないように厚いガラスで頑丈に作ってあって、趣味の悪い装飾が刻まれているやつ、アイスキューブがアメリカンスタイルのブラディマリーにしては大き過ぎたのでミキサーに入れ、クラッシュにならない程度に軽く砕いた。氷を砕く音が深夜のキッチンに響いて、反町は、ジュンコがミサトになっている間の非現実感を思い出し、見た目にはスタイルが良くてきれいな顔で髪を染めたただの女性トラック・ドライバーなのにどうしてあんな才能があるんだろう、と考えた。突然変異みたいなものかな。反町が、何ヵ月か前から急に精神が不安定になって、家族を実家に帰し、会社にも出なくなり閉じ籠って酒ばかり飲みほとんどのＣＤやカセット・テープを捨てたことと、ジュンコの圧倒的な才能がどこかで関係しているような気がした。これまで反町がプロモートしてきたミュージシャンやバンドは八割が日本人でポップスやロックをやっていたが、音楽的にレベルが低い、アメリカのイミテーション、世界には絶対に通用しないみたいなことは最初からわかっていて、それに対して絶望したり怒ったりということはなかった。学生の頃から長年やってきたことだったし、下手くそなのはわかりきっているが、金にはなるし、ポップスのような音楽に対して真剣になるのはバカげているとずっと思っていた。だが、ジュンコのような才能を目のあたりにすると、自分が突然ひどい脱力状態に陥った理由が少しわかるような気がする。ムダなことは犯罪なのだ、別にやる必要のないこと、それがなくても生きのびていけることをやり続けるのはよくないことで、他人のエネルギーを奪う、ひとかけらの才能もない連中が音楽をやり、音楽なんかとは本当は一生無縁なはずの連中がそのCDを買いそのコンサートを聞いて立ち上がって踊る、才能というのは危機感に支えられた意志のことで、何となく毎日がつまらないから二十四回ローンでYS99を買ってみようということなんかじゃない、オレを被うすべてが恥ずかしくなるほどの巨大なムダだった、その中から何かが生まれてくる可能性のあるムダじゃなくて、ムダだということを知らずにやり続けるムダだから、そこには何もない、浪費ですらない、ただのごまかしだ、新興宗教の方が露骨な分まだましだ、オレがやっていたことは何にもならないことではなくて、嘘で、やってはいけないことで、犯罪だったのだ、ふざけたようなことを真剣にやっているようにごまかすことは、犯罪だ、反町はそう思った。そして、ジュンコのような女がなぜ存在するのかが、わかったような気になった。具体的な何かの信号を受けてそれを無視せずに、意志を持って生きのびてきた人間がいるということだ。そいつらは自覚できないまま、自分の中に生まれた力にとまどっている。……進化。

そう呟いた時に、セロリを腕に抱えたジュンコが戻って来た。

「参ったよ」

笑いながらそう言う。どうしたんだ？　キッチンでセロリの入った袋を受け取った反町はジュンコの笑顔が今までにないタイプのものだと気付いた。下を向いて何かを思い出すようにジュンコは笑ったのだが、とても子供っぽいと反町は思った。今までずっとあった緊張感がゆるんで、くつろいでいる感じだった。まるで、と考えて、違う意味で反町はギクリとした。まるで二人でずっと住んでいるみたいだな。

「この格好でベンツに乗ってってたんだよ」

ジュンコは袖を持って両手を拡げた。灰色のジーンズ、ピンクのシャツ、デニムの短いブルゾン。

「いつものとこには野菜がないのを知ってたから、ちょっと遠くのファミリーマートに行ったらね、ガキが群れてダンスごっこやってたんだよ、今ああいうの流行ってるのかなあ」

ブレイクダンスみたいなやつかい？　反町は酒のボトルの並んでいる棚からアブソリュートのウォッカを取った。

「いや、あたしはダンスは知らない、昔、バレエを習おうかと思ったこともあったけど、一度、練習所を見せて貰って止めたよ、向いてないと思った、いや、それでね、ガキが七、八人集まって踊っててね、あたしがその横にベンツで乗りつけたわけだよ、そしたら、連中何か驚いてあたしを見てね、その中の一人が、何て言ったって思う？」

わからないな、トマトジュースを注ぎ、タバスコを数滴落とす。

「『あんた、二号さん？』って言ったの、あたしが吹き出すと、そいつも照れて笑ってたけどね」

二人でブラディマリーを飲んだ。

「このセロリはどうするの？」

食べてもいいし、食べなくてもいい、これの発祥の地だというバーで飲んだことがあるけど、そこのやつにはセロリはなかった、今までのオレの経験で言うとセロリを飾ってあるのはアメリカだけだな、それもアメリカの田舎だけだね、

「どうしてアメリカの田舎だけなの？」

あまり詳しくないけど、たぶんトロピカル・カクテルってやつにパラソルとか果物の串刺しとかを飾ったのもアメリカ人だと思うよ、ヨーロッパのリゾートにはあんな飲みものはないからね、アメリカは、田舎は特にそうなんだけど、寂しいんだ、

「寂しい」

と、反町が言ったことを繰り返して、ジュンコはうなずいた。

「それでわかったよ」

ブラディマリーを飲みながら、言った。そして、もう飲む必要はないというように、タンブラーをテーブルに置いた。

そう、寂しいんだ、いろんなものにとにかく何か飾りたがる、クリスマスのデコレーションが一番派手なのもアメリカだし、日本でも田舎だけだろう、商店街のアーケードにビニールでできた桜の枝とかよく飾ってあるけどあれと同じだ、それで、何がわかったの？　反町もブラディマリーを飲むのを止めた。

「その三十代後半の女の人の顔だけど、あたしはハワイだろうがオーストラリアだろうが楽しいところだと思っていたの、楽しいだけで他には何もないっていう感じ、寂しいっていうニュアンスはわからなかった、それを聞いてあの表情の秘密がわかった、これからはもっとあの女性をやる時にうまくやれると思うな」

反町はブラディマリーの入ったタンブラーをキッチンに戻した。深夜には合わない飲みものだ。それに、飲まずに放っておくと、氷が溶けてトマトジュースの赤が分離して汚くなる。放っておかれたカクテルはどれも醜くなってしまうが、ブラディマリーはその中でも最悪だと思う。もう少しコレクションやステージといったことについて聞いていいかな、反町はコルドンブルーをほんの少しグラスに注いでから聞いた。ジュンコはその琥珀色の液体を見て、うなずき、少し、貰えるかな、と言って、微笑んだ。その微笑みも、非常に子供っぽくて、可愛かった。くつろいだものだった。これから仕事なんだからほんの少しだよ、と反町がブランデーグラスに一センチほど入れてやると、本当は酒は強いんだ、とまた微笑んだ。その微笑みを見ると、何か残酷な感じがした。子供の頃はずっとそういう微笑みが表情の基本だったはずだ。赤ん坊や、普通の幼児はみんなそういう微笑みが基本になっている。だが、虐待されている幼児は、いつかテレビのドキュメンタリーで見たが、別の表情が基本になってしまっている。ジュンコはもちろん虐待されてきたわけではない。だが、そういう微笑みを表情の基本にすることをいつの頃からか自分に禁じてきたはずだ。こんなクソみたいな国で、と反町は考えた。犯罪でしかないような音楽だけが鳴っている国で、幼児的な微笑みが表情になっているのはバカだけだ。

「聞くのはいいけど、コレクションとかステージとかって言葉もさっき考えて使っただけなんだよ、自分の中でもうまく整理できていないから、質問されても答えられるかどうかわからないな」

ステージっていうのは？

「あたしが夜な夜な鏡に向かって別にテレビや映画に出てるわけじゃないのに、誰か他の人間の真似をしたら恐いだろうな、そういう風なところを想像した？　それも鏡がドレッサーとかバスルームに付いてるようなやつじゃなくて、昔の、三面鏡だったらもっとすごいだろうな」

　違うのかい？

「実はそうなんだよ」

　そう言ってジュンコはソファに坐ったままからだを折り曲げて笑った。反町も笑ったが、ジュンコよりも早く笑うのを止めた。

「考えてみれば変だよね、あ、言っとくけど毎晩毎晩鏡の前で二時間も三時間もそういう誰かの真似をやってるわけじゃないよ、ちょっとだよ、シャワーの後でね、髪を乾かしながらとかね、ほんのちょっとだよ、でも考えるのはけっこう長く考える、長く考えて、一瞬、自分の顔とからだをその考えていた人間に貸すんだ、一発で完璧に貸せることもあるんだけど、そういう時はスリリングだ、自分でも酔ってしまう」

　コレクションっていうのは？

「一発で貸せた子がいるよね、それがハナとメグミかな、ハナっていうのは実は日本人じゃないんだよ、昔のテニス選手なんだ、外国の」

　ハナ・マンドリコワのことかい？

「うん、それだと思う、テニスが好きなわけじゃないよ、その人を見たのも、テレビで一度だけなんだよ、どこの人なの？」

　チェコ人だよ、

「そうか、チェコとは気付かなかった、とても妙な顔をしているよね、こう、上下につぶれたみたいな、おばあさんみたいな顔だよね、知ってる？」

テニスには詳しくはないけど、彼女は一時期スターだったからね、

「からだの動きが信じられないくらいきれいなんだ、ハナを知ってから他にもいるのかなと思って何度かテニスの放送があると見てるんだけど、あんなのはいない、ハナが走っていく時とか、逆にピタリと止まる時、ラケットをクルンと振る時、すごくスムーズだった、ねえ、ちょっとやってみていいかな」

そう言ってジュンコは立ち上がった。いいけどテニスのラケットとかはないよ、と反町が言うと、あ、そんなんじゃないんだ、と手を振って、ジュンコは、ソファとテーブルの隙間に立ったまま、フウッと息を吐き、テニスのスイングを真似て、右手をゆっくりと一回転させた。それは、テニスにそう詳しくない反町が見ても、おかしなスイングだった。テニスのスイングというよりも、特殊なダンスのようだった。右手を軽く前に突き出し、その手を引き込むようにしながら、右手を自動車のワイパーのように動かした。照れたように微笑みながら、ジュンコはまたソファに坐ったが、反町にはわけのわからない飢えが生まれていた。ジュンコがやった動きがハナ・マンドリコワのテニス・スイングに似ているかどうかということは問題ではなかった。その動きが終わってジュンコがソファに坐って、しばらくしてから、背筋のあたりがザワザワと騒ぐのがわかった。もう一度見たいという飢えに近い思いが

起こった。まったく理解できなかった。ジュンコがたった今やったことが一体何なのか、全然わからなかった。

今、何をやったんだ？　反町は思わずそう聞いてしまった。

「あ、ごめん、あんまり似てなかった？　動きだけじゃわかんないか、ハナの場合は顔の表情とかはやらないんだ」

いや、そういうことじゃない、ハナ・マンドリコワに似ているとか似ていないとかの問題じゃないよ、何か、ドキッとする動きだったんだ、わけがわからないけど、ドキッとした、

「そうか、あたしは今、ハナに自分のからだを貸したの、ずっと彼女のことを考えて、走るところとか止まるところとか、ラケットを振るところを考えるんだよ、それでハナを、つくるんじゃなくて、うまく言えないな、ハナの設計図みたいなのをつくるんだね、それで、自分のからだを貸すんだけどね」

ケイとか、メグミっていうのもじゃあ基本的には同じなわけだね、

「そう、もちろんタイプは違うよ、でも、彼女達がいて、彼女達のことを考えて、からだを貸すということはみな同じだけど」

実在の人物なんだろう？　友達だとかテレビで見たとか写真で見たっていう違いはあるかも知れないけど、実際に存在する人だよね？

「もちろん、そうじゃなかったらその人のことを考えられないからね、それじゃいけない

の?」

ジュンコはブランデーグラスを傾けコルドンブルーを飲んだ。喉に流し込む時も顔色一つ変えない。本当に酒には強いようだ。いけないとかそういうわけじゃないよ、と反町は言った。

ただ違うやり方もあると思うんだ、

「何?」

例えば本の中の人間とかね、と反町が言うと、ジュンコはうなずいた。なるほどね、それは確かにそうだ、ジュンコは少しずつコルドンブルーを飲む。それほど寒い季節ではないが、部屋には奇妙な冷気のようなものが漂い始めた。温度が下がったのではなく、空気の粒子が鋭く尖ってそれが肌に触れ、寒いと感じるような、そういう冷たさだった。反町がそれを演出したわけではない。ジュンコが何か考え始めているのだ。あるいは彼女の中のサナダ虫が。たったそれだけで居間の空気の質が変わってしまう、ビデオを回しただけではっきりするだろう、と反町は思った。部屋をしばらく撮って、その後でジュンコがフレーム・インしてくるだけで、何かが映るはずだ。

「でもあたしは、大昔のお姫さまとかそういうのはムリだな、考えられない」

何が違うんだろう、

「いや、ちょっと待ってね、さっきのブラディマリーのセロリみたいな情報があればできるかも知れないな」

ハナとケイとメグミとミサトと四人いてね、何か共通するものがあるかい？　反町はそう聞いた。何でそんなバカバカしいことを聞くんだ、というようにジュンコは答えた。

「何もないよ」

反町は、ジュンコが帰った後、ただコルドンブルーを飲み続けた。ひどく興奮していたが、何杯飲んでも酔わなかった。ジュンコはいなくなったが、空気はそのままだ。何だこれは？と反町は苦笑した。これじゃまるで中学生じゃないか、喫茶店で二、三十分お茶を飲んだだけでものすごいスリルを感じてしまう、その女が帰った後もその余韻だけで充実する、オレはどうしてしまったのだろう、これからどうしようというのだろうか。電話が鳴った。時間的に、たぶん妻か子供からのものだろう、反町は受話器を取らなかった。あさっての夜またジュンコが同じ時間に訪ねてくる、そのことだけを考えていた。

『アイ・ウィル・ビー・バック』ビートルズ

ビートルズの「アイ・ウィル・ビー・バック」を十数回続けて聴いていると、ジュンコが現われた。

「映画？」

と、サンドイッチを口に入れたままジュンコは大きな声をあげた。今夜は、やあ、と手を振りながら現われ、乱暴に靴を脱いでソファに腰を下ろすと、空腹だったらしくてすぐに卵のサンドイッチを食べ始めた。反町もすぐに計画のことを話しだした。ジュンコを主演にして映画を作ろうと思うんだ。

「映画って？」

大きな声を出したが、サンドイッチを食べるのはやめなかった。生命力にあふれた食べ方だ、と反町は思った。一切れを食べ終わると、ジュンコは自分で買ってきたオレンジジュースを飲んだ。

　だから映画だよ、ジュリア・ロバーツとかアンディ・ガルシアが出演するみたいな、映画だ、

「わたしを主演にして、作るって?」

　そうだ、

「そんなに簡単にできるものなの?」

　簡単には、できないよ、

「じゃ、ソリマチさんは簡単にはできないことをわたしに提案していることになるよ、それって、イージーじゃない?」

　毎晩家に寄るようになって、ジュンコの口調がしだいにストレートなものになってきた。ストレートというより、わかりやすい言葉をシンプルに組み合わせて喋るのだ。非常に魅力的だが、と反町は思った。非常に魅力的だが、それはこの国では本当に誤解されやすい喋り方だ、この国では誰でもストレートに喋らない、どんなに親しい友人どうしでもエクスキューズが必要だ、それってイージーじゃない?　などという言い方はまずできない、そういうのってイージーだって言い方もできるよね、とそういう風に言わないと、カドが立ってしまうのだ、英語で交渉する方が何倍も楽だという話を外資系の商社員などからよく聞く、恐らくジュンコは本来は「サナダ虫」などとは無関係の、シンプルすぎるほどシンプルな、ただ

の強い女なのに違いない、周囲とのギャップを捜してるために、エクスキューズの嵐に耐えるために、「サナダ虫」という別の生きものをからだの中にイメージとして住まわせ、無自覚のまま自分に演技の特訓を課してきたのだ、何としてもジュンコを説得しなくてはならない、そのためには、このオレもわかりやすい言葉をシンプルに組み合わせて、ストレートに話す必要がある、果たしてそれができるだろうか?

「どんな映画になるの?」

そういうことを考える才能はオレにはないから、専門家に頼むことにする、

「どんな映画かも決まっていないんだね?」

そうだ、

「お金とかも必要なんじゃないの?」

それは途中から必要になる、最初は専門家に頼んでストーリーを考えて貰わなきゃいけない、スザキという作家を知ってる?

「スザキトウジ?」

そうだ、

「有名な人だね、本はあまり読まないから彼の小説は読んだことないけど、スザキトウジと友達なの?」

まさか、オレの周りにいるのは、クズみたいなミュージシャンとその関係者ばかりで、ス

ザキのような人はいないよ、あの人はオレより若いが、何ていうか、本物だ、

「よくわからないんだけど」

と言って、ジュンコはサンドイッチを全部食べ終え、下を向いて、軽く笑い声を上げた。

「スザキトウジみたいな人って、頼んだらストーリーを考えてくれるの？」

普通なら無理だろうな、海外でもあれだけ売れてるんだから金に困っているわけもないし、

「どうやって頼むの？」

ジュンコが、ほとんどリアリティを感じない、という風にそう聞き、反町は、ジュンコを見せる、と答えた。

ジュンコを見ればオレはスザキトウジはストーリーを書いてくれると思うんだ。反町がそう言うと、ジュンコは足をブラブラさせるのをやめ、顔から微笑みを消した。スザキトウジはこの五年間で日本で最も有名になった小説家だった。まだ三十代半ばで、これまでに確か五作の長編小説を発表している。五作とも近未来を扱った濃密なドラマで、処女作の『ドレミ』がイギリスの小さな出版社から英訳され、それをジョン・シュレジンジャーが映画化して、あっという間に時代の寵児になった。『ドレミ』は、近未来のアジアの一都市が舞台で、滅びゆく家父長制、というテーマのもと、ドレミという名前の少年が主人公で、西洋的な音階と和音の秘密をめぐって物語は進行する。ストーリーは、それほど奇抜でもないし、単純

な教養SF小説という批判もよく聞かれるが、近未来のアジア型都市の恐ろしくディテールにこだわる描き方が、日本よりも欧米で受ける要因になったといわれていた。例えば『ドレミ』では、二つの主な都市が出てきた。経済が完全に崩壊したという仮定のシンガポールモデルと、世界中から見放されて軍事的な実験場と化したという設定のプノンペンモデル、の二つだ。二つの都市では、母権社会と家父長制という相反するポリシーがアジア的な曖昧さの中に危うく共存している。主人公ドレミは二つの都市の間のメッセンジャー・ボーイ的な存在で、腐敗と緊張が極度まで高まっていく過程を目撃する。ラストでは、ありとあらゆるものが崩壊していくのだが、その描写はトルストイやダンテと比べられたりして、日本よりも海外のジャーナリズムに高く評価された。スザキトウジは、優しいアジアの徹底的な崩壊を描ききって、人類を救い得る価値観が存在しないことを証明した、と言われた。『ドレミ』の後の作品も似通っているが、テーマは、家父長制から独裁、死刑、近親婚、宗教、と変化し、そのすべてが世界中で売られている。ほとんど日本のマスコミには登場しないが、圧倒的な影響力を持っていた。

「わたしを見せる？　見せるって、どういうこと？」

オレと一緒に彼に会いに行くんだ、

「会ってどうするの？」

才能を見せる、

「ちょっと待ってよ、何が何なのか、よくわからないよ」

いいか、よく聞いてくれ、オレは、どうすればジュンコの才能を活かすことができるか本当に必死で考えたんだけどね、結局、回り道のようだけど、どんなに長い時間がかかっても、きちんとした仕事をするしかないとそう考えたんだよ……

『ムーン・イン・ジュン』ソフト・マシーン

……オレはさっき二つの言葉を呟いていたんだ、それは多重人格という言葉と、ていねいに、という言葉なんだけど、自分でもどうしてそんな言葉を呟いていたのかわからない、実はこんなことはオレにとって初めてなんだ、ジュンコに説明してもわかって貰えるかどうか不安だし、わかって貰ったからといって君がどうしてもイヤだって言えばそれで終わりなんだ、

「わたしはイヤだって言うかも知れない」

うん、言うかも知れない、

「その時はどうするの？」

まだ決めてないけど、

「もうわたしと会わない？」

サンドイッチを全部食べ終えて、表情を変えずにそう聞いた。姿勢も、表情も、声も、喋り方も変わらなかったが、何か痛切なものが伝わってきた。神経のどこかがショートしたような、劇的な感情に反町は襲われた。涙腺が刺激されて、これはいったい何なのだろう、と反町は思った。その姿勢も、表情も、声も、喋り方も、普段とまったく変わるところがなかった。ソリマチさんはサンドイッチ食べない？　と聞くのと、何ら変わらなかった。言葉だ、と反町はやっと気付いた。

もうわたしと会わない？

ジュンコは、その言葉だけを、百パーセントの純度で、感情や表情や抑揚の助けを拒んで、反町に伝えたのだ。やはりこんな人間は初めてだ、と反町は思った。それがどんな陳腐な響きを持つ言葉でも、ジュンコが必然性を持って口にすれば、すべて信じられないリアリティを帯びるはずだ。例えば、ジュンコが、愛してるわ、という言葉を喋ったらどうなるだろうと想像して、反町は全身の皮膚の裏側がざわつくのを感じた。

そんなことはないよ、と反町はジュンコに言った。

そんなことじゃないんだ、ジュンコを利用して何かをしようとしているわけじゃない、何かというのはお金を稼いだりあるいは有名になるとか要するにそういうことだが、オレがそんなことをしないっていうくらいは知ってるよな？

「知ってる」

ジュンコは余分なことを言わない。今、ジュンコがひどく緊張しているのがわかる。人間の、緊張というオーラがどういうものなのか、具体的に目に見えるような気がする。それは何か金属の先端のように尖っているが、金属自体があまりにも柔らかくて熱を持っていて、しかも細いので、不快ではない。緊張している他人を演じているのは見たことがあるが、実際に緊張しているジュンコは初めてだった。今までで最も美しかった。これほど美しい生きものを間近で見るのは初めてだった。数少ない野生の肉食獣とか、熱帯のジャングルの色鮮やかな鳥や蝶とか、深海で揺れる特別な珊瑚とか、そんなものよりも今のジュンコの方がきっと美しいと思った。しかもその美しさは彼女が緊張しているために生じているもので、その緊張は、二人の関係がひょっとしたらもう終わりになるかも知れないという恐怖から発生しているものなのだ。反町は指の先が震えるほど、感動していた。そして、会社やその他のすべてのものが突然イヤになって家に閉じ籠り持っていたCDやカセット・テープやアナログレコードをほとんどすべて捨ててただコニャックを飲んでいたのはなぜかはっきりとわかった。今目の前にいて確かな緊張をストレートに発信している美しい生きもの、まさに具体的にそういうものに飢えていたのだ。これは誰かがある種の特典のようなものとして自分に与えてくれたのではない、と反町は思った。飢えていたために、それを捜すことができたのだ。

ジュンコはソファに坐り、ぴったりした灰色のジーンズに包んだ足をやや開いて、ひざを軽く震わせながら、唇の端には微笑みさえ浮かべて反町の方を見ている。

だったら理解して貰えると思うんだ、普通の口調や表情を保とうと努力しながら反町は言った。

これはとても大切なことだ、さっき言ったみたいな、金儲けとかそういう動機はオレの中に一切なくて、ただ、何とかしなければいけないという焦りはすごくあるよ、でもたとえね、こうやって話し合ってそれで女優とか映画とかそういうのは止めようということになっても、じゃあそういうことでって何かがまったく変わってしまって会わなくなるということはない、オレとしては、どんなことになってもジュンコには会いたい、そう言うと、ジュンコは一瞬強い目で反町を見て、その後に下を向き、微笑んだ。ジュンコのそういう微笑みを反町は初めて見た。それは子供の微笑みだった。本人は恐らく自分が微笑んだことに気付いていない。何か大切なものがまだ消えてしまっていないのを確かめた時の子供だけが見せる微笑み。反町は照れてしまった。胸のあたりがゆっくりと温かくなっていって、麻薬をやった時みたいだ、と思った。いつか本で読んだ、それさえあればあとは世界中が破滅しても別に構わないという、麻薬にそっくりだ、と思った。

会わなくなったり、そんなことはないよ、第一そんなことで会わなくなってしまうっていう理由もないじゃないか、

「いや、断わったりすると、ガッカリしてね、もうわたしの顔を見るのがイヤになってしま

うんじゃないかと思ったんだ」

ガッカリはするだろうけど、顔を見るのがイヤになったりするわけがない。

「ガッカリはするんだね？」

するだろう、考え抜いたことだから、それしか方法はないと思う、

「でも、女優って言われてもピンと来ないんだよ」

例えばジュンコが女優って聞いた時にね、誰をイメージする？

「誰ってことはないね、そう言われてみると非常に曖昧だね」

その辺の、よくテレビに出てくるような若い女優？

「それもあるよ、わたしはまったくテレビを見ないからどちらかと言えば雑誌かな、ティーンの雑誌じゃなくて、ちょっと気どったおばさんが行くような美容院に置いてある雑誌の表紙とか、中のインタビューのページとかで和服を着たり、何か雰囲気のある写真におさまっているような人種っていうイメージがあるよ」

要するに身近でもないし尊敬もできないっていうことじゃないのか、

「それほどはっきりしていないんじゃないかな、そうだ、こういうことを考えたことはなかったよ」

どういうこと？

「いやね、こうやって女優ってことを誰かと話したり、自分で考えたりしたことが今までま

ったくなかったってことだけど、それが変なんだ、曖昧だっていうのもそこから来てると思うんだけど」

　まだよくわからないな、

「うん、自分でも妙な感じがしてきてそれが何なのかうまく言えないわけだからソリマチさんにわかるわけがないよ、こういう言い方はたぶん正確じゃないし、誤解されてしまうとイヤなんだけどね、女優っていうのをどうも自分から遠ざけておいたようなフシがある」

　無意識に？

「うん、いやそれは例えば腹が減って死にそうな時にステーキ屋とかレストランの看板を見ないようにするってことじゃないよ、別に強く気にしたわけじゃないと思うんだけど、何となくね、それを、見ないようにしていたフシがある、考えないようにしていたような気がする」

　それは女優だけかい？

「というと？」

　似たような仕事は他にもある、ダンサーとか、ミュージカルスターとか、あるいは歌手とか、モデルでもいい、見られる存在だけど、

「そんなものは違う、うん、今言われてみてもっとはっきりわかったよ、歌手とかモデルとかは本当にどうでもいいことなんだ、だから曖昧というわけじゃないもの、ナッシングだよ、

女優っていうのは、意識してたんだね、ああ、自分でも少しびっくりしてるよ、こんなことは初めてだから」

サナダ虫が今、どういう風な状態か教えて貰えるかな、

「血液の中を駆け巡ってる」

怒ってはいないんだね、

「怒ったりはしないんだけど、実はサナダ虫が初めて怒っているような感じもする、本当にこんなのは初めてだ、笑ってごまかして忘れてしまいたいような気がするけどきっとできないっていうのもわかってる、ソリマチさん、わたしは少し不安な感じになっているよ」

ジュンコは、そう言ってまた微笑んだ。さっきとは種類の違う微笑みだった。子供の微笑みではなく、大人の、シャイネスを示すものだった。可愛い、と反町は思った。さっきの子供の微笑みの時とどちらが可愛いだろうと比べて、すぐに意味がないと比べるのを止めた。どちらも同じように、たまらなく可愛い微笑みだったからだ。彼女は女優ということに異常な反応を見せている。

「今までにそんなことはなかったんだ、信じてくれるよね、別にかっこつけて今言ってるわけじゃないんだよ」

そんなのわかってるよ、

「ありがとう、でも聞いていいかな?」

もちろん、何でも聞いていいよ、

「なぜわかるの？　わたしがかっこつけてるわけじゃないってなぜわかるの？」

うまく言えるかどうかわからないけど、それはこういうことだ、ジュンコの言葉にはリアリティがある、ある人があることを正確に伝えようとすると、どうしても言葉を選ばなくてはいけない。ジュンコの言葉はもちろん選ばれたもので、正確だ、オレは思うんだが、大切なことは、自分に正直にとか嘘をつくとかいうことじゃなくて、自分にとって不自然なもの、正確じゃないものを憎むってことじゃないかと思う、ほとんどの人は気付いてないしオレもつい最近まで気付いてなかったけど、言葉というのは曖昧に済ませようとすればどこまでも曖昧になってしまうもので、例えば、ある人のことを、あの人はもう信じられないと言う時、信じられないのはその人の、言葉なんだ、ジュンコは恐ろしく慎重に言葉を選んでるよ、選んでも選んでも、どれだけ必死に捜しても言葉が見つからない時がある、誰かに、できれば全世界に向けてあることを伝えたいのに、その言葉がないっていう時が必ずあるもんなんだ、楽しいことだったら別にどうでもいいよ、言葉なんか要らないっていうのが楽しいってことなんだからさ、でも、辛い時は違う、それは一人で言葉の違う国へ行って病気になってみればわかる、そいつのやるべきことは医者を捜すことだが、言葉を憶えることの方が大事かも知れない。そういうことがこの国はわかりにくい、言葉を捜すってことの大切さもわかりにくいし、必死になって言葉を捜さなくては伝わらない苦しみがあるってこともわかりににくい、それは誰もが同じ考えのもとに生きているとされているからで、個人よりも、わけのわからないその同じ考えを持った集団の価値観が大切にされてしまうからだ、特に子供の頃は、誰も自分の言葉を持つことができない、だから言ってみれば子供はみんな軽い神経症なんだ、その神経症を治そうとせずにほとんどの人は、より大きな神経症的な集団に同化することで解消しようとする、子供のノイローゼを、例えばよい学校や会社へ入れることで治そうという考え方だ、だけど本当はそんなことには何の意味もないというタイプの子供もいて、でも彼らは生きていかなくてはいけないから、言葉の代わりに何かを導入する、それは絵や音楽という言葉に頼らない表現だったり、あるいは自閉的になったり、そして、ある人にとってはサナダ虫という考え方だったりする、でも、もともと言葉を捜すのに疲れ果てただけで、言葉への信頼を失ったわけじゃなくて逆に自分に本当に強い言葉があればいい、あるいはもう言葉を捜さなくてもいいような時がくればいいと思っているだけだから、やはり言葉を選ぶ時にはとても慎重になる、今のジュンコがそうだ、そういう人の言葉は信じようと思うんだ、オレがつい最近までそうだったからね、何かがイヤでたまらなくなって、何かがわからないということでひどく不安定だった、言葉がなかったんだ、だから、少しはこうやってジュンコのことについて、喋ることができる、オレはジュンコを信じるよ、どんな時だって、信じる、反町が話し終えた時、ジュンコは両手で顔を被った。手の下で、泣いているのがわかった。

「だめだ」

涙声でジュンコが言う。

「ソリマチさん、わたしは恐いよ、よくわからないけど、何だか、恐いんだ」

『ブラウン・シュガー』ローリング・ストーンズ

「ソリマチさん、わたしは恐いよ、自分でもよくわからないけど、何だか、恐いんだ」

ジュンコが泣き出したことで、反町はさまざまな感情に襲われた。どうして泣き出すのだろうという驚き、何かを今すぐ具体的に彼女にしてあげなければいけない、何をすればいいのだろうという緊張と焦り、それまで絶対に自分のコントロールを乱したことがないジュンコを泣かせてしまったという残酷な思い、それに、それほどの影響力を行使できたという複雑な満足感、それらがグシャグシャに混じり合って、反町は劇的で運命的な古典演劇の舞台に突然紛れ込んだような場違いな気分のまま、何をすべきなのか考えることができず、とりあえずテーブルの向かい側に回ってジュンコの横に坐った。女優、という言葉を出しただけでどうしてジュンコは泣き出してしまったのだろうか。自分の言葉に何らかの力があったということなのだろうか。

「さっきソリマチさんが、言ったこと、自分でもよくわからないけど何かが伝わってきた、こんなこと初めてだよ、何か、言葉のことを言っていたんだよね」

　ジュンコは両手で顔を被ったまま涙を止めようとしている。

「言葉がないんだって言ったよね？　それで、ある人間を信頼できないっていう時、その人の言葉が信用できないんだってことも言ったよね」

　言ったよ、反町は必死に自分を抑制して、ニュートラルな声と口調で応じた。へたをすると自分も泣き出してしまいそうな感情の揺れがあったが、普通でいなければいけないと自分自身に強く言い聞かせた。

「その通りだと思う。ソリマチさん、誤解しないで欲しいんだけどね、わたしは嘘でも何でもなく女優になりたいとか自分が女優だとか思ったことはないんだ、それは信じてくれるよね、何ていうか、かっこをつけてるわけじゃないんだよ」

　そんなことはわかってる、

「うまく言えないんだけどね、小さい頃から必死になると何かを目指すってことをウソっぽくなくやるってことができなかったんだ、わたしだけじゃない。周りのみんながそうだったような気がする。何もかもがね。本当に何もかもがどうでもいいことのような気がしていたの、わたしは誰かに苛められて育ったわけじゃないし、両親も普通だったけど普通っていう意味はおとうさんがアル中でもないし暴力を振るったりもしないし、母親が新興宗教に凝って家を放ったらかしにするわけでもないってことだけど、公立だったから中学や高校の友達の中には悲惨な状況で育って何ていうの風俗っていうの？　そういうのに入った子もいるよ。でもどっちも一緒なんだよ、結局つまらないことをやってるし、ありとあらゆるものがね、つまりわたしが言ってるのは教科書とかテレビとか週刊誌とかそういうすべてのものがどうでもいいことばかり言ってて、でも本当は悪いけどどうでもよくなんかないんだよ、どうでもよくないってことが本当はあってそれを捜そうとすることがね、捜そうとしてもね、ああ、わからない、わからないよ、ソリマチさん、絶対にうまく言えないよ。わたしはサナダ虫を大切にしてきたわけでもないんだよ」

誰かが子供に言わなければいけないんだ、捜さなくてはいけないってね、どうでもよくはない何かっていうのは捜そうとしなければ見つからないんだから、捜さなくてはいけないって言うべきなんだが、誰も言わない、オレも誰かに言ったことはないし、言われたこともないよ、

「わたしは、不安になってる、こんなことは今までにない」

既に泣くのは止めていたが、ジュンコは時々肩を細かく震わせた。反町は思わずその肩を抱きしめそうになった。我慢しろ、と何十回も自分に言った。肩を抱いたり唇を触れ合わせるためにオレとこの女は出会ったわけではない、そう自分の中で呟き続けた。

オレの持つコネクションではたしてスザキトウジとコンタクトをとることができるだろうか、と反町公三は、ジュンコが帰っていった後に考えた。ジュンコは帰る頃には落ち着きをとり戻した。二人で何も喋らずにローリング・ストーンズを聴いた。肩を震わせるのを止めたジュンコに、何か音楽でも聴くかい？　と聞くとうなずき、何が聴きたい、と言うと、ローリング・ストーンズだと答えた。ジュンコは、ドアーズやヴェルヴェット・アンダーグラウンドやサンタナやソフトマシーンは聴いたことがなかったらしいが、ビートルズとローリング・ストーンズは当然知っていた。ストーンズは好きだよ、と言ったことがある。トラックの中でもたまにテープをかけるよ。反町は最も好きなアルバムである『スティッキー・フィンガーズ』を選んだ。ジュンコが、一曲目の「ブラウン・シュガー」が気に入ってると言って、十三回続けて聴いた。こうやって繰り返し繰り返し聴くとまるでヴードゥーの呪文みたいだな、と思った。ストーンズはいいよね、七回目の「ブラウン・シュガー」のサビの部分でジュンコはそう言った。攻撃的だけど優しくて、騒々しくもないし静かでもなくて、気分が落ち着くよね、ジュンコがそう言うのを聞いて反町は何かが確実に変わってしまったのだと思った。それが何かの始まりなのか、終わりなのかはわからないし、ローリング・ストーンズがクラシックのような過去の音楽になったという意味でもない、考えてみればさっきはビートルズの「アイ・ウィル・ビー・バック」を何十回と聴いた、別に失われたものを懐かしがっているわけじゃないし当然のことだが昔を思い出してるのでもない、「攻撃的だけど優しい」とジュンコは言った、確かにローリング・ストーンズのサウンドには何かが無限に続くと思わせてくれるような温かさがある、『スティッキー・フィンガーズ』のアルバムを買ったのは高校三年の時だった、アンディ・ウォーホルがデザインしたジャケットでズボンの股のところがアップになって本物のジッパーが付いていた、CDのケースにはジッパーは付けられない、CDはプラスチックに被われている、ハードの技術が進んで失われたものがあるというわけじゃない。そんなものは関係がない、何かが失われたわけじゃないし、何かが足りないわけでもない。少し手を伸ばせば華奢でしかも強そうな肩に触れられそうなこの女の子とオレはどこかへ行く途中に一緒にいる、失われたものなんか何もなくて、何かが変化しつつあって、それが何なのか、どこかに行き着くことができればわかるのだろうかと、「ブラウン・シュガー」を聴きながら反町はずっと考えていた。

「ソリマチさんに全部まかせるよ」

そう言ってジュンコは帰って行った。反町はコルドンブルーではなく久し振りにウイスキーのボトルを開けた。マッカランの十八年もので、オン・ザ・ロックにして少しだけゆっくりと飲み、出版関係の友人の名前を住所録でチェックすることにした。マッカランの入ったグラスを持って、リビングの隣にある仕事部屋に入り、灯りを点け、机に向かい、システム手帳を手に取った。精神が不安定な時がずっと続き、妻と娘を実家に帰してから、この仕事部屋に入る気がしなくて、机の上にうっすらと埃が溜まっていた。仕事部屋はそれほど広くなくて、そのほとんどをカリンの木で造られた机が占めている。部屋全体も何となくカビ臭く空気が湿って澱んでいて、反町は窓を開け、エアコンのスイッチを入れた。システム手帳をめくると、スケジュール表があり、ミーティングやアポイントの予定が細かい字でびっしりと書き込んであった。会社や人の名前、時間と場所、ホテルのロビーやレストランやバーや料亭、新幹線や飛行機の時間、地方の宿泊先、それらがある日付からきれいになくなっている。変な感じだった。自分が死んでしまったようだと反町は思った。そのことを示す具体的な持ちものを、死んだ当人が眺めているのだ。広い空白の部分に、スザキトウジと会うこと、と反町は大きな字で書いた。

「何だ、急に電話したりして、六本木でも新宿でも全然見ないからどこかに行ってるのかと思ってたよ。お前はゴルフはやらないから、妙な若いタレントを連れてニューヨークでミュージカルを見てるとかさ」

S社のナカハラという飲み友達にまず電話をした。出版社の、特に雑誌の編集部は出社するのが遅い。反町は起きてから既に三回もナカハラに電話していた。十二時出社の予定になっております、十二時出社の予定なのですが少々遅れているようです、十二時出社の予定だったのですが十四時という連絡が入りました……四回目にやっとナカハラが応じた。ナカハラはS社が発行する中年男性向け雑誌の副編集長で、数年前に銀座のバーで誰かに紹介されて名刺を交換した。誰に紹介されたのかは憶えていない。どうせテレビ局とか広告代理店とかそのへんの人間だろう。その後何回か仕事をした。仕事といっても、ナカハラの雑誌の対談ページに反町がプロモートする歌手を出したり、コンサートの記事を載せて貰ったり、そういうものだった。スザキトウジの本の日本語版はすべてS社から出されている。

スザキトウジという小説家について聞きたいんだが、と反町は言った。

「スザキ？」

そうだ、

「ソリマチはああいう小説に興味があったのか、意外だね」

いや小説は一冊しか知らない、それも途中までしか読んでいない、

「そうか、オレは一応全部読んでるけどな」

スザキトウジという名前を言った時からナカハラの口調が変わった。喋り方にふざけた感じがなくなった。

「で、何を知りたいんだ？」

満足に読んでいないくせにこういうことを言うのは変だが、オレは彼のことを本物だと思うんだ、まだ若いけど、すごい小説家だという気がする。ナカハラは正直なところどう思ってるのかな？

「どうって？」

本物かどうかってことだ。

「だってお前は半分読んで止めたんだろう？」

いや、面白くなかったわけじゃないんだ、『ドレミ』を読んだんだが、オレの精神がついていけなかったんだろうと思う。全作品を読んでみるつもりだけどね、

「本物かどうかなんて、そりゃ本物に決まってるよ、ああいう才能が出てくるなんて誰も予想していなかったからな、海外で認められたもんだから日本の批評家は無視してるけど本物とかニセ物とかいうレベルじゃないよ、あらゆるジャンルの作家で、希望というか可能性を持っているのはあいつしかいないってことだよ、スザキはオレより七、八歳年下だが、オレはもう文学なんてどうでもいいし、日本の小説なんてなくなってしまえばいいとずっと思ってたんだ、下らないとかそんな程度の問題じゃないよ、ほとんど犯罪だよ、どうでもいいことを、ひどい低級な技術で書いて、読者から金を取ってるわけだろう？　そういうのは犯罪だ」

音楽だって同じだけどな、

「文学ってのは曖昧に尊敬されている分だけ余計タチが悪いんだよ、別にオレがヤクザな週刊誌を作ってるからそんなことを言うわけじゃないんだぜ」

わかってるよ。

「そりゃオレも下らないことをやってる、社内でこんなことを言うのは不謹慎だけどさ、で

もオレは知っててやってるからな、自分がやってることは下らないって知っててやってるわけだ。しかし、作家達の大部分は違う、大変に価値のある仕事をやってると自分で思ってやがるんだ、始末が悪いよ」

スザキは違うんだろ？

「スザキはある意味でこの国のジャーナリズムから黙殺されてる、あいつはシンガポールで生まれて育ったんだよ、それくらい知ってるだろう？」

知ってる、

「いわゆる帰国子女だけど、たまに文芸誌がとり上げる時でも話題になるのは彼のテーマなんだ、アジア的なポリシーの崩壊というやつだな、彼は小さい頃からよく一人で東南アジア中を旅したそうだ」

会ったことがあるのか？

「ない、スザキとコンタクトを取れるのはうちでも一人しかいない、キノシタというスザキと同じ年の女性編集者だ、スザキの本は『ドレミ』を除いては日本ではそう売れるわけじゃないからキノシタさんは社内でもどっちかと言えば孤独な存在だけどね、恐ろしく優秀な編集者だよ、一度話したことがあるが、彼女もスザキの本当のすごさをよく知ってるよ、スザキがすごいのはその技術なんだ」

技術？

「テーマなんか何だっていいんだよ、あいつの小説はまずアジア的な特性を売りにしてまず英語になったわけだが、半分読んでもわかるだろう？　あの、何ていうか自分が東南アジアのジャングルとか、スラムの雑踏の中にふいに紛れ込んでしまったように感じてしまう。あの圧倒的な描写力だよ、何かすごいものと向き合っているんだと強い力で納得させてしまうあのディテールを描写する力なんだ、あいつはその描写力で全体をイメージさせ、ある密度の濃い世界を構築する、そんなことを始めたのはスザキトウジなんだぜ、非常に難しいことでそれに比べると他の日本の作家は絵画にたとえるとラフ・スケッチみたいなものだよ、デッサン力もないし、まず何かを構築しようという意志がないわけだからな、何回も言うようだがテーマなんか何だっていいんだ、テーマを読みたいバカは別だけどな、この国の小説好きはたいていテーマだけを求めてしまうバカなんだけどさ、スザキに関してはつい熱くなってしまうんだ、あいつは希望みたいなものだからね」

希望、という言葉をナカハラが口にした時、反町はジュンコを思い出した。

スザキトウジは今、日本に住んでいるのかと反町は聞いた。

「東京にいるよ」

ナカハラはそう答えた。

何とか彼に会うことができないだろうか？

「普通なら無理だよ、なんでお前みたいな男が天才小説家に会う必要があるんだ」

とても長い話なんだ、それに話してもわかって貰えるかどうかわからない。

「そんなのはだめだな」

え？

「オレを納得させられないんだったら、オレだってキノシタさんに話を持っていけないしスザキトウジに会えるわけがないじゃないか」

じゃあ話してみるよ、と反町公三は話し始めた。自分の精神的な病から始めて、雨の夜のコンビニでのトラック・ドライバーとの出会い、サナダ虫の話、ロールプレイのこと、そして映画を作ってみようと決めたことなどを、慎重に言葉を選びながら話した。

「なるほど」

と、ナカハラは低い声で言って、溜め息をつき煙草にライターで火をつける音が聞こえた。

「まじめな話だな」

そうなんだ、

「キノシタ女史に話してみよう、後は彼女の判断だが話すだけ話してみるよ」

悪いな、

「正直に言うが、オレはそのジュンコっていう女性を知らないわけだからな、お前をそれだけシリアスにさせる人間が現われたってことはいいことかも知れない、怒るなよ、シリアスになってる奴は怒りやすいからな」

怒ったりしないよ、オレだって自分自身に半信半疑なんだから、何度も自分に確かめる必要があったんだ、だから、怒ったりしないよ、

「ちゃかすわけじゃないがお前のその女の子に対する思いは何だか新興宗教に近いものに見えてしょうがないんだ、この話の核心はそのジュンコって女の子がニセ物かどうかってことで、今時そんな本物がトラック・ドライバーをしてるなんてにわかには信じられないわけだろう？　その女の子が客観的に見てニセ物だったらお前は新興宗教の信者だよ、オレはそっちの可能性の方が強いと考えているんだが」

普通だったら怒ってるんだろうな、と思いながら、ナカハラが信じられないのは当然だよ、と言って反町は電話口で笑った。そして新興宗教か、と呟いた。たぶんそういうのに近いんだと思うよ、と言った。そう言えばジュンコっていうのはちょっと教祖に似ているようなところもあるしな。ナカハラがしばらく黙った。煙草の煙をゆっくりと吐き出す音だけが聞こえる。

「ちょっと安心した」

ナカハラも軽く笑った。

「ちょっとお前を怒らせてみようと思ったんだ、本当のことを言われたら人間は怒り出すからな、でもお前は怒らなかった」

怒らなかったといってそれで何かがわかるのか？

「わかるさ、正直なところを突かれたといってそいつは怒り出すわけじゃないからな、本当のことを言われたからといって怒り出す場合ももちろんあるがそれだけじゃない、自分でシミュレーションしていないことを言われた時に人間は慌ててしまって、それがマイナスの意見だった場合に怒り出すんだ、お前は怒り出したりしなかった、お前はオレが言った新興宗教がどうのこうのというような自己検証を既に済ませていたんだよ」

いつもそうやって人を試すのか？

「いつもというわけじゃないよ、そいつが希望とか情熱とかロマンとかとっくに死語になっているようなたわ言を言ってる時だけだよ、もうオレはうんざりしてるんだ、何かに期待して結局がっかりするという図式に本当にうんざりしているんだよ、だから勘違いしないでくれよ、そのジュンコっていう女の子が本物だって信用したわけじゃないぞ、お前の自己検証の厳密さに感心しているだけだからな」

しかし、と反町は自分でも意外なほど落ち着いた声で言った。

しかし、お前の予測を裏切ることだってないわけじゃないと思うけどな、

「何が言いたいんだ？」

スザキトウジだってお前の想像を超えていたわけだろう？

「そりゃそうだ」

ナカハラはまた短い間笑った。

「天才がそう何人もいてたまるかよ」

オレもそういう風に思っていたんだ、と反町が言うと、ナカハラは不機嫌そうに舌打ちをして、しばらく黙った。

「夕方、こちらから電話をするよ、キノシタ女史に今から早速話してみる」

ナカハラに電話してから二日後にキノシタという名前の女性編集者に会った。場所はS社のすぐ隣にあるイタリアンレストランで、キノシタは思ったより小柄な女性でオープンな性格のよく笑う人だった。彼女はカプチーノを飲み、反町はエスプレッソをダブルで頼んだ。

「スザキはマスコミに出たがらないので気難しいとかいろいろ言われているけど本当は普通の人よ、普通っていっても平凡ってことではなくてまともってことですけどね」

ジュンコのことを話す時、ナカハラに対するよりももっと論理的になっていたので反町は自分でもびっくりした。作品があって初めて才能というものが出現するのはわかっているんですが、それなら何としてでもこの手で作品をつくる状況を整えようと思って、そしてそれが本当のプロデュースなんだという考えてみれば当り前のことに初めて気が付いたわけなんです……何十時間という自問自答の果てに言葉を摑んでいったのだ、と思った。

「わかりました」

とキノシタは言った。

「スザキトウジにあなたとその若い女性トラック・ドライバーのことを話してみましょう」

その二日後にキノシタから、スザキトウジが指定するホテルに来てくれ、と電話があった。赤坂にある超高層のホテルで、時間は夕方の五時だった。全部ソリマチさんにまかせるよ、と言ってジュンコはあの夜帰っていって、その後は反町の家にはやって来なかった。反町もコンビニには行かず、お互いに会わないようにしていた。決定的な事態の進展があった場合にだけ、連絡をとるようにしようと決めて、反町はジュンコの住所を貰ったのだった。

午前中はたいてい部屋にいるよ、とジュンコは言った。午前十時までは大体寝ている、起きてから三十分は精神と肉体が遊離していて、午前十一時にはパンとかジュースを買いにアパートのとなりのとなりのとなりのビルにあるピーコックストアに行くからソリマチさんが訪ねてくるのにベストな時間は午前十時四十五分っていうことになるね。反町は時計を見た。246を渋谷へ向けてメルセデスを走らせている。目印だと言った有名な女子大を右側に見て通り過ぎる。反町は午前十時四十一分に、パーキングビルにメルセデスを停め、四十三分に、ジュンコの部屋に通じるスチール製のドアをノックした。エレベーターのない四階建てのアパートで、その部屋は三階にあり、二宮潤子というのが彼女のフルネームだった。

ユニットバスのあるワンルームで、灰色のぴったりとしたジーンズと、赤と黄色のストライプの入ったTシャツを着て、いつものようにまったく化粧気のない顔でジュンコは反町を迎えた。部屋のエアコンがよくきいて寒いほどだった。部屋の半分をベッドが占めていて、キッチンのガス台では変わった形のポットから湯気が出ていた。ここにサナダ虫と一緒に住んでいるんだな、と反町は言った。部屋に誰かを上げるのは初めてだよ、とジュンコは言ってうれしそうに笑った。まず反町は自分の家族のことを話した。きのう二ヵ月振りに女房と娘に会ってきたよ、君との新しい仕事の話をした、誤解されて正式な別居とか離婚の話が出るのを覚悟してたんだけどそうじゃなくて、がんばりなさいと逆に励まされてしまった、一体どうなっているんだろう？　多分オレが甘やかされているのか、オレに元気らしきものが戻ったと喜んでいるのかどっちかだな。家族のことを具体的にジュンコに喋ったのは初めてだった。ジュンコは何も言わなかった。よかったわね、とも言わなかったし、何で初めてわたしの部屋に来たっていうのに奥さんの話なんかするのよ、とも言わなかったし、奥さんってどんな人なの？　と聞くこともなかった。反町は、ジュンコに嫉妬心を起こさせたり、逆にオレにはちゃんと家族がいるんだよと釘をさすために妻子の話をしたわけではない。ただ、フェアでいようと思っただけだ。何もかもを話す必要はないだろうが、別居している家族との関係は情報として隠すべきではないと考えた。たとえ、それを聞いたジュンコに反応がまったくなかったにしてもだ。梅雨が明けたばかりでひどく蒸し暑く三階まで二段ずつ階段を駆け上がってきたので反町はポロシャツの胸のあたりがべっとりとするほど汗を掻いていたが、エアコンがフルに働いているジュンコの部屋は肌寒さを感じるほどで、しばらくすると両腕に鳥肌が立ってきた。ジュンコは寒そうな反町を見て、寒いの？　と聞き、反町がうなずくと、エアコンをゆるめるのではなく、舌が火傷しそうに熱いレモンティを入れてくれた。反町はきちんとカバーがかけられたベッドの上に腰をかけている。適当にその辺に坐ってよ、とジュンコに言われてベッドの端に坐った。狭い部屋を見渡してもそこしか他に坐るところがなかったのだ。ベッドと反対側の壁際には細長い作りつけのライティングデスクがあるが、椅子は背もたれがない上に小さくて脚が三本しかなくひどく坐り心地が悪そうだった。ベッドはスプリングがやわらかくて腰を下ろすと尻が深く沈んだ。その姿勢で反町はジュンコからなみなみとカップの縁すれすれまで注がれたレモンティを渡されたのだ。受け皿を左手にカップのとってを右手に持ってそのままこぼさないように口に近づけてみたが熱くてとても飲めたものではなかった。いつもこんなに寒い部屋でこんなに熱い紅茶を飲むのかい？　と反町はジュンコに聞いた。

「暑いと眠れないんだよ」

とジュンコは坐り心地の悪そうな小さな椅子に坐って答えた。舌や唇を近づけるだけで熱気が顔を覆うほどの高温の紅茶を、ジュンコは平気で喉に流し込んでいる。脚が三本の椅子から今にも転げ落ちるのではないかとハラハラしたが、ジュンコは長い足を大きく開いて堂々と坐っていて、何か本当に別の生きもののようだと反町は思った。第一、こんなにエアコンをきかせて平気なのだろうか？　こういう寝起きの時にサナダ虫はどういう反応を見せるのだろうか？　反町は、焦ってはいけない、と自分に言い聞かせた。初めて彼女のプライベートな姿を見たわけだ、いろいろと不可解なこともあるはずで、それについて説明を受けるよりもスザキトウジのことを話す方が大切ではないか……。

「ずっとそうだったの、暑いっていうか、何かボーッとする状態がイヤなの、今の時期はもしクーラーをかけずに寝たりするとなかなか寝つけなかったり、目を覚ました時に本当にからだも頭もボーッとしてしまうよね、それがすごくいやなんだ、うん、イヤっていうよりも恐いのかも知れない」

恐い？　反町はついそう聞いてしまった。外が明るいうちにジュンコに会ったのは初めてで、態度や表情が夜よりも少し弛緩しているような気がした。だからすぐにスザキトウジのことを話すことをためらったのだった。

恐いって、それは例のサナダ虫と何か関係性があるのかい？

「あるね、わたしはボーッとしてる時が嫌いなの」

そういう時サナダ虫は例えば気が荒くなったりするわけ？

「そういうんじゃない、暴れたりはしないけど本当に血管の中を動いて気持ちが悪くて死にそうになる時がある、最近はあまりそういうことはないけどね」

それで、冷房を付けっ放しで寝るのか？

「そうよ、冬は逆にヒーターを入れるけどね、外気温ってやつがダメなのかな」

こんなに寒いと風邪を引いてしまうよ、そうでなくてもクーラーは喉とかにものすごく悪いらしいよ、ソリマチさんは度を越した恐ろしい夢の後そのなごりがえんえんと続くっていう体験をしたことがある？」
「それはわかってる、でもしょうがないんだ、ソリマチさんは度を越した恐ろしい夢の後そのなごりがえんえんと続くっていう体験をしたことがある？」

悪夢はオレも見るけど、度を越したっていうのがわからないな、

「わたしは小さい頃から見た何百というその手の夢をほとんど全部記憶しているんだけどね、たぶんソリマチさんも聞きたくないだろうしわたしも気どってオーバーに言ってるわけじゃなくて本当にそういうのは話したくないんだけどね、例えば何十っていう定番の中でこういう湿度も温度も高いっていう夜に見るやつはね、ありとあらゆる気持ちの悪い虫の夢でね、わたしがいるところは必ず決まって川とか沼とか下水道とかそういう水のある場所なの、その水の上に一定の隙間を空けて板が渡してあるの、その板に不安定な形で足を置いてわたしは他の大勢の、何ていうかな、作業員っていうよりも強制労働とか、奴隷ってまではいかないんだけど捕虜とかそういう人間達の中に入って足を置いている板にこびりついている何か気持ちの悪いものをこそぎ落としているの、それはカサカサに硬く乾燥して板に生きものみたいにこびりついているんだけど平べったいスコップみたいなやつでこそぎ落とさなくてはいけないのね、もちろん強くこすらないとそれは剝がせないんだけどあまり強くやると足場になっている板が揺れて暗い水の中に落ちそうになってしまうのよ」

それは夜なんだね？

「夜かどうかはわからない、経験はないけど白夜なのかも知れない、水はとにかく暗くてひどく濁っているわけよ、それでわたしも含めた多くの捕虜はどこからか監視されているの、ごくまれに逃げ出そうとする人がいてそれはあっという間に射殺されてしまうの」

本当に気持ちが悪いね、反町はクーラーがきき過ぎているせいもあって、本当に胸がムカムカしてきた。

「こんなのは本当に序の口よ、メインの物語はこれからなのよ、ひどく不安定な作業なんだけど、監視されていてなまけるとどうなるかわからないっていうシチュエーションのせいでみんなビクビクしたり吐気がしたりしているのは見え見えなのにただ黙って働くのよ、でもね、ある時間が過ぎると、そいつらがやってくるの、そいつらっていうのは、いろんな形をした虫で、足許の水から這い上がってくるんだけど、髪の毛に入るまでその虫に貼り付かれたってことが決してわからないんだよ、それは何十種類という虫で、小さいのはつまようじから糸くらいの細さででもネバネバしてネズミの尻尾みたいな妙な硬さがあって細いからだの表面にびっしりと短い毛っていうか短い手が生えていて、それが髪の毛と絡まり合ってムズムズしてチクチクするし髪の毛と頭の皮の間でクネクネ動き回るものだから、誰でもほとんど発狂状態になるんだけど、狂ったりできないわけでしょ？　監視されているわけだからさ、それで監視している誰かにその虫を見せれば許して貰えるかも知れないっていうんである一人が髪を掻きむしったりし始めるんだけど、そうすると、あ、虫達が水から這い上がって来たなってわたしも覚悟をするの、髪の毛に入り込むまではわからないから警戒のしようがないわけよ、どうしてかはわからないんだけど虫達が髪の毛に入り込むまではそいつらが這い上がってきたってことがわからないの、きっと人間の髪に触れて虫達が興奮するのか、わたし達の髪の毛と頭の皮にだけその虫を感知できるセンサーのようなものがあるのかそれはわからないんだけど、誰かが最初に気付いて狂ったように髪の毛を掻きむしり始めるのね、また虫が来たな、とその他の人々は思うわけ、薄明りの中で自分のからだを恐る恐る見るわよね、ちょっとした光の加減で汗の線とか傷跡とか汚れとかがその虫に見えてしまうのね、パニックの芽がみんなに伝染していって誰もが今にも叫びだしそうなのに作業を休んだり何か変なアクションを起こしたりしたら射殺されるからみんな我慢して黙々と作業を続けるの、月の明かりでところどころが銀色の縞模様になった足元の水がピチャピチャ音を立てて髪の毛と頭の皮を掻きむしりたいっていう欲望を抑えて作業を続けていくうちに足元に本物の虫を発見するんだけどその虫は髪の毛に潜ってしまう虫よりもはるかに大きいの、それをはっきりと見てしまうんだよ、どうやってああいう気持ちの悪い虫が記憶の中にいるんだろうね、わたしはそういう図鑑とか見たことないよ、そういう種類のSFの映画も見ないし、それなのにどうして今でも絵を描いてみろって言われたらスラスラ描けそうなくらいそんなものを夢の中に実際に見ちゃうんだろう、虫の一番大きいやつはすし屋で食べるエビくらいの太さで長さは三十センチくらいあって表側は何かの影のように黒くてあまり目立たないんだけど、それが、虫だと気付くと裏側にある無数の、触手っていうの？　繊毛っていうの？　短くて細くて白っぽくてガサガサと一斉に動く脚がかすかに見えるの、それが見えると水の上に渡された板にできた亀裂なんかじゃないってことがわかって本当にぞっとするんだ、あ、虫なんだ、と思う、その三十センチある大きな虫はあまり速く動くことはできない、でもそれが板の裂け目や木の枝の影や汚れじゃないって気付くとものすごく速く動いているような気がしてくるの、何人かがシャベルの先で虫であることを確認しようとするんだよ、わたしは恐いからやらない、でもやらなくてはいけないんだ、なぜならあまりにもその虫がグロテスクでそれに不意に気付くよりも自分で確かめた方が恐怖と驚きの反応が少ないって本能的にわかるからだと思うんだけど、そうするうちにわたしも素足の先にその大きな虫が触れそうになって、足なんかに触れて虫だってわかるのはイヤだからシャベルの先でそれをすくうようにひっくり返してみるの、ひっくり返した瞬間に後悔するんだけどね、水道とかガスのゴムホースみたいなその虫はひっくり返された瞬間に危機を感じて暴れ出すんだけど、裏側は何て言えばいいのかな、細長い人間の口みたいになってて、つまり唇みたいに二つに割れたブヨブヨした赤い肉があってその隙間にも触手があって、その赤い肉からも数え切れないほどの繊毛というか触手というか足が生えていて全体がネズミの尻尾のようにクネクネ動いて触手や足も一斉にザワザワと動き出すんだよ、ピョンと跳ねて一瞬どこへ行ったのかわからなくなることもある、そうやって三十センチのゴムホースのような虫がシャベルの先で触れられることによって一斉に動き出す時に、髪の毛の隙間にいた小さくて細い虫達も血を吸ったのか何か他の養分を吸ったのかはわからないけど全部そのゴムホースみたいな虫に変わってしまって髪の毛の先からピュルピュル震えながらダランと下がったりするんだよ、わたしはショートだからいいんだけど他の長い髪の女の子なんかは髪の毛全部にその虫が入り込んでしまって髪の毛全部が虫になってしまったようにあまりの気持ち悪さに叫び声を上げながら頭を振ると髪の毛じゃなくてその虫がピュルピュル震えながら揺れるんだよ、虫はあっという間に増えていってそのうち目に入るものの表面が全部その虫に被われてることに気付くんだ。そうなると看視の兵隊なんかはもう関係がない、目の前にいる人のからだだって髪の毛から足先まで全部その虫でできていてあんまり気持ち悪いからシャベルで突つくとからだが崩れて虫が山のように盛り上がってしまうんだよ、わたしの髪の毛や服の下にもものすごくたくさんの虫が入り込んでしまってそれをつまんで捨てたいんだけどもう事態はそれどころじゃない、全部が、水の上に渡された板も他の人間もシャベルも看視の兵士が持っている銃やなんかも虫でできているんだからもう逃げ出すしかないじゃないの、それでわたしはもう撃たれてもいいと覚悟して走り出すんだけどそのうち森みたいな暗い木の枝が生いしげってその隙間から月や星が見えるような場所に出るんだけど月や星以外はまた全部ゴムホースの裏に触手が付いているような虫になってしまっててわたしは覚悟を決めるの、どういう覚悟かっていうと、不思議なことにこれは夢だってわかっているから、目が覚めるまで一匹ずつ自分のからだや髪の毛の隙間に貼り付いた虫を指で剝いでいくか、それともその虫がからだをモゾモゾ這い回って自分が虫の中に埋まっていくのを黙って耐えるかしかないんだけど、わたしはお願いだから早くこの夢から覚まして下さいと誰かに呟きながら一匹ずつからだや髪の毛に貼り付いて血を吸ったり吸われたところがこぶのように腫れ上がって死ぬほどかゆかったり髪の毛の隙間の頭の皮のあたりや首筋とか足の内側とかを這い回って気が狂いそうな気持ちの悪さに耐えて、とにかく一匹ずつその虫を剝がすのよ、剝がす時には皮膚も一緒に剝がれたり髪の毛も抜けてしまうから痛いんだけど、止めるわけにはいかないの、止めたらその瞬間に虫に埋まってしまうんだからね」

虫の夢の話をしながらジュンコは仕度を終えた。反町はまったく味がわからないまま紅茶を飲み干したが、ジュンコの話の途中で何回も全身に鳥肌が立った。それまでは想像するしかなかったジュンコのエネルギーに、彼女の部屋で、少しだけダイレクトに触れたような気がして恐くなった。スザキトウジとのアポイントの話をするのにかなりの努力が必要だった。

ホテルには、約束の時間の二十分前に着いた。反町はひげをきちんと剃って、髪にくしを入れてディップで整え、うぐいす色のサマーウールのスーツを着ている。ネクタイはしないで濃紺のポロシャツにした。ジュンコはいつもとほとんど変わらない。灰色のぴったりしたジーンズに、ゆったりとしたピンクのシャツを着て、アディダスのスニーカーを履き、茶色の革製のリュックを手に持っている。もう少しだけエレガントな格好をした方がいいよ、とジュンコの部屋で言おうかと思ったが、虫の夢の話で疲れてしまって、まあいいか、とあきらめた。ロビー階のコーヒーラウンジで待っていると、キノシタ女史が歩いてくるのが見えた。

「ボクに会いたいという日本人は案外少ないんです」

スズキトウジは遠くに東京タワーが見えるほとんど全面をガラス張りの窓に囲まれたスイートルームに泊まっていて、部屋の中央に大きな机を置き、コンピューターや本や資料に埋もれるような形で反町とジュンコを迎え入れた。机も分厚いガラスを鉄製の脚が支えるというシンプルなもので、立ち上がり握手をしてソファを勧める日本文学の「希望」は想像していたよりもはるかに小柄で、反町は危うい印象を受けた。壊れる寸前の人間、あるいは壊れる寸前に逃げてきた人間。

「小説を書いて欲しいという人はほとんどいないし、会いたがるのはジャーナリズムだけです、新聞の文化部とか、あとはこの国でサブカルチャーを自ら認めているようなマイナーな雑誌ですね、ボクはそういう人達には会いません、あなた達のことはキノシタさんに大体聞きました、あなたが反町さんで、こちらがニノミヤジュンコさんですね？」

スザキトウジは反町やジュンコよりも頭一つ分身長が低く、非常に痩せている。たぶん素材は麻だろうと思われるゆったりとしたサイズのベージュのパンツ、派手なデザインのサマーセーター、髪は短く刈っていて、まだ三十代のはずなのにひどく老成している印象を顔から受ける。話し方はおだやかで、声には落ち着きと自信が感じられる。一緒にいる人間を安心させる、張りのある声だ。反町は、キノシタ女史に話したこととほぼ同じ内容のことを繰り返した。原因がまったくわからない神経の病に襲われてまず数少ない例外を残してレコードやCDやカセット・テープを全部捨てたこと、あらゆることに信頼を失っていたそういう時にコンビニエンス・ストアでニノミヤジュンコに出会ったこと、ジュンコが以前に付き合っていた男のことは伏せてサナダ虫とロールプレイについて話し、彼女の才能をどうしたらいいのか長い時間考えて最も遠回りな方法、つまり映画のプロジェクトを企画しなければいけないと決めるまでを、話した。話し終えるまでに十八分かかった。キノシタ女史の時は十九分三十秒だったな、と反町は憶えていた。自分でも驚くほど冷静に話せて、どうしてこんな単純なことさえ以前のオレはわかっていなかったのだろう、と反町は思った。何十回何百回と自分で組み立て繰り返し自問して成立した考え方だけが言葉を慎重に選びその組み合わせを厳密にして論理性を得る、というシンプルなことだ。

うなずきながら聞いていたスザキトウジは、反町が話し終えるとすぐに質問した。

「大体どのくらいの量の音楽を捨てたのですか？」

アナログのアルバムが六百枚くらいでこれはほとんどジャズです、ブルーノートやリバーサイドのいわゆる名盤も多数あってけっこう迷ったりしたんですが、結局全部捨てました、あとはカセット・テープも五百本くらい、CDはやはり五百枚くらい捨てました、

「大変な量ですね、クラシックも捨てたのですか？」

クラシックは、家内のコレクションなので捨てていません、ただしわたしが持っていたポップス・クラシックみたいな、そのほとんどは見本盤としてレコード会社から送ってきたのですが、『恋人と共に聴きたいセレナーデのすべて』みたいなやつで、それは捨ててしまいました。

「捨てなかった音楽というのは何でした？」

昔のロックです、主にビートルズとローリング・ストーンズですが、

「ビートルズは全部残したのですか？」

いいえ、もともと全部は持っていなかったので、『サージャント・ペパーズ』と『ア・ハード・デイズ・ナイト』それに赤盤と青盤かな、ストーンズは『ベガーズ・バンケット』と『ビトゥイーン・ザ・バトンズ』そして『スティッキー・フィンガーズ』あとはいろいろです。サンタナが一枚に、スライ・ストーンが一枚、ソフト・マシーンのサード・アルバム、ヴェルヴェット・アンダーグラウンドが二枚、ジミ・ヘンドリックスが一枚、ドアーズが一枚、あとは何があったかな、

「ロックの古典ですね」

スザキさんが生まれる前のものです。

「よく知ってますよ、ボクはシンガポールで育ったんで、ああいう都市ではまるでLAのようなFMステーションがあってずっと古典的なロックを流してましたから、小さい頃からよく聴いてたんです、残したやつに何か共通してるものはあるんですか？　ソフト・マシーンっていうのが少し変わってますね」

「知ってますよ」

サード・アルバムは昔一面一曲の二枚組のアルバムだったんです。

C面の、ロバート・ワイアットがうたう曲だけが好きで、それしか聴いてないんですけどね、

「共通するところって何かありますか？」

今考えてみるとってことなんですが、全部すごくていねいに作られている気がします、

「なるほど」

ビートルズなんかは当然としても、ヴェルヴェットみたいなチープな音でも、ていねいに演奏されているような気がします、

「今のロックバンドは、ていねいにやっていませんか？　ロックだけじゃなくて例えばヒップホップとかハウスでもいいんですけど」

あまり聴いてないんですが、ていねいにやってるバンドもいるんでしょうね、

「じゃあ何が違うんですか？　捨てた大量の音楽と、残した僅かなものと」

反町は返事に困った。大量の音楽を捨てたことについては、ジュンコのことほど考え抜いていなかったからだ。そこで、ジュンコのどこが最も魅力的かと徹底的に自問した時に得た答えをアレンジして使うことにした。

「オリジナリティがあるってことですか？」

捨てなかったバンドやミュージシャンは、どこにも属してない感じがするんです、それもありますがそれはどちらかと言えば結果で、例えば古くはロックン・ロールとかロカビリーとかブルースとか、うまく言えないな、カテゴリーを拒否しているといっても少し違うし、

「カテゴリーから拒否されているように見える、ということですね」

スザキトウジが自ら正解を言った。

「ジミ・ヘンドリックスが演っているのは誰が聴いてもブルースですね、ジミ・ヘンドリックス自身がブルースを敬愛しているのは明らかなことで、だけど彼の演奏はブルースというカテゴリーから逸脱しているし、ブルースに依存していないし、そうすると逆にブルースというカテゴリーから拒絶されているように見える、なるほど、あなたが残したビートルズを始めとするいくつかの音楽はみなその傾向を持ってますね」

スザキトウジは軽く微笑んでいる。反町はそういうスザキトウジを見てもリラックスなんかできなかった。キノシタ女史が言ってくれたことを思い出す。……スザキトウジはその人間のムードとか身分とか容姿とか職業とかちょっとした動作とかそういうものをまったく信用しません、語学が達者で海外でより高く評価されているからと批評家の中には彼の日本語や日本に対する思いを不当に低く見てそれを批判する人もいますが逆なんです、スザキトウジほど言葉の使い方に曖昧さを許さず厳密な人はいませんよ……あの、一つ質問してもいいでしょうか？　と反町はスザキトウジに聞いた。

「何でもどうぞ」

スザキトウジは軽い微笑みを絶やさない。

「ボクに答えられることは、答えます」

カテゴリーというやつと例えばこの国のグループとか集団とかつまり学校とか会社とかある社会的な組織とかですが、何か関連性のようなものはありますか？

「さっきボクらが言っていた意味でのカテゴリーというやつと、この国のさまざまな社会的な共同体の間の関連性ってことですか？」

そうです、

「それは関連性があるというより、まったく同じものでしょう」

なるほど、という風に反町は何度もうなずいた。

「あなたはこの若い女性の持つ才能と可能性について、そのカテゴリーに作用してくるいくつかの音楽と同質のものがあると言いたいのですね？」

そうです、と反町はうなずいてから、それだけではありません、と言ってジュンコの方を見た。女優という才能が作品と共に示されるのはわかってるんですが、彼女の場合、何もしないで、このままトラック・ドライバーとして過ごすことが罪なことだと思うんです、表現とか今は流行らない時代らしいし、もちろん彼女に女優という、誰か他の人格にからだを貸すということに対して何か精神的な強い動機とか、ある種のコンプレックスとかがあるわけじゃないんです、もしそういうきっかけが与えられたら彼女は単純に仕事として淡々とやるはずなんです、わたしが今言っていることはおわかりいただけますか？

「もちろんわかります、でもボクには何らかの動機が必要ですよ、ボクがあなた達と共に仕事をする必然性は今のところまったくないわけですからね、お金ですか？」

お金が必然性になり得るのだったら何とかして用意しますが、スザキさんがおっしゃられている意味での必然性は、実はボクにもないんです、反町は正直にそう言った、それはものすごく古臭い概念なんです、

「古臭い？」

わたしの気持ちは、今のこの国ではほとんど死語となっている言葉だけで成立しているような気さえします、つまり、希望とか情熱とか真実とか人生とか生きがいとかそういうもの

です、反町がそういうことを言っている時、ジュンコがあくびをした。反町はギクリとしたし、キノシタ女史もスザキトウジもジュンコの方を見た。一瞬の沈黙があって、ジュンコは、信じられないパフォーマンスを開始したのだった……

そのジュンコのあくびそのものがまず部屋の雰囲気を変えてしまった。何とつまらない話をしてるのさ、という意思表示だったが、もちろん決して下品なものではなく、こういう難しい話をしなければいけない人間は本当は可哀想で不自然なのだと納得せざるを得ないような、イノセントで、本能的なあくびだった。反町とキノシタ女史とスザキトウジから注目された瞬間、ジュンコは口元に右手をもっていって、ごめんなさい、と微笑みながら顔を僅かに左に傾けた。その口調とちょっとした動作はキノシタ女史のものだった。たぶん本人さえ気付いていないと思われる微妙な癖のような仕草で、しかもキノシタ女史の本質とも言える何かを備えていた。その本質が何なのかは誰にもわからない、奥ゆかしさとか謙虚さとか知性という言葉がすぐに思い浮かぶがそれはひょっとしたらその裏側に潜む強い性的欲求なのかも知れない、だが微笑みや微妙な仕草には、つまり表面にはそのすべてが現われるものなのだが、ジュンコは完璧に模倣して見せたのである。スザキトウジは口を僅かに開いたままキノシタ女史の方を見た。最も驚いたのはキノシタ女史だったのかも知れない。キノシタ女史はかすかな嫌悪感を示した。まるで酔って大はしゃぎしているところを盗み撮りされた写真を見せられた時のような、嫌悪感だ。続いてジュンコはソファに坐ったまま姿勢を正し、遠くの方をまず見て、額にかかった髪を右手の人差し指と中指を使ってゆっくりと掻き上げた。それはスザキトウジが何か喋り始める前に行う仕草だった。額に指を持っていく時の腕の動かし方、二本の指の折れ曲がる角度、遠くを見てから視線を下に落とすタイミング、今度はスザキトウジがかすかな嫌悪感を示す番だった。わたしは、と言ってジュンコはほんの短い間言葉を切り、他の三人を見回して、次に喋り始めるまでの一瞬の間に、目を細め眉間に浅い皺を作ってデリケートな怯えを表現した。その怯えの印象こそ、スザキトウジが持つ危ういイメージ、壊れる寸前の人間、または壊れる寸前に逃げてきた人間、亡命者のような雰囲気の中心にあるものだったのだ。わたしは、情熱を持っているわけではありません、わたしの中にあるものは、名付けようのないもので常にわたしに恐怖を与えます、ただサナダ虫はそれをサナダ虫と呼んでいますが、もちろんそれはわたし自身の一部です、ただサナダ虫はわたしにくっついたり、完全に離れたりします、ソリマチさんに会う前はただの恐怖にすぎなかったのですが、それはたぶん違うのだと思うようになったのです、もちろんサナダ虫とうまくやっていくことなんかまだできません、でもわたしの大切な何かをサナダ虫が代表しているのではないかと最近思うようになりました、それはまだ言葉にできないので、意志ではないから、本能と呼ばなくてはいけないでしょう……ジュンコは前半スザキトウジの口調を模倣し、後半は自分に戻って喋った。それによって、逆にスザキトウジの特徴が際立つことになったのである。首を振りながら、スザキトウジは笑い出していた。何てことだ、とキノシタ女史の方を見て呟き、ジュンコに聞いた。

「ジュンコさん、それは、新しい本能、ということなのですね？」

ジュンコは、溜め息が出るような美しい微笑みと共に答えた。

「もちろん」

キノシタさんとかスザキトウジとかああいう演技をしようと決めていたの？　と反町はホテルから帰る途中の車の中で聞いた。

「決めていたわけじゃない」

ジュンコはフロントガラスから前方を睨んだまま言った。ホテルのスザキトウジの部屋を出てから一言も喋らない。怒っているような印象さえ受けるが、ジュンコは興奮しているのだ、と反町は思っていた。ジュンコの短いパフォーマンスの後、奇妙な緊張がスザキトウジの部屋に充ちた。キノシタ女史もスザキトウジもどこか不愉快そうな表情をして、居心地が悪そうだった。反町は、スザキトウジに感心していた。ジュンコが集中して演技し、その正確さに気味の悪い思いをしたはずなのに、きちんとその喋ったことを聞いていて、新しい本能、ということなのですね、と質問までした。ジュンコがあれほど集中しているのを見たのは初めてだった。しかも目の前にいる実在の他人を演じて見せた、誰が見ても完璧だったはずだ、完璧すぎて気味が悪かっただろう、だから二人とも不快そうな表情を隠せなかった。

スザキトウジはどう思ったのだろうか、後で連絡します、と反町に言った。勝手を言って悪いんですがちょっと仕事が残っているので。早く帰したがっているな、と思いながら反町とジュンコは部屋を出た。エレベーターホールまでキノシタ女史が見送ってくれたが、よろしくお願いします、と反町が別れ際に挨拶をしても軽く会釈しただけだった。

「ねえ」

とジュンコの方から運転席に声をかけてきた。

「ソリマチさん、今、どんな気分?」

気分的には悪くないよ、結果のことは考えないようにしてるし、

「わたしは妙な気分だよ」

そりゃあれだけ集中して演技したんだからしょうがないだろう、

「そうじゃないよ、ああいうホテルに行ったのも久し振りだったし、あのおばさん、名前は何ていったっけ?」

キノシタさん、

「ああいう人に会ったのは初めてだったし、あの人はソリマチさんの友達じゃないんだよね」

違うよ、出版社の人で、友達の同僚だよ、キノシタさんのことをどう思ったの?

「どうって?」

だってあれだけあの人の癖を真似て見せたわけじゃないか、ただずっと観察していただけなの?

「うん、二人いたからね、表情をずっと見るしかないよ、ただあのおばさんの場合は何かはっきりすることがあったから」

何がはっきりしてたの?　渋谷の手前で工事が行なわれていて、青山通りが渋滞していた。普段なら苛立つところだが、ジュンコと話す時間ができてよかったと思った。アパートまで送った後は一人で帰ろうと決めていたからだ。スザキトウジに会ったことで二人とも興奮している。ジュンコのアパートでも反町の家でも、一緒に時間を過ごさない方がいいと思った。反町はジュンコを抱きしめてやりたくてたまらなかった。性的なものではないとわかっていたが、それではどういう欲求なのか自分でも説明できなかったし、性的な欲求に変化する可能性も大いにあった。

何がはっきりしてたんだよ、

「寂しそうに見えたからね」

どこが?

「おとうさんがいないのかも知れないと思ったし」

どうしてそういうのがわかるの?

「あのおばさんはあまり喋らない人だよ、そうでしょう?」

必要な時以外は喋らないようにしてるんじゃないかな、特にスザキトウジの前ではそうなんだろうな、きっと尊敬してるんだろうし、

「尊敬はしていないんじゃないかな」

だってスザキトウジは、日本の編集者ではキノシタさんしか信用していないんだよ、反町がそう言うと、ジュンコは首を振って苦笑し、しばらく黙った。その仕草はスザキトウジを演じたもので、反町は鳥肌が立った。一瞬本当に、横にスザキトウジがいるような気分になったからだ。渋滞で車は完全に停止している。早く渋滞が終わってくれないかな、と思った。ジュンコによって現実感を失いそうになったのだ。ジュンコがこちらを見ている。反町は、アクセルを思い切り踏んでメルセデスの運転に集中したかった。渋滞ではそれができない。反町を見つめていたジュンコが突然笑い出した。反町の心臓の動悸はますます速くなった。

どうして笑ったんだ？　と聞く。

「今、ソリマチさんにキスしたくなっちゃったよ」

笑顔を唇の端に残したままジュンコがそう言った。何てことを言うんだよ、反町はジュンコに対するかすかな恐怖がよろこびに変わっていくのがわかった。

「素直な人なんだね」

どういうことだよ、

「こういうことを言うのは好きじゃないんだ」

だからどういうことなんだよ、

「テレビの探偵ものの結末みたいな話なんだけどね」

頼むから順序だてて言ってくれないかな、

「うん、まずあのおばさんだけど、すぐにわかるのはものすごく控え目で、喋る時だけ少し首を傾けるってことだよね」

ああ、と反町は返事をしたが、ジュンコの演技を目のあたりにするまでそんなことにはまったく気付かなかった。

「ああいうことをする人はあまりいないよ」

そうなの、

「もっと大きく首をかしげる人はたまにいるけどあれだけ上手にやる人はあまりいない、とてもさり気ないし、女のわたしから見ても魅力的だもの、急にやってもああいう動作はうまくいかないんだよ」

ジュンコはできるじゃないか、

「真似したからだよ、あのおばさんもたぶん誰かのを真似したんだと思う」

ジュンコが、水道工事のために深く掘られた穴とその中で震動する削岩機を見ながらそう言った時、真似、という言葉に何か特別で恐ろしいものが含まれているのを感じて反町は鳥肌が立ってしまった。

真似？

「うん、真似するのが一番近道だからね、あのくらい上手な仕草は鏡でやって何年か練習したからってできるもんじゃないんだよ、だから真似したわけだけどそれも中学とか高校の頃に友達のそういう癖を真似したんじゃない」

どうしてわかる？

「もの心がついてからああいう動作を練習するとうまくいかないことが多いの、小学生でもけっこう微妙だよ、魅力的にしたいって思ってしまう瞬間に臭くなってしまうようなそういう首の角度だからね、もっと小さい頃に、うさぎのぬいぐるみを抱いて眠って、時々オネショもするような頃に、無意識に誰かの真似をしたんだよ、それはお姉さんかおかあさんしかいない、もしお姉さんだったらきっと両親が留守がちの家庭だったんだろうし、おかあさんだったらおとうさんが留守がちだったんだろうと思ったんだ、女の子っていうのは案外どちらかというとおとうさんのことをよく見るもんだからね、おとうさんが船員とかそういう家庭だったのかなと思ったりしたんだけど、あの小説家を見ておとうさんは死んだか別れたかしていなかったんじゃないかと考えたんだ、あの小説家はすごく頼られるのが好きだよね？」

そうかな、父親のような感じはまったくないと思うけどな、

「あの二人は一種のロールプレイをやってるんだよ、あの小説家はたぶん生まれてから誰か

に頼られたことがないんじゃないかな、頼りにくいタイプだものね、それでものごとがよくわかる人で頭がいいから頼られたいって思ってる自分のことは嫌いなわけでしょう、頭がいい人で自分のことを好きな人はいないからね、それはバカってことだから、それでおばさんはおとうさんが欲しくて、もちろんそういう自分が嫌いで、でも誰かにおとうさんのように頼りたいの」

反町にも少しずつわかってきた。で、そういうことをあの二人はお互いに知ってるのかな？　そう聞くと、ジュンコは首を振って、どうしてそんなこともわからないの？　という表情をした。

「絶対に知られたくない欲求を、意識しないまま充たしてくれるから人間関係ってうまくいくわけでしょう、あの二人は、まるでおかあさんと男の子とか、一番上のおねえさんと末っ子の男の子とかそういう感じに見えるんだけど役割としては、おとうさんと女の子というのをものすごく上手に演じてるんだよ、基本的に悲しいゲームだけど、よくわかんないけど小説家だからそれでいいんだろうね」

小説家だからってどういうこと？

「毎日楽しかったら小説なんか書かないんじゃないの？　毎日楽しいっていうのはただのバカだけどね」

しばらく黙ってから、反町は質問した。

いつそういうことを考えたのかな。

「考えたのは今だよ」

でもあの時はもうわかってたの？

「あの時って？」

二人の真似をした時だけど、

「さっき言ったような詳しいことはわかってなかったけど、それは真似をすることを考えるっていうか、よく二人を見ていると、間違い捜しの絵を見て間違いがわかる時みたいに気付くんだけどね」

信じられないな、と反町はうめくように言った。本当に信じられなかった。

「簡単だよ」

渋滞が終わって車は流れだし、反町はアクセルを踏んだ。

簡単じゃないと思うけどな、

「簡単だよ、その人の中にサナダ虫がいるとまず仮定して、その人がサナダ虫をどう扱っているかを考えればいいんだから」

「寄っていかないの？」

道路の左端にメルセデスを停めた反町にジュンコが言った。ジュンコは外に出て、運転席の窓わくに手をつき中を覗き込むような格好で、二人の顔は十センチも離れていなかった。

「ねえ、帰っちゃうの？」

ああ、と反町は言った。ジュンコは明らかに興奮している。部屋に寄ったりすると必ず何かが始まってしまうだろうし、近くで食事をする気分でもない。

「ソリマチさんにキスしたくなったっていう気分がまだ続いているんだけどな」

そいつはうれしいよ、反町は下を向いて笑いながら言った。そいつは本当にうれしいんだけどね。

「ね、キスするのがイヤなの？」

イヤなわけないじゃないか、

「じゃなんでわたしの部屋にちょっと寄ってキスしていかないの、キスなんて、どんなに延長したって十秒だよ」

オレ達はさ、

「オレ達はさ」

とジュンコは反町を真似た。それは、まずアメリカの青春映画に出てくるようなくったくのない若い女の子になって、その上で反町の口調を真似るという、楽しくて、複雑な演技だった。反町は笑った。ねえねえ訳を言ってよ、というふうにジュンコは開いている窓に手をかけ、甘えたように揺すっている。

めだぜ」

「オレ達はキスをするために出会ったんじゃないだろう、考えてみてくれよ、映画を作るた

オレ達はキスをするために出会ったんじゃないだろう、

そういうことだ、

「そういうことだ、だが、だからといってキスをしてはいけないというわけじゃないが」

お前は天才だよ、もう止めてくれ、反町は大笑いしながらそう言った。笑いは止まらなく

て、道を通る人がメルセデスの方をじろじろと眺めている。ジュンコが両手で反町の頬を押

さえ、唇を合わせてきた。冷たくて柔らかな唇が触れた瞬間に、笑いが止んだ。

人が見てたよ、

「どうでもいいよ」

変わってしまったような気がするな、

「わたしが？」

オレだけど、

「また家に行っていい？」

もちろんだ、

「もちろんだ、来ちゃだめだってオレが言ったことがあるかい？」

頼むもう止めてくれ、気が変になりそうだ、

「小説家はどうするかな」

電話があるだろう、

「またローリング・ストーンズを聴こうね」

そう言ってジュンコは後ろを振り返らずにアパートの方へ歩いていった。あんなにきれいな脚の女は今までに見たことがない、と反町は思った。

唇の震えが止まらなかった。

『シスター・レイ』ヴェルヴェット・アンダーグラウンド

反町は何十回とジュンコの唇の感触を思い出しながら、シャワーを浴び、念入りにからだを洗い、実家にいる妻子に電話をして、ビールを片手に自分で夕食を作ることにした。音楽はモーツァルトをかけた。キリ・テ・カナワがうたうアリア集だ。冷蔵庫を見て材料が何もないのに気付き、コンビニに買いに出た。

バスローブを、ジーパンとコートとコットンのセーターに着換えながら、何て違いだ、と思った。ジュンコと知り合う前後のことを思い出したのである。あの頃は、からだ中の毛穴からコニャックの匂いがして、顔もイヤな感じにむくんでいたような気がする。常にどこかが痛かった。目とか喉とかこめかみとか脳とか脇腹とか、メルセデスに乗り込んでハンドルを握っても、からだのどこかが痛み、しかもその痛みがひどく遠くにあるようだった。痛みを感じている器官だけが自分なのだと思ったこともあったし、別の自分がその痛みを嘲笑しているようにも感じた。まったく、と反町公三はメルセデスを走らせながら苦笑した。あの頃は本当に病気だった、あれからまだ三ヵ月しか経っていないのが信じられない、ただ、自分がどういうふうに変わったのかよくわからない、病気が治ったという感じによく似ている、中学校の時に腎炎で二週間ほど入院した、痛いわけではなく、ひどくからだがだるくて、塩分を制限されひたすら横になっていなくてはならなかった、今でもよく憶えているのは退院する日に景色が輝いて見えたことだ、自分が治ったという自覚はあまりなかった、外の景色が変わったように見えたのだった、そういうことを思い出しながら、反町はコンビニに着いた。当り前だが、ジュンコのトラックはない。スザキトウジから返事があるまで、ジュンコには会わないことにした。その方がいいだろう、とジュンコも言った。ジュンコがトラックの仕事を休むわけではないが、今の時間はこのコンビニに寄ることはない。

蛍光灯によって無機的に平均的に照らされた店内には、ちょうど終電で帰って来た人達がいた。ほとんどが二十代の勤め人で、漫画・雑誌のコーナーに群がり、何か気に入った雑誌をまずバスケットに入れ、それから飲みものとスナック菓子、パンや調理済み弁当の類を買い、その後に明日の朝食のためのパンやミルクに手をのばす、しばらく店内を眺めていると、全員が同じ流れで動き、同じようなものを買っているのに気付いた。逆に言えば、そういうものしかコンビニには置いてないのだ。店内で話し声は聞こえない。いらっしゃいませ、八百二十三円になります、千円おあずかりします、百七十七円のお返しです、どうもありがとうございました、次の方どうぞ、レジにいる二人の若い店員のそういう声だけが響いていて、何人かのグループやカップルもいるのだが、会話が聞こえることはない。反町は、スモーク・チキンと、レトルト食品のカレーとライスをバスケットに入れて、客が作る流れに加わっているうちに、妙な感じがしてきた。客が多いコンビニを反町は知らなくて、それに中年の主婦がいないせいもあるのだろうか、周囲に現実感がなかった。どの客の顔ものっぺりとしていて、体温や呼吸のようなものが感じられなかった。表面だけでできていて、近づいて針で刺すと破裂してなくなってしまいそうだった。どんな動物にもあると聞いている攻撃の臨界距離、からだが近づいて通路などで肩が触れ合いそうになっても、無意識な危険を感じることがない。体重がないように見える。幽霊のようだ、と反町は思った。

三日間、反町はスザキトウジからの電話を待ち続けた。外出する気も起こらず、モーツァルトを聴いたり、オペラやバレエのLDを観て時間を過ごした。オペラやバレエは反町の妻が好きで集めていたものだ。両方とも上演時間がものすごく長いので、三本も観ると一日が終わってしまう。『トスカ』と『オテロ』と、『ローエングリン』と『サロメ』と『白鳥の湖』と『ドン・キホーテ』と、『ロミオとジュリエット』と、『シモン・ボッカネグラ』と『火の鳥』と『フィガロの結婚』と『ラ・トラヴィアータ』と『トリスタンとイゾルデ』を観終わり、『リゴレット』の序曲を聴いている時に電話が鳴って、キノシタ女史の声が聞こえてきた。

「ソリマチさんですか？　キノシタでございます」

反町は『リゴレット』の序曲を途中で消した。キノシタ女史の声の調子にいやな予感を持った。

「今、スザキトウジの部屋から電話してるんですが、スザキさんがわたしに伝言を頼まれたので……もしもし、聞いてらっしゃいますか?」

聞いています、と反町は言ったが、自分の声がどこか遠くで響いているような気がして、いやな予感はより強くなった。

「例の件ですが」

キノシタ女史は言葉を一度切った。

「スザキさんは、できかねる、とおっしゃってます」

そんなはずはあり得ない、という気持ちと、やっぱりそういうことかという思いが交錯して、心臓の脈動が激しくなった。落ち着け、と反町は自分自身に言い聞かせた。落ち着け、でも引き退ったらおしまいだぞ。

できかねる、

「そうです」

それは、さまざまな理由で例えば時間がなくてできないということなのでしょうか? それとも、この仕事はやりたくないということなのでしょうか?

キノシタ女史の喉が鳴る音がかすかに聞こえてきた。何てうるさい男なのかしら、という女史の悪意を象徴しているようなイヤな音だった。この野郎、早く電話を切りたがってるな、と反町は思った。

「そのようなことは、あの、大変失礼な言い方になってしまうかも知れませんが、わたくしとしてもスザキさんとしても御説明させていただく必要はないと存じますが」

何というバカていねいな言い方だ、と反町は気分が悪くなった。こういう敬語は相手に敬意を払っているわけではない、ただ単に責任を回避しているだけなのだ。わたしは、と反町は二回深呼吸をした後に、ゆっくりと言った。

わたしは確かに何の力も持っていない人間です、スザキさんは世界的に名声のある作家です、でもわたしは然るべきアポイントを得てスザキさんにお会いすることができまして、プロジェクトについて話しました、仕事ですから断わられるのはしょうがありませんが、その理由は今後のためにもぜひお聞きしたいと思います、キノシタさん、わたしは間違っているでしょうか？

キノシタ女史は黙った。その短い沈黙の間に、反町は考えなければならなかった。なぜこいつらは断わってきたのか？　ジュンコの演技には驚いたはずだ、それが不快だったのだろうか？　恐らくスザキトウジの本当の気持ちをキノシタ女史も聞いていないに違いない、

「ちょっと待って下さい」

キノシタ女史が受話器を手で押さえるのがわかった。

「スザキさんが自分で話すそうです」

一瞬の間があって、スザキトウジの声が聞こえてきた。

「スザキです、先日は失礼しました」

冷静を装っているのが感じられる。三日前に会った時よりも声がややかん高くて喋るのが速い。こいつは冷静な自分が好きなのだろう、と反町は思い、ジュンコの他人をよく観察する癖がオレにも身についてきたのかも知れないな、と苦笑した。冷静な自分しか好きになれないから、それとのバランスをとるために少し声が上ずってしまっているのだ、

「ソリマチさん、あの、ジュンコさんって方ですが、あれは一種の病理だと思いませんか」

まるで喋るのが楽しくてたまらない、というようにスザキトウジは声を弾ませる。お前は何をそんなにびくついているんだ、と反町は思った。

病気？

「いえ、病理です、彼女自身、病理とたわむれているような気がしてしょうがないのですが、ソリマチさんはどのようにお考えですか？」

おっしゃっていることがよくわかりません、もっとわかりやすく話していただけませんか？

「ソリマチさんは、腸内寄生虫妄想という精神医学用語を御存知ですか？」

え？

「腸内寄生虫妄想です」

スザキトウジは、ゆっくりと発音して繰り返した。

「ジュンコさんの、例のサナダ虫の話を聞いて、まあ、少し興味を持って、調べてみたわけです、これは妄想型の分裂病にたまに見られる症状で、からだの中に、一匹あるいは数匹の小動物がいるという妄想なのです、その他にも皮膚寄生虫妄想というのもあります、いずれもパラフレニーの妄想にもっとも多く、うつ病やびまん性進行型脳障害、急性外因反応型パラノイア、人格発展性パラノイア、それらの患者にも見られることがよく報告されています、彼女はこういう病理を背負っているのですよ」

精神がおかしいというわけですか？

「ですから、徐々に進行してるのだと考えられます、分裂病の患者は時として異常な集中力を見せる場合があります、あの、わたしとキノシタさんを演じた演技には驚かされましたが」

そうかやはり驚いたんだな、と反町は思った。

「あれはその異常な集中力が一瞬の輝きを見せたわけで、ボクには永続性があるものだとはどうしても思えないのです、長編映画の主役というような仕事ははっきり言ってできないと思いますよ、ソリマチさんはそういうふうにはお考えになりませんか？」

反町は自分の神経が切れそうになるのを感じて、リビングルームのソファから立ち上がり、目を閉じて、スザキトウジに気付かれないように深呼吸を繰り返した。何てひどいことを言う奴だろう、と思った。それだけじゃない、こいつは嘘をついてるんだ、ごまかそうとしている、それにオレを怒らせようとしているのだろう、怒らせてそれで全部を終わりにしようとしているのだ、絶対に怒るわけにはいかないぞ、

いいえ、そうは思いません、反町は、ジュンコの唇の感触を思い出しながら言った。ジュンコの長い脚と唇の感触を思い出すと、余裕が戻ってきた。結局ああいうのには誰もかなわないんだ、と声に出さずに呟いた。あんたが書く何千枚という長い長い小説もああいう女の脚と唇には絶対かなわないんだよ、

スザキさんも本当はそういうふうにはお考えになっていないはずですよ、

「え？」

スザキトウジが電話の向こうで言葉を失うのがわかった。怒りの感情に包まれて立ちすくむ小男の姿が目に見えるようだった。あいつはオレの知能を見切ったと思ったに違いない、腸内寄生虫幻想？　妄想だったかな、そんなものどっちでもいいや、ジュンコがそういうやつにかかっているわけがない、分裂病とかパラノイアとかそういう表現になれていないやつを無理に納得させようとして百科事典でも調べたんだろうがジュンコがそういう病気であるわけがない、どんな病気のやつにしろ、たぶん自覚はないのだ、それが幻だという自覚はない、ジュンコはあらゆる人物にサナダ虫がいるのだと思っているのだ。

わたしには精神医学の知識はありませんが、ジュンコは病気じゃありません、そういうこ

とはわたしなんかよりスザキさんの方がよく御存知だと思っていました、

「それでは、あなたはボクが嘘をついているとおっしゃるんですか？」

スザキトウジは怒りを抑えている。冷静さを失うことは彼にとって絶対に許されないことなので、二重に怒りが込み上げているのだ。もっと怒れ、と反町は思った。

そういうことではありません、嘘をついているということではない、正確さを欠いているとわたしは思うのです、反町がそう言うと、スザキトウジの神経が粟立つのが感じられた。正確さがやつのプライドなのだ、

「あなたはどうして彼女が分裂病ではないと断言できるのですか？」

分裂病かどうかには興味はありません、と反町は答えた。

さっきスザキさんは彼女の即席の演技に驚かれたとおっしゃいました、だったら映画の原作小説をぜひ書いていただきたいと思うんです、その仕事にかかる報酬は準備させていただきます、彼女が病気だとして、もし映画そのものがダメになったとしてもスザキさんには被害はないと思うのですが、

「被害があるとかないとかではなくて、そう簡単に小説など書けるわけではありませんよ、ボクは同じ時期に違うテーマで複数の仕事はしないようにしているんです」

それでは最初から無理だったのにどうしてわたし達に会って下さったのですか？

スザキトウジは黙った。どうしてあんなに有名で気難しいとされている小説家がオレらに

会ってくれたのかな、と言った時に、ジュンコが答えてくれた。あの人はとにかく頼られたいんだよ、そして頼られたいと無意識に思ってしまっている自分が許せない、小説の仕事の関係者じゃないわけでそれにソリマチさんは組織に属してないわけだし、頼られたいという無意識の願望があったんだと思うよ、大したことないと思ってたんじゃないかな、何でも言うことを聞く色情狂の女で、あとくされもない、っていうのと同じだよ、

興味本位でもいいのです、会っていただいたということで感謝しています、ただ作品を読ませていただいて、非常に科学的な感じといいますか、厳密で、嘘がなく、危機感のようなものも感じたので、ぜひお会いしたいと思ったわけなんです、

「危機感？」

そうです、わたしがこんなことを言うのは口はばったいのですが、危機感のようなものも感じました、

「どういうタイプの危機感ですか？」

てめえ、いい加減にしろよ、という感じでスザキトウジはそう聞いてきた。

わたしとジュンコと会ってもスザキさんには何のメリットもありません、どうして会っていただけるのか不思議でした、

「ちょっと待って下さい、どういった危機感だったのか言って下さい」

自分にある危機感を知られてしまって焦ってるんだな、と反町は思った。卓越した頭脳の

せいで自分は何の困難もなく生きてるって思われたいんだな、完璧な人生を送ってるって思われたいんだ、オレとジュンコはそういう意味じゃホテルに出張する娼婦と同じようなもんだったんだろう、言ってみりゃ退屈しのぎだ。

危機感と言えば生存に関するものしかないと思うんですが、

「それを、ボクに感じたんですか？　それとも作品に感じたんですか？」

両方です、

「どんな点に、どういうところに危機感を感じたんですか？」

笑われてしまいそうなので、本当は言いたくないんですけどね、

「言ってみて下さい、ボクにとって非常に大事なことなんです」

何ていうのかなあ、父権に関することですけど、

「え？」

父権です、父親ということかな、

「父権がどうしたんですか？」

とりあえず、アジアの母系社会がテーマになっているわけですけど、小説で扱われているのは父権の、それも失われてしまっている父権ということではなかったかと思いました、それに……。

「それに、何ですか？」

そういうことをわたしに教えてくれたのはジュンコなんです、そう言うと、スザキトウジはまた絶句した……。

反町はわざと黙っていた。黙っていてもスザキトウジは絶対に電話を切ることはないと判断したのである。スザキトウジはプライドを脅かされているのだ。

「ジュンコさんはボクの小説を読んでるんですか？」

本来ならこんなことを聞いたりしないんだけどまあ何かの参考にはなるのでどうなのかなあと思ってね、というニュアンスが声からにじみ出るように努力しながらスザキトウジは反町に聞いた。あの人は頼られたいんだよ、というジュンコの声が蘇ってくる。生まれてから一度も誰かに頼られたことがないから、頼られたがっている、常に冷静で正確極まる考え方ができることが頼られる要因だとこいつは思っているのだ。

読んでいるはずですよ、と反町は、どうしてそんなわかりきったことを聞くんですか、という感じで答えた。

あの、彼女の演技ですが、あれは即興というか思いつきでやったわけじゃないんです、彼女は、観察して、考え抜いて一瞬で表現するんです、あ、表現という言葉は違いますね、自分の肉体を貸すんです、彼女が分裂病かどうかはわたしにはわからないし興味がないのはさっき言った通りですが、病気の人間というのはそんな集中はできないんじゃないかとわたしは思っているのです、ただスザキさんは彼女のために映画の原作となる小説を書かなければならないなどということはないわけですから、断わられてもわたしは納得せざるを得ません、本来ならその理由を伺うということも非常に失礼であるとわかっています、興味がないと一言で片付けられた方がまだわたしは納得できます、彼女は、何のキャリアもないただのトラック・ドライバーですからね、ただ彼女は病気なんかじゃありません、虫にしたってそれが幻だということをどこかで知ってるんです、だって人間には全員この虫がいるはずだと彼女は思っているんですからね、

「映画でなくてはいけませんか？」

ふいにスザキトウジがそう言った。どことなく苦しそうな声だった。最初反町はスザキトウジが何を言ったのかわからなかった。

え？　とかん高い変な声が出てしまった。

「小説を書くのは物理的に無理なんです、同じ時期に違うテーマでは、ボクは書けないんです」

よくわかります、と反町は言ったが、本当はスザキの話が理解できていなかった。ただスザキトウジに何か重要な変化が起きたのはわかった。

「今、とりかかっている小説はあと一年半近くかかります、いや、一年半でも完成するかどうかわかりません」

ほう、そりゃ大変だな、と反町公三は思った。それが終わってからではどうかなんて言っ

てもだめだぞ、オレらはお前みたいにノンビリと生きてないんだからな。

「ただ、今、CD‐ROMの企画があって、ボクがスクリプトだけではなく、ヴィジュアルも担当するようになるかも知れないんです、もしもし、ソリマチさん、聞いてますか？」

ええ、もちろん聞いています、と反町は答えた。CD‐ROM？　こいつは何を言ってるんだろう、何かオレらのために仕事をしてくれるっていうんだろうか。

「その場合、動画はフィルムやビデオではなく、三十五ミリのポジから作るコンピューター・グラフィックスになります。もし、ソリマチさんがこの仕事に興味がおありでしたら、ジュンコさんの協力をお願いできるかも知れないのですが、いかがでしょうか、これはもちろん今考えたことなので、後ほど詳しいことをお話しします」

CD‐ROMについてはあまり詳しくないんですが、友人がアダルトものを作ってますけど、そんなものじゃないんでしょう？

「違います」

スザキトウジは、落ち着きを取り戻していた。

「たぶんアメリカやヨーロッパでも同時発売になると思います、ボクはスクリプトを書いて、CGもすべてボクが指示して作ることになっています」

ゲームみたいな？

「全然違います、言葉と、ヴィジュアルと、音声と、音楽を使って、今までにないCD‐R

OMの作品を作ろうとしてるんです、何と言えばいいのかなあ、複数のリアクションによって、結末の違う短編映画が十数本まとまって一本の映像作品になるわけですけどね」

反町は、次にスザキトウジが言ったことを聞いて、ジュンコに連絡を取ろうと決めた。

「多重人格の女性がテーマなんです」

「わたしはCD‐ROMなんて知らないよ」

ジュンコは黒のジーンズとタートルネックの赤いセーターと、ロゴの入っていないスタジアム・ジャンパーと、バスケット・シューズで、トラックの巨大なエンジン音を響かせてこれまで通り深夜にやってきた。コンビニに寄って来たらしくて、ビニール袋からサンドイッチを出し、食べながら話す。反町は、カプチーノを作ってやった。やあ久し振り、と玄関で会った時に、反町は頭のどこかでキスをし合うのを期待している自分に気付いていた。四日前にスザキトウジに会いに行った帰り、自分からキスを求めてきた時とは違っていて、ジュンコはぶっきらぼうで、クールだった。ソファを勧めると、どうも、と低い声で言って坐り、じゃ失礼して、とサンドイッチを食べ始め、何か飲むかいと反町が聞くと、エスプレッソとミルクを混ぜたやつ、と答えた。とてもキスをする雰囲気ではなかった。カプチーノを作ってから、反町はスザキトウジとCD‐ROMの話を始めた。

悪い話じゃないと思うんだ、別にスザキトウジに全面的に頼るのがすばらしいわけじゃも

ちろんなくてね、CD‐ROMでデビューするというのは悪くないアイデアだと思うよ、

「CD‐ROMって何?」

サンドイッチを食べ終わったジュンコを書斎に案内して、反町は実際にCD‐ROMを見せてやることにした。AV女優のヌード写真集があったがそれはやめて、プリンスのやつにした。ジュンコはプリンスを知っていたが、その音楽を聴いたことはなかった。写真のポジを使えることと、ビデオによる動画やCGのことも話した。

「こういうのって、どこが面白いのかわたしはわからないな」

ジュンコはマッキントッシュのモニターを見ながら、つまらなそうな表情でそう言った。

リビングに戻って来て、反町は説明を始めた。

「でも、写真集だったら、写真集を買って見ればいいわけじゃない、音楽も入ってるっていってもそんなの音楽を聴けばいいわけだからさ、わたしはこんなのに興味を持つ人って好きじゃないな、別に新しくもなんともないものを新しがって喜んでるだけだよ」

でもね、映画の創成期もそういう同じようなことがあったし、

「ソーセイキって?」

映画ができた頃のことだ、映画ってメディアが誕生した頃はそんなものどこが面白いんだってみんな言ってたらしいよ、テレビができた頃も同じなんだ、

「テレビは好きじゃないな、映画は、でも何となく好きだね」

そういう人が多いよな、オレもそうだけど、

「でもいきなり映画を作るっていうのは難しいんだよね？」

ああ、と反町はうなずいた。気が遠くなるくらい難しい、と反町は思っていた。音楽の業界でも映画に投資する人間はいた。成功したという話は聞かない。億単位の金をこの国だけのマーケットで回収するのはもはや不可能だという人もいる。

「お金が集まらないのかな？」

それが一番大きいけど、ソフトっていうか脚本を作るのも難しいだろうね、どこを見ても面白いストーリーなんかないもんな、どこにでもありそうで、絶対にどこにもない話ばっかりだろう、

「それでCD‐ROMだったら、お金は集まるんだね？」

スザキトウジが作るってことである制作メーカーがもう金を用意しているらしいんだ、ムービーのフィルムじゃなくて、スチール撮影だから、それほど金はかからないそうだよ、カメラでパシャ、パシャッと撮っていくだけだからね、スタッフもそう多くないわけだし、

「ソリマチさんがやった方がいいと思うんなら、わたしはやるよ、ただ写真っていうのがわからないんだ、写真っていったら基本的に写ルンですと同じもんだよね」

写ルンですとは少し違うと思うけど、

「でも動かないよね」

いや動くんだ、CGで動かすんだそうだ、

「シー、ジーって、コンピューター・グラフィックスのこと?」

そうだ、

「でもビデオとか映画とかあるわけだから、それだと簡単に動くわけでしょ、どうしてわざわざ写真を使うのかな」

それはこういうことなんだ、普通だったらビデオとかムービーのフィルムにした方がいいに決まっている、ただ写せないものってあるじゃないか、まず実際にはこの世に存在しないものだよね、『ジュラシック・パーク』の恐竜とかね、宇宙船もとても一般的だし、違う惑星の風景とか、ありそうもない建物とか、あとは写すのが困難なものも対象になるだろう、崩れ落ちるビルとか裂ける地面とか、それに、カメラが入っていけない視点からの映像を作ることもできる、例えば、脳の内部とか、火山の中とか、深海とかそういうやつだ、
脳の内部、と言った時に、ジュンコが少し表情を変えた。

「わたしの、脳の内部も映像にできるのかな、脳だけじゃなくて、他のからだの中も映像にできるのかしらね?」

反町はうなずきながら、こいつはサナダ虫のことを考えているな、と思った。

ジュンコの脳っていうわけにはいかないだろうな、それは一般的な脳だけどね、

「スザキさんのアイデアっていうのは具体的にどういうものなのかな、さっき多重人格って

言ったけど」

反町はスザキトウジから聞いたことを要約してジュンコに伝えた。それは四つの章立てで成立している重層的な短編小説の集合体とでもいうものだ。多重人格の発生、多重人格の形成、多重人格の七つの悲劇、多重人格者の死と再生、という四つの章に分かれ、第二章と第三章は恐ろしく複雑にストーリーが入り組んでいるらしかった。

「わたしはそれで何をすればいいの？」

とりあえず写真を撮られることになるだろうな、

「ねえ、ソリマチさん、写真じゃ何もできないんじゃないかな、結局動かないわけだからさ、表情だって変えられないよね、表情を変えるとしたって、どんなに速くパシャッパシャッパシャッパシャッってシャッターを押しても、映画みたいなわけにはいかないじゃない？　写真っていうのがよくわからないな」

スザキトウジはこういうふうに言っていたよ、多重人格者だから一つのシーンでの、ある台詞に対するリアクションが変わってしまうわけだろう？　現実的にはそれは三重人格なら三種類の対応があって、そのうちの一つが選ばれることになるよね、わかりやすく言うと、ボクと今夜付き合ってくれ、と誰かに言われて、まあうれしい、という反応と、さあどうしようかなっていう反応と、ふざけんじゃねえよてめえ、っていうのと三つあるとするよね、それで一つをチョイスするわけだろう、

「でもそれは別に多重人格じゃなくてもよくあることだよね、ああ、あんなこと言わなきゃよかったって、あの台詞を言っていなかったらすべてうまくいったかも知れないってことだけどさ、よくあることだよね」

そうなんだ、ただそれを多重人格者にするとわかりやすいし、複雑なストーリー構成になっていくわけだからそんな脚本を書けるのは自分一人だとスザキトウジは言っていた、スザキトウジ本人にもあまりCD－ROMの知識はないみたいなんだ、だけど当り前のことだけどCD－ROMのことを知ってるからって面白いソフトができるわけじゃないからね、

「そうだよね、それはわたしにもわかるよ」

三つなら三つの異なったリアクションがあって、それをあまり大げさにはっきりと演じ分けるんじゃなくて、微妙な仕草とか表情でやって欲しいらしいんだ、

「少しずつわかってきたよ、それでさっき言っていたCGはどうなるの？」

ある表情から、別のある表情までの変化をね、ムービーだったらそのままカメラを回せば済むわけだけど、写真にするわけだからね、例えばその時の脳の働きとかさ、血液の流れとか、いろいろな代謝物質のこととか、そういう感じで組み合わせていくんじゃないかな、表情だって、いろいろ現実にはないものが作れるんじゃないかな、

「例えばどんなの？」

ウーン、オレはよくわからないけど、舌が異様に長くのびていくとかね、

「それじゃあ、お化けだよ」

まあ、そうだけどな、そういうことじゃなくて、いろいろと考えられるんだろうけど、オレの専門じゃないからさ、

「例えばこうやってわたしと反町さんが話しているよね、わたしは、わたしが飼ってるサナダ虫の動きを感じてるとするよね、血液の中をサナダ虫がビュンビュン動き回ってるわけだよ、で、わたしは本当は脳じゃなくてサナダ虫の命令で生きてると仮定すると、ＣＧはそのサナダ虫の動きを描いて、その後わたしの表情を映すってこともできるわけかな」

できるだろうけどオレはそのサナダ虫ってのはヴィジュアルで見たことがないからわからないんだけどさ、目とか耳とかはないんだろう？

「ないよ、虫だから、寄生虫みたいなものだから目とかはないよ」

反町はジュンコとの会話を楽しんでいたが、スザキトウジから言われたことがあって、それをどういうタイミングで伝えようかずっと考えていた。スザキトウジは、ＣＤ－ＲＯＭに出演する女の子にヌードになることを要求した。もちろんポルノやアダルト・ビデオのようなものではありません、ただ多重人格の発生や形成にはセックスが深く関わっているのでモデルがヌードになるのは避けられないんですよ。それを聞いて反町は最初いやな気分になった。ジュンコに伝えるのを想像してそうなったわけではない。嫉妬だった。カメラマンやスザキトウジ自身がジュンコの裸を見ることになる。しかもジュンコはカメラマンやスザキト

ウジの指示に従わなくてはならない。はいそこで横になって。はいこちらを向いて。はい少し腕を上げて。足を開いて。そうやって撮影されていくジュンコを想像して、いやな気分になったのだった。だが嫉妬する自分とはまったく別の人格がすでにでき上がっていることにも気付いた。裸か、いやだな、と一方では思いながら、CD-ROMはまだ市場が安定していないし画期的な商品も出ていないのでジュンコのデビューとしては最適かも知れない、という考えも自然に湧いてきた。それは複雑な感情だった。冷静に仕事として判断する自分と、嫉妬で胸をキリキリして痛める自分が、何の矛盾も反発もなく同居していたのである。こんなことは初めてだな、と反町は思った。タレントの事務所の連中とか、俳優のマネージャーとかはそういうことをどうやって割り切っているのだろう、女優が女房の奴なんかどうするんだろう、キスなんかする時どうやって自分を納得させるのだろうか、あれは芝居だ、大切な作品の中の重要な演技なのだ、きっとそう思うのだろうが、他の男と唇を触れ合わせているのはどう考えても事実なのだ、肌を触れ合わせることだってある、乳房をつかまれることだってある、大勢のスタッフに囲まれているから本当に感じたりすることはないかも知れないが相手の男優は女の肌の感触をきっと憶えていることだろう、マゾヒズムがなければ成立しない世界だ、何か自分のからだの一部を傷つけられたり、切り取られたりするような気がするだろうな、と反町は思った。

「何を黙ってるの?」

とジュンコが聞き、ヌードにならなければいけないんだよ、と反町はできるだけ普通に言った。

ジュンコはカプチーノの残りを飲み、唇を尖らせて一つ大きく息を吐き出してから、ヌード? と少しだけボリュームの上がった声で聞いた。そうなんだ、反町はジュンコの視線に耐えた。ジュンコは反町のことを睨んでいるわけではない。息を吐き出した後もそのまま唇を尖らせて、首を僅かに左に傾け、今何て言った? という感じで反町から視線を外さないでいるだけだ。尖らせた唇をゆっくりと元に戻していくが、微笑みをつくりはしなかった。実際に目からこめかみにかけて痛みを感じてしまうような強い視線だった。反町は、ヌード? と聞かれてうなずいた。次にジュンコが何か口を開くまで黙っているつもりだった。リラックスしている印象を与える表情をキープしつつ、ジュンコの顔から視線をそらさずに、ジュンコの言葉を待った。

「当り前だけど、ヌードって裸になるってことだよね」

きちんと意味がわかってんのかよ、というような感じでジュンコは言った。口調からジュンコの警戒心が伝わってくる。無表情を装っているが、顔には緊張が表れていた。

そうだ、と反町はソファに坐り直しながら答えた。そんな当り前のことをどうして聞くんだという調子と、これは仕事だし自分にとってもあまり楽しいことではないというニュアンスがうまく混じり合うように努めて、答えた。

「わたしは裸にならなくちゃいけないんだ」

　ジュンコを見ていると顔のどの部分に緊張が表れるかがわかる。こめかみと目尻と鼻の脇と唇の端だ。何か嘘をつけばこの女は本当に怒り出すだろう、と反町公三は思った。そしてその怒りは取り返しのつかない結果を生むだろう。

　そうなんだ、反町は嘘だけはつかないようにしようと決めた。

「それは誰が決めたの？」

　誰かが、決めたわけじゃない、

「じゃわたしが裸にならなくても済む可能性もあるってことなのかな」

　そうじゃない、ジュンコをヌードにしようと、誰かが決めたわけじゃないということだよ、スザキトウジはCD－ROMの企画を持ってて、その仕事にジュンコを使ったらどうかとオレに提案してきた、良い仕事だと判断してオレは自分ではとりあえずOKの意思を示して、ジュンコと相談して最終的に返事をします、とスザキトウジに言った、さっきも言ったと思うけど多重人格という点が気に入ったんだ、その後でスザキトウジがヌードになる必要があると言った、オレは、ヌードになるんだったらやめます、とは言わなかった、ヌードになることが最も大切なわけじゃない、多重人格の女を演じるってことが重要なところなんだよ、それで、ヌードになることが、必要なんだ、

「どうして必要なの？」

ジュンコはそう聞いて、反町が、スザキトウジは、と説明しようとするのを左手を軽く上げて制した。

「スザキトウジのことなんかわたしはどうでもいいんだよ」

ジュンコの目尻が微かに震えている。怒りが発生する一歩手前だな、と反町は思った。

「わたしはソリマチさんに聞いてるんだからね、あんな虚弱児の小説家の言うことなんかどうだっていいんだ」

どうだっていいというのはおかしいよ、反町は六歳の子供に説明するように、言った。

オレは彼の才能を信頼している、だから彼に脚本を頼もうと思ったわけだろう？

「わたしはあいつが好きじゃない」

彼のことを好きになる必要はない、だけどあいつが書くものは他の人には書けない、オレにももちろん書けないんだよ、

「ねえ、ソリマチさんはわたしが裸になるのが、平気？」

一番難しい質問が来た、と反町は思った。反町は、息をゆっくりと大きく吐き出しながら首を振った。

平気なわけがない、ヌードになるのが必要だと聞いてイヤな気分になったよ、そんなことで喜ぶ人はいない、今、誰でも簡単に脱いでいるがそういう風潮とは関係なくオレは、

「人のことなんかどうでもいいよ」

ジュンコの声が大きくなった。

待ってくれ、と反町は言った。

ちょっと待ってくれ、オレはジュンコを説得しようなんて思っていない、ヌードになるのがイヤだったらやめよう、

「ずるいよ」

いや本当の気持ちを言っているだけだ、

「そういう言い方はずるいよ」

どうして？

「わたしに、決めなさいって言っているわけだよね」

違うよ、オレは知らないからジュンコが決めればいいなんてことを言ってるわけじゃないよ、本当にイヤだと思うことを説得する気はないって言ってるだけだ、

「同じことだよ」

違うんだ、よく聞いてくれよ、CD‐ROMの仕事はオレはやった方がいいと思う、ヌードがあってもやるべきだと思う、だけどジュンコがイヤだったら、どうしてもやるべきだとその気持ちを変えさせるつもりはないということだ、シンプルだよ、

「やっぱりわたしが決めなきゃいけないんだ」

ジュンコらしくないよ、

「何が?」

問題をすり替えている、今話しているのは誰が決めるかということじゃない、自分の考えを示すということだ、ジュンコは正直じゃないと思うな、

「嘘つきってこと?」

そうじゃない、CD-ROMの、多重人格の話には興味がある、でも裸になるのはイヤだ、だから迷っている、ということじゃないのかな、迷うのは当然だ、裸になるのを喜ぶのは異常だ、迷ったっていいんだよ、ただ、迷ってるってことを正直に言わないと、迷ってるのがわからないよな、

「迷ってるっていうのとは違うんだよ、まだそういうところまで行ってないんだよ、いつか女優になるとかならないとかっていう話をした夜があったよね、憶えてる?」

うん、

「あの時のラストシーンでわたしがどういう台詞を言ったかも、憶えてる?」

ああ、

「言ってみて」

確か、ソリマチさんにまかせるよ、と言ったような気がするな、

「グッド、わたしはまだ自分が本当に女優に向いているのか、自分で女優がやりたいのかどうか、わからないんだよ、これは嘘じゃない、本当にわからない」

でも、あの時、

「そう、わたしはからだが震えてきた、それでね、でもわたしは自分が女優になるってことをイメージできないし、他の誰か、例えば外国の女優でもいいんだけどああいう風になりたいっていう人もいない、そしてもちろんキャリアだってゼロのくせにもうすぐ二十二歳になろうとしてるんだよ、わたしに何か預けられても困るんだ、迷ったっていいんだよなんて言われても困るよ、だからソリマチさんにまかせると言ったんだ、それなのにソリマチさんはわたしに考えを言えという、考えはないよ、どこかにあるのかも知れない、うん、わたしのどこかに眠っているのかも知れないし、わたしは勇気がないのかも知れない、人のマネがうまいっていうだけで自分が女優になりたいのかどうかなんてわかるんだろうか、何もかもがよくわからないんだ、ソリマチさんにまかせるってことは、卑怯かも知れないけどリードして欲しいってことなんだよ、自分では自分のことはわからないんじゃないかな、自分がどんな人間かなんてわかるわけないと思う、自分が何に向いているかなんてどうやったらわかるんだよ、だってどこを捜しても動機なんかないもん、どんなに正直になって自分に聞いても動機なんかないよ、何にも憧れたことなんかないし、自分が何かに憧れるってこともイメージできないんだからね、そんなものどこにもなかった、他の人はどうしてるんだろう、あいつは小説を書いてるんだよね、それで有名なの？　お金持ちなの？　みんなから尊敬されるんだよね、クソだよ、腐ってるよ、根腐れしてるぜ、まったく、あんなやつ見てると吐き気がしてくんだよ、死んでもああいう風にはなりたくないね、トラックで轢き殺してやりたいよ、サナダ虫に誓ってあんなのが死んだってわたしはまったく悲しくない、だからってわたしは満足してるわけじゃない、満足してる奴なんてもう動けないジジイとババアだけだろ？　満足してないからってトラックがイヤなんじゃない、わかるかな、わたしが言ってることは何かおかしいのかな」

おかしくない、と反町は首を振った。ジュンコは、おかしくない、と反町の声と口調を真似て、下を向いたまま少し笑った。反町はギクリとした。

「お前なあ、そんなこと言って、じゃあ本当はどうしたいんだよ」

ジュンコは苛々した感じで、反町の話し方をコピーした。ジュンコに話しかける時の反町の口調ではなかった。例えば会社の部下とか、どんな言い方をしても許される自分の女とか、子供とか、そういう人間達にはこういう喋り方をするのではないか、とジュンコは想像力をめぐらして演技していた。反町は非常に不安定な気分になり、胸がザワザワと騒いだが、どうすることもできなかった。黙ってジュンコの演技を見るしかなかった。

「何をしたいのかわからない奴には何にもできないんだよ、オレはもうそういう当り前のことを長々と喋られるのにはいい加減うんざりしてるんだ、いやならやめちまえよ、それだけだよ、スザキトウジなんてどうだっていいじゃねえか、お前の言う通りだよ、あいつはクソだ、じゃあお前は何だ、クソじゃないのか、誰が見てもスザキはクソだがあいつの書くものはクソなんかじゃないぞ、イヤだったらトラックに乗って今まで通りコンビニでサンドイッチ食ってサナダ虫がどうのこうのってグチャグチャ言ってクソして寝るんだな、ババアになるまでそうやって生きろよ、まかせるっていうから人がいろいろ手を回して利用できる奴は利用しようとしてるのに、イメージできないの、なんて寝呆けたことを言うんだったら今すぐここを出てけよ、言っとくがオレはお前みたいにヒマじゃないんだ、涙ぐんで、まかせるよ、なんてあれは何だったんだ、まかせるって言ったんならまかせろ、そうしないと一歩も進まねえぞ、何だ？　裸がイヤなのか、オフクロやオヤジや親戚が見るかも知れないからいやあんって思ってるのか、サナダ虫がどうのこうのって偉そうなこと言いやがって、だったらパパやママに下剤でものませて貰ってサナダ虫なんかクソと一緒に出しちまえよ、死ぬほど不安だ？　ナイトメアだ？　本当に悪夢が恐いのかよ、脱け出したいのかよ、自分では自分のことがわからないなんて台詞をババアになって小便を垂れ流すまでずっと言い続けるつもりかよ、それはイヤなのか、え？　それはイヤなんだな、何とかしたいんだな、じゃあ脱げよ、死ぬほどイヤなことから逃げたいんだったら何でもできるはずだろう？　裸なんて大したことじゃないじゃないか」

ジュンコは独白を続けている。反町は、わかった、もうやめてくれ、と言おうと思ったが独白が途切れないのでそれができず、奇妙な不安感に囚われ始めていた。目の前にいるのは紛れもなくジュンコだが、喋っている口調は自分のものだ。声の質は違うが、それが逆にリアリティがある。まるでテープレコーダーや家庭用のビデオカメラに録音されて微妙にトーンの変わった自分の声を聞いているような感じだった。ジュンコはやや下を向いて肩を落とし無表情で演技を続ける。大きな声ではないがその分聞く方も集中しなくてはいけなくて反町公三の手のひらに汗がにじんできた。こんなものをずっと聞かされたら、と反町は思った。自分が誰なのかわからなくなってしまうだろう。

「お前の言い分もわからなくはないんだ、それはモチベーションってやつだろう？　女優になりたいという強い動機がジュンコは感じられないってことだろう？　それはわかるんだよ、でもそんなことをオレ達がわかり合ってどうするんだ？　何かが決定的に変化するのか？　ジュンコは何かを決定的に変化させたいんじゃなかったの？　サナダ虫とか、そういうのが嘘なんかじゃないってことはもちろん知ってるさ、それを自分の中で飼うのをやめろっていうことじゃないよ、わかるよね、トラックの仕事も続けたっていいんだ、ただしCD－ROMの件が決まったら少しの間休まなくてはならなくなるかもしれないけどね」

途中から顔を上げたジュンコは話の流れの中で自然に口調を変えた。ジュンコに語りかける時の反町の口調になった。反町にとってはさらになまなましい演技だった。ジュンコは視線を僅かに反町から外している。直接反町を見つめるよりもその方が効果が大きいのを知っているのだ。ほんの少し視線を外すことによって、抽象性と客観性が生まれる。誰にも教えられていないはずなのに、と反町はジュンコの才能に恐れに近い感動を覚えた。話し方を真似ることはひょっとしたらできる奴はいるかも知れない、ここまで特徴をつかむのは恐ろしく難しいだろうがやれる奴はいるかも知れない、だがジュンコがやっていることは脚本のない即興の芝居なのだ、反町の考えを想像してそれを一瞬の内に言葉にして喋り続けている、こいつは話し方や仕草をただ真似ているわけじゃない、考え方をシミュレーションしているのだ……反町はジュンコの演技を目のあたりにするうちに、自分がわけのわからない感情に囚われていくのに気付いた。それは、これだけのパフォーマンスの観客が一人しかいないという寂しさと、ジュンコの異様な集中が個人的なものにとどまっているという哀しさだった。絶対にこのままではいけない、と反町は思った。これほどすごい才能には的確な方向性と用途を与えてやらなくてはいけない、解放してやらなくてはいけない、そうしないと、これほどの意志と集中が内側に向いたままになり、やがて自分自身を破壊してしまうだろう……。

「オレはジュンコが裸になるのはイヤだよ、他の大勢の人間がジュンコの裸を見るのは耐えられないよ、だからジュンコがどうしてもイヤだったらこの仕事は断わろう、イヤなことをやることはない、ただね、これがエクスキューズだとわかってオレは言ってるんだけどな、イヤなことはやらないっていうだけの人生ってやつにオレは飽きたんだよ、そしてオレは、ジュンコも飽きているんじゃないかと思うんだ」

ジュンコはそこで喋るのをやめ、ゆっくりと立ち上がって、反町に視線を向け微笑んだ。

反町が何か言おうとするのを、右手の人差し指で制した。そのまま右手を使って目を閉じるように、というジェスチャーをした。何が始まるのか想像はできたが、反町は指示に従って何も言わずに目をつむった。喉がカラカラに渇いてきた。どんな音も聞き洩らすまいと耳を澄ましたが、音はしなかった。ただ部屋の灯りが消えるのがわかった。

「いいよ」

ジュンコの声が背後でして、目を開け、振り向いた。リビングと書斎の境目のスポットの灯りの下に、全裸のジュンコが立っていた。直立して、手をゆっくりと目の前にかかげ、スポットの灯りに顔を向けた。反町は声が出なかった。しばらく灯りに向かって、祈るようなポーズをとった後で、また微笑んでジュンコは言った。

「どう?」

両手を腰にあて、右足を一歩前に出した。

「ヘイ、商品になるかな?」

反町は何度も唾を呑み込み、こんなきれいな裸は見たことがないよと言おうとしたがやはり声が出なくて、ただ深くうなずいた……。

反町公三は西新宿のホテルの一室にいた。続き部屋の狭い寝室に硬い表情のジュンコと一緒に椅子に坐っている。シングルのベッド一つがほとんど部屋全体を占領していて窓はない。隣のリビングからは何人かの男達の話し声が聞こえる。話し声はあまり大きくない。隣の部屋ではスチール写真の撮影の準備が行なわれているが、ホテル側に許可を得ていないので大きな声は出せないのだ。

真上からのスポットの灯りを受けたジュンコの裸を見てから、三日後に、スザキトウジが電話をしてきた。

「どうですか？　CD-ROMの仕事はやっていただけますか？」

もちろんです、と反町は答えた。

「それはよかった」

この世の中には良いことなど一つも存在しないという声と口調でスザキトウジは言った。一度イヤだと感じ始めるとその後は比例級数的に嫌悪の度合いが増していくタイプの声と話し方だった。

「ボクはもう大まかなアイデアを書いたメモを制作する人間に渡しました、後ほど彼らから直接連絡があるはずです、名前はカリタといいます、この仕事全体のプロデューサーです、ソリマチさんはとりあえずジュンコさんのマネージャーということになっています、後は彼らにまかせたいと思います、それでは」

スザキトウジは電話を切ろうとしたので、反町は、いやな予感がして、ちょっと待って下さい、と言った。

大まかなメモって何ですか？

「ボクのアイデアをまとめたものです、先日お話しした多重人格の話ですよ」

メモなんですか？　脚本ではないんですか？　わたしはスザキさんが脚本を書くという風に理解したんですが、

「ソリマチさん、ＣＤ－ＲＯＭの特性を御存知でしょう？」

あれから少し勉強しました、

「映像だと、静止画像、つまりスチール写真が今のところもっともＣＤ－ＲＯＭに向いていることも確か話したはずですが」

ええ、伺いました、

「ソリマチさん、スチール写真ですよ、映画じゃないんですよ、脚本というのはないんです、ボクもＣＤ－ＲＯＭのことをすべてわかっているわけじゃないけど、アイデアは抜群のはずです、ジュンコさんは多重人格者を演じるわけですからね、それでは」

もうこれでボクは関係ありませんからね、というように、反町にこれ以上質問する機会を与えずに半ば一方的にスザキトウジは電話を切った。電話が切れて、反応のない受話器をしばらく握っていると、いやな予感が強まった。反町はジュンコの裸にそれまで圧倒されていた。ジュンコが裸でスポットの灯りの下に立っていたのはほんの僅かな間だったし、じっくりと眺めたわけではない。それに出会ってから今までの経緯も手伝って、冷静ではなかったのも確かだ。だが、反町はあれほどきれいな裸を見たことはない、と思った。男性用のピンナップガールのような下品ななまめかしさでもないし、彫像のようにバランスが完璧だというわけでもない。胸はどちらかと言えば小さい方だったし、やや少年のように見えるからだつきだった。見ている側が、受動的になってしまう裸、触わりたいとか抱きたいというよりも、例えば海岸やプールサイドをゆっくりと歩いているところを眺めていたいと思わせる裸だった。自分がもし画家で女性のヌードを描くのを得意にしていたとしても、モデルにはできないだろうと反町は思った。スザキトウジの電話の後で、そういうジュンコのからだが何かで具体的に汚されてしまったような気がした。泥とかペンキとか唾液とか精液とかそういうもので無造作に汚されてしまったように感じた。スザキトウジにこちらから電話をして、そのCD‐ROMにあなたの名前はどのようにクレジットされるのか、と聞こうと何度も受話器を持ち上げたが、結局それもあきらめた。今の時点では何とも言えないと答えられたらそれで終わりだからだ。そうやって暗い気分でいる時に、カリタという男から電話があった。

「ええと、ソリマチさんですか？」

カリタという男も警戒心を刺激する声と口調を持っていた。

「スザキ先生から話は通ってると思うんですが、来週に撮影を行ないたいみたいなことでよろしいでしょうか？　場所は西新宿のホテルです、ロビーで会って、その後すぐに撮影になるみたいな、そういう感じになると思いますが」

事前に一度お会いして話をお聞きすることはできないでしょうか？　反町は、いやな気分と予感が増し、その後よく考えてみて結局やめることにしたんです、と言いそうになってしまうのを我慢した。止めるのならホテルのロビーでそう言えばいいと考えたのだ。ここで止めるんだったら何事もなかったのと同じだ、と思った。それに、ジュンコを他人の手にゆだねることに対して拒否反応が未だに働いているのかも知れない。

「話って？」

カリタという男は、何だお前そんなことも知らないのか、というように不満気にそう聞いた。

仕事の詳しい内容なんですが、

「スザキ先生が直接話したってことでこちらは納得？　してたんですが、何かあるんですか？」

わたしが知っているのは多重人格の女性の話で、ヌードがあるということだけなんです、

「他に何か？」

軽く、無機的に聞かれたので、反町は返事ができなかった。反町が言葉を捜しているうちに、カリタという男は少し苛立ちながら、変だなあ、と呟くように言った。

「あの、こちらとしては年内に製品化？　するつもりなんです、それでモデルだけはとっくに決めてあったんですよ、それがスザキ先生から一昨日かな、電話があって、そちらの話を

聞いた？　みたいなことでしてね、とりあえず三百カットの写真を撮ることがファースト・プライオリティ？　ということでね」

西新宿の比較的新しいホテルのロビーで、反町とジュンコはカリタという男に会った。ディレクターだと名乗って名刺を差し出した若い男と、カメラマンとその助手も一緒だった。ディレクターという若い男の名刺には人魚のマークが刷り込まれて、肩書はクリエイティヴ・デザイナー、となっていた。テレビの下請けプロダクションに数年居て、仲間と小さなCGの会社を作ったもののまったく仕事がなくアダルトもので何とか食いつないでいる、そういう顔をしていた。カメラマンは反町も名前を知っている、女性のヌード写真集を何冊も出している人物で、これも三十代の前半だった。助手はまだ二十歳そこそこというところだろう。その三人とカリタを見て、反町は最初すぐに断ろうと決めた。名前は多少知られているが、男性週刊誌のグラビアで重宝がられているだけのカメラマンと、人魚のマークの名刺を持つディレクターにジュンコを扱わせても何の意味もないと判断したからだ。こいつらじゃ無理だ、と思った。だが、ジュンコを見た後の彼らの態度が反町の判断を変えた。約束の時間に二分ほど遅れてやって来た四人は、名刺を出したり挨拶したりした後、ロビー・ラウンジのソファに坐ったが、向かいに坐るジュンコを遠慮がちに眺めているうちに、しだいに落ち着きを失くしていったのだ。最初に反応したのはカメラマンの助手だった。ごく普通にソファに腰を下ろしたジュンコに視線を向けるたびに、居心地が悪そうな、どこかそわそわした感じを見せるようになった。ソファに坐ってからしばらく四人は何も喋らなかった。一分もしないうちに助手は、ちょっとすみません、とトイレに立ち、カメラマンはしきりに煙草を吸い、ディレクターはまったくジュンコの方を見なくなり、カリタという男は何かを喋らなくてはいけないと焦って言葉を捜しているのがよくわかった。ジュンコさんは、と言いかけて言葉を呑み込み、慌ててまた別の話題を捜したが見つからなかったようで、バツが悪そうに携帯電話を取り出しボタンを押して下らないどうでもいい話を始めた。反町には、並んで坐っているジュンコが普段と変わったことをしている風には見えなかった。後で考えてわかったのだが、ある程度の期間一緒にいることによって、反町にはジュンコに対する耐性ができていたのだ。

最初の頃はジュンコを目にすると心臓が壊れるのではないかと思うほど緊張した。ジュンコは常に演技をして生きているのだ。恐らく小さい頃から他人の落ち着きを奪う子供だったのだろう。確かにきれいな顔とからだをしているが、ジュンコ以上に整っている顔立ちの女や、よりスタイルのいい女や、官能的で目立つ女はたくさんいることだろう。ジュンコは人を魅了して離さないというわけではない。他人の不安を瞬時にして読み取って、それを自らの表情や動作に反映させるのだ。不安は感情的にリラックスできず想像力をコントロールできない時に発生する。不安から逃れるには何かに集中するしかない。それがテレビや漫画や麻雀の人もいれば、他者を観察して自分でそれを体現するというタイプの人間もいるのだ。ジュンコはたぶん気を許せる友達が一人もいなかったのだろう、それに自分がどんな人間かわからなかったはずだ。他者の表情や動作を観察して体現する時だけ、彼女は集中とリラックスを得ることができる。だからこそジュンコは自分の体内に棲む虫を設定しなければならなかったのだ。

じゃあ早速ですが部屋の方へ参るってことでよろしいでしょうか？　ライティングとかの準備もありますので、カリタはそう言って立ち上がった。カメラマンも立ち上がり、これからヌードになるにあたってリラックスさせようとジュンコに何か話しかけようとした。じゃさっさと始めて早く終わらせようか、とか、撮影中に流す音楽はどんなのがいいかなオレとしてはとりあえずレニー・クラヴィッツとバネッサ・パラディンを持って来たんだけどさ、みたいなことを言おうと思ったのだろう。ほとんど同時にソファから立ち上がったジュンコは、一歩進み出たカメラマンに、よろしくお願いします何にも知らないんです、というその辺のバカなタレントのような笑顔を見せた。それは相手を油断させる本当にイノセントな笑顔だった。乗せられたカメラマンが軽く何か気のきいたことを語りかけようとした時、信じられないようなタイミングで笑顔を解き、これ以上はないという冷たい表情になり、その後最初から相手が存在していなかったかのように視線を外して無視した。カメラマンは何も言えなくなってしまい、何かたまらなく恥ずかしいことをしてしまった後のように頬を紅潮させた。部屋に入った時も、カリタの気の遣いようは少し異常だった。狭い部屋でちゃんとした控室もなく本当に済まない、と何度も反町に弁明した。ギリギリの予算でやっているもんで何とか我慢して下さい。

そして四人は寝室に反町とジュンコを残してライティングの準備を始めたのだ。ずっとわたしは裸でいるのかしらね、とジュンコはベッドの縁に坐り、組んだ脚をブラブラさせながら言った。

「だって普通こういう時って他に人がいるもんなんじゃないの？　わたしはよく知らないけどメイクの人とか、衣装とかさ」

そういうことをジュンコは言ったが、反町はたとえスチール写真にせよ撮影の雰囲気をジュンコが楽しんでいるように感じた。もちろん緊張しているし、表情も硬い。だが本当にイヤだったら誰が何と言おうと彼女なら帰ってしまうはずだ、と反町は思った。脚本がないっていうのも何か変だよね、多重人格っていったって人格がまるっきりないわけじゃないんだからさ、とジュンコが言っている時に、ディレクターが寝室に顔を見せた。ディレクターはライトのせいだろうか、ジャケットとシャツの袖をまくり上げて、額からこめかみ、頬にかけて汗を掻いている。

「お待たせしてすみません、ライティングにはもう少し時間がかかります、それで、メイクとスタイリストがもうすぐ来るはずですが、その前にきょうの大体の段取りを説明させていただこうと思いまして」

ディレクターは坐るところがなく、突っ立ったままハンカチで汗を押さえてそう言った。気の毒になるくらいジュンコの前で緊張している。ジュンコはごく普通の格好だ。灰色のぴっちりしたジーンズに、淡い緑色のシャツ、デニムのブルゾン。まったく無名のジュンコにどうしてこれほど緊張しなければいけないのだろう、と反町は思った。ロビーで会った時よりも緊張の度合が増している。

「よろしいでしょうか？」

ええお願いします、とジュンコは言って、微笑んだ。ディレクターの顔から、緊張が解けていくのがわかった。それまで泣いていた子供がふっと急に笑ったような感じで、ディレクターは緊張を解いた。その瞬間、透かさずジュンコは微笑むのを止めて、言った。

「大体の段取りじゃなくて、詳しいことを話して欲しいんですけど」

ディレクターの顔が青ざめるのがわかった。まるで外回りの営業マンのような安っぽいダブルのスーツを着ているが、両手でジャケットの釦を外しながら何か言うべきことを考えているようだ。

「詳しい段取りって、ボクらの業界じゃほとんどないんですよ」

ディレクターはわざとらしい明るく高い声でそう言って笑おうとしたが、ジュンコにじっと真剣に見つめられて笑うことができなかった。

「どうすべきかわからないと、何もできないんじゃありませんか？」

お前は本当は完全なアホなんじゃないか、という風にジュンコは言った。声には棘があり、言っていることには間違いはなかった。ディレクターはほとんどパニックに陥ろうとしていた。

「うん、そうなんだ、ボクもそれを考えていて、ただCGに画像を転換する時にスチール写真の解像度が要求されるわけですよね、だからライティングに時間をかけているわけです、つまりかなり強い光がないとF値が下がってしまってCGの場合、ピントが合っていないとそれは致命的なんですよ」

ジュンコは途中から視線を外した。ディレクターの言っていることはジュンコへの返答ではなくただの弁解だった。反町は、最初にコンビニで会っていた頃を思い出して、ディレクターの気分が理解できた。この女の子に嘘をつくと大変なことになる、誰だってそれはわかる。だが、ジュンコから真剣な顔で見つめられ質問された時、あらかじめシミュレーションを済ませていなければきちんとした答えを返せない。どぎまぎして焦ってしまうのだ。ジュンコは、あらゆる局面でリハーサルを済ませている。一瞬にしてリハーサルを行なうことができる。だからジュンコとの会話には常にひどく神経を遣うし、たぶんジュンコには日常会話というものがない。

「あの、ヌードになっていただくってことは理解してもらえてるんですよね？」

心配そうにディレクターが反町に聞いた。

「彼女が言ってるのはそういうことじゃない、仕事のディテールを知りたいだけなんじゃないかな？」

反町はそう言ってジュンコを見た。その時、遅れました、と、メイクとスタイリストが寝室に入って来た。

『山羊の頭のスープ』ローリング・ストーンズ

スタイリストやヘアメイクという人種について反町はよく知らない。昔、プロモートしていたシンガーやバンドの公演前の楽屋や、宣伝用のスチール撮りで何度もその仕事ぶりは見たことはあるが、それがどういう人種なのかはわからない。コンビニの店員とかすし屋の板前とか代理店の営業とか、若い女のタレントやモデルにだって漠然とした特徴がある。ある特徴を持った人間が特定の職業に集まるということではなくて、仕事になじんでいき決められた人間関係が染み込んでいく過程で必然的に特徴が刻印されていくのだと思う。だが、ヘアメイクやスタイリストという職業の人間達にはそんなものがないような気がする。彼らはまるでしょっちゅうどこでも見ることはできるが生態がまったく不明な小動物のようなものだ。なぜそうなるかは反町にはわからない。彼らが、他人を美化するために働いているせいなのかも知れないが、とにかくはっきりしたことはわからないし、第一ほとんど興味がなかった。今、大きなバッグを抱えて現われたスタイリストの女とヘアメイクの男も、そういう典型だった。女は黒ずくめで短いオカッパの髪をして、男はひどく痩せていて長い髪を後ろで結び耳と鼻と唇の端にピアスをしている。二人共、ディレクターとはよく仕事をしている仲らしい。前の現場がオシちゃって、とか、誰かさんは元気ですか？　などと言いながら、女は大きな黒いバッグから衣装を出してベッドの上に拡げ、男はメイク道具がびっしりと詰まった箱型のバッグを寝室の鏡の前に置き、それぞれに準備を始めた。衣装といってもそのほとんどが大人のおもちゃとかエロ雑誌の通販で扱っているような、下着類だった。ジュンコはその下着を無視して、ディレクターの顔を何度か見た。自然だが、強烈な視線だった。

「おいおい、ちょっと待ちなよ、まだライティングに少し時間がかかるし」

と、ディレクターはスタイリストに向かってそう言った。

「衣装を拡げるのはちょっと早いよ」

そう言われたスタイリストは、え？　どういうこと？　という表情でディレクターを見た。眉間に皺が寄っている。短いオカッパの髪の彼女は、その時初めてジュンコをじっくりと眺めることになった。部屋に入って来た時に、あ、こいつがきょうのモデルか、という風に一瞥したが、ジュンコは反町の横で見えにくい場所にいた。反町は一度だけアダルト・ビデオの撮影現場にいたことがあって、そのオカッパの髪のスタイリストの態度を見ていてその時のことを思い出した。アダルト・ビデオの主役の女の子がちょっとした売れっ子で、そのオフィスの社長に知人を通して歌もうたわせてみたいので会ってみてくれと頼まれたのだった。男と女の裸を別にしても奇妙な雰囲気の撮影だった。そのビデオのディレクターも、その売れっ子の女の子も、スタイリストも、アダルトものよりも普通のVシネマや映画をやりたがっているのがよくわかった。ビデオのカメラマンだけはそういう野心がないようで、ディレクターや出演者に対し妙な遠慮がなく、撮影に集中していた。ディレクターと女優とスタイリストは、それぞれにどこかでアダルト・ビデオを嫌悪しているのがよくわかった。やる気を示さないわけではなく、お互いに気を遣い合っていたのである。オレらはこういうことをやりたいわけじゃないけどとりあえずこの仕事はこなさなきゃいけないし、このての仕事だけをやってるスタッフもいるわけでとにかく手抜きをしないようにして、でも別に命を賭けた無理をすることもないんだよね、ね、そうだよね？　という不健康で曖昧なムードが漂っていた。髪の短いオカッパのスタイリストとディレクターの表情を見ていて、反町はそのアダルト・ビデオの現場に似た不健康な遠慮を感じた。オカッパの女は、たぶん何度か普通のVシネマか三十五ミリの本編の映画の仕事をしていて、それを自分のメインと考えているが、生活のためには男と女の裸が出てくるだけの撮影もこなさなくてはならない。女は、そういう現場そのものとそういう現場でも働かざるを得ない自分を明らかに嫌悪しているが、それを態度には出さないように決めている。笑顔を絶やさないようにしながら、すべてを事務的に処理したがっているのだ。ディレクターも似たような立場にいるのだろう。そういう風に考えると、反町にはこのCD－ROMの全体の構図がわかってきた。カリタという男は出版界の人間ではないので抵抗なくスザキに何度もしつこくCD－ROMの仕事をしてくれないかと交渉していた、スザキトウジの名前が使えれば大手の商品販売会社から制作資金を集められるからだ、だがスザキトウジは断わり続けた、そこへ反町とジュンコが現われた、スザキはこれらを結びつけて自分は逃げようと決めた、基本的なアイデアは出すがスザキトウジの名前は商品に明記しないこと、しかしスポンサーから資金を集める際にスザキの名前を使うことは黙認しよう、それが全体のシナリオなのだろう。カリタは、ディレクターで以前仕事をしたことがある人間を大急ぎで呼んだ。スタイリストにしても同じことだ。そして彼らは、明らかにこの仕事を嫌悪し、早く終わらせたいと思っている。ジュンコの視線に触れたディレクターは混乱しているが、スタイリストは今やっといつものアダルトものの撮影とは違うということに気付いたところだ。

「あ、おはようございます、スタイリストのコミヤです」

オカッパの女はそう言ってジュンコに軽く頭を下げた。ジュンコの方が十歳近く若い。ロングヘアのヘアメイクは、スタイリストよりもさらにワンランク頭が悪く注意力も散漫なので、何か異常が発生しているという自覚がまだない。彼はジュンコより五、六歳年上というところだろう。オカッパの女には、ディレクターの態度が多少伝染していた。困惑と興奮と焦りである。少しでも映像に関わりのある者だったらジュンコの持つ力に気が付く。それは、ストリップの演出家が、ロイヤル・バレエのプリンシパル・ダンサーのデモンストレーションを目のあたりにするのと同じだ。こんなダンサーをオレが使うのかという興奮と、しかしオレはどうすればいいんだ、という困惑と、とにかくこの混乱を収拾して軽蔑だけはされたくないという焦りが混じり合っている。ジュンコは声に出して挨拶を返すことなく、オカッパの女に対しただ微笑んでみせた。そして、例によって、その微笑みによってオカッパの女がとりあえずの安心感を得る直前に、表情を変え、視線を外した。微笑みを消し、オカッパの女など最初から存在していなかったかのように、無視したのだ。それはカリタ以下、カメラマンやディレクター達が全員やられてしまったジュンコの最も得意とするテクニックで、映画やテレビやCFや舞台など、共同作業の現場にいる人間にはとても有効なものだ。「最初からそこに存在していなかったかのように」無視するのは、難しい。普通、幼児や子供がよくやるように、顎をツンと突き出して横を向くだけではそういう効果は得られない。誰もがついホッと和んでしまうような微笑みを瞬時につくれる、それがまず第一だ。その微笑みをまた一瞬にして凍らせ、そして相手の目からほんの少しだけ視線を外す、それらを正確なタイミングで行なわなくてはならない。相手は、最初無視されたのだと気付こうとしない。あれだけ優しい微笑みを向けてくれたのだ、こうやって残酷に自分を無視するわけがない、何か他に注目すべきものを見つけてそちらに目をやったのだろう、またすぐにこのわたしの方を見てくれるだろう、そういう風に考えてしまう。共同作業の現場に馴れ親しんだ者にとって最もこたえるのは嫌われることではない。無視されることだ。たとえ無名のタレントや新米の助監督であっても、無視されるのは耐えられない。従って現場ではみんなが無視されないようにそれぞれ別の方法で努力をしている。その努力は、現場スタッフに徹底的に刷り込まれていて、それが独特の話し方や隠語やジョークを生みだすのである。ジュンコは視線を外した後、二度とオカッパの女を見ることはなかった。オカッパの女が持って来てベッドの上に拡げた下着類も無視し続けたし、大きな黒いバッグも見なかった。ディレクターはその時既にジュンコのちょっとした動作や表情に支配されてしまっていた。ジュンコが何に注意を払い、何をしようとしているか、どういう気分でいるか、それればかりを気にしていた。だからジュンコは、オカッパの女を無視した時、あらゆるものを従わせ「部屋全体」で無視するように操作したのである。その異様なムードは、このわたしがこんな名前も知らないヌード・タレントに無視されるわけがないと考えていたオカッパの女を動揺させた。部屋全体から無視されてしまっても、オカッパの女はまだしばらくそのことを自分で認めようとしなかった。彼女はもう一度ジュンコに話しかけようとしたし、ディレクターに何か指示を仰ごうともしたし、その場にマッチしたジョークを必死に捜していただろうし、最後には意味もなく笑いだそうとさえした。だが、そんなことができるほどオカッパの女は無防備なバカではなく、結局彼女は何もできないままその場に立ちつくす格好になり、やがて自分が無視されていることに気付く羽目になった。ジュンコは、そのオカッパの女を放置すれば危険な存在にもなり得ると判断して狙い撃ちにしたのだろうと反町公三は思った。スタイリストとヘアメイクが部屋に入って来て二分足らずのうちにジュンコはそういうことをやってのけた。視線を二度変え、微笑みを作ってすぐに消す、それだけで本当に指一本動かさずにスタイリストを支配してしまったのだ。オカッパの女は、ディレクターからも無視され、気を利かせたつもりでベッドの上に下着を並べたことについて無言の叱責さえ受けていた。

「衣装を拡げるのはちょっと早いよ」

と言った後、ディレクターはベッドの上の安っぽい派手なシースルーの下着類を見ようともしなかった。並べられた下着は部屋の中でもっとも汚らわしいものとして、みんなから無視され、そのせいですべてがうまくいかないのだというようなスケープゴートにされてしまった。こいつらがただのアダルト・ビデオ専門のディレクターやスタイリストだったらまた違った展開になっていただろうな、と反町は思った。ジュンコの演技は、スタイリストやディレクターの野心と自己嫌悪をピンポイントで刺激するものだったのだ。なぜこの女はそんなことがわかるのだろう？　いつか言っていたことがある、スザキトウジに会った後だったが、ジュンコは反町に言った。

〈観察するの、集中して、徹底的に観察するの〉

「とにかく少し話をしましょう」

ディレクターが反町の方を向いて言った。

「すべてオープンにしておかないと、こういう仕事はできませんからね」

ディレクターが緊張すればするほどそれはオカッパの女に伝わり、ヘアメイクの男にも伝染した。今やヘアメイクの男は、このヌード・モデルは一体何者なんだろう、という目でそっとジュンコをうかがっていた。オカッパの女はベッドの上の下着を片付けることもできず、顔をひきつらせて立ちつくしている。

「まあ、それほど難しい話じゃないと思いますけどね」

反町は笑顔をつくってそう言ったが、ジュンコが沈黙を守っているために、部屋全体に充ちた緊張はほぐれることがなかった。カメラマンが一度様子を見にやって来たが、ディレクターの困惑しきった表情を見てジュンコの鋭い視線を浴び、そそくさと隣の部屋に引っ込んだ。カメラマンからの報告を受けたのだろう、カリタも一切姿を見せなかった。

「すみません」

と、ディレクターが突然泣きそうな顔になって、深々と頭を下げた。

「たぶん今問題になっているのはこの仕事全体のコンセプトだと思うんですが、通常、スチールの場合はコンセプトを示すような、つまり台本がないんです」

反町は、なるほど、というようにうなずいた。ジュンコはベッドの端に坐って、足を組み頬杖をついている。ディレクターはドレッサーの前の小さな丸椅子に坐って、身を屈め、両手をからだの前で握り合わせている。反町にはディレクターが両手にべっとりと掻いているはずの汗が目に見えるようだった。誰かの気の利いたジョークが一挙に事態を好転させるといった状況ではなく、ディレクター自身がそのことを最もよくわかっていた。

「ですから、コンセプトは今からできるだけわかりやすいようにボクが説明することにします、質問があったらその都度、いつでもいいですからして下さい」

反町はまたうなずいた。今度はジュンコも形のよい顎を何回か上下に揺らした。

「基本的なラインは作家のスザキトウジがつくったもので、一人の女性の死体からストーリーが始まります、きょうはその女性が死んでいるところと、死の寸前にその女性に起こったであろうことを約五十カットほど撮影する予定です、スザキトウジのアイデアは、本当にメモ程度のもので、ボクはそれを持っていますがお見せできるようなものではありません」

ディレクターは覚悟を決めて一度頭の中で考え、整理したことをていねいに言葉を選びながら話していた。必死に考え抜いたことを、整理して話してみる、それしか良い仕事をする方法はない、と覚悟を決めているのがよくわかった。いつの間にか、寝室を覗き込むように、続き部屋のドア付近にカリタとカメラマンがいた。彼らは真剣そのものといった表情で、説明を試みるディレクターとそれに耳を傾けるジュンコに注目していた。ジュンコは耳を傾けてはいるが、決して緊張を解かなかった。

「そのメモにはほんの数行、死体の女性の過去を辿っていくこと、その女性が多重人格者であること、おおまかにはその二点しか書かれていません、正直に言って、今からその二点に沿って、仕事をしていくしかないわけです、それにこのCD－ROMはアダルトものというジャンルに属していて、その方向性を変えることはできません、ヌードになるのを了承して貰っていますよねとボクがさっき言ったのはそういう意味です、ただ、こういう説明をする前に、スタイリストが下着をこれ見よがしにそうやってベッドに並べたのはよくないことです、それはボクの責任です、正式に謝罪します」

ディレクターはそう言って深く頭を下げた。当のオカッパの女はそれを見て、気の毒になるくらい恐縮し立ちすくみとり返しのつかない大罪を犯した者のように青ざめて何度も頭を下げた。ジュンコはオカッパの女にやっと視線を戻し、そんなに謝ることはない、と軽く首を振った。スタイリストはまるでジュンコの奴隷と化したようだった。

「ですが、そのことでこの仕事全体を軽蔑しないで欲しいんです、多重人格の、半分娼婦のような女性がこの部屋で誰かに殺害された、あるいは自殺したという設定でスチールを撮っていきます、何かはっきりと確定していることはなくて、CD－ROMのユーザーにある程度の判断をまかせることになります、女性が死ぬ前この部屋で誰と一緒だったのか、それは男なのか女なのか、彼女の恋人だったのか、それとも金で彼女を買おうとする客だったのか、それは写真ではっきりと表現するわけではなく、ナレーションと文字情報でユーザーの判断にまかせるような、そういう作り方をしようと思っています、だからいろんなショットを撮影して、その写真を見ながら、ストーリーを後で考えていくという方法しかとれないわけです、ですがそれでは表情などのディレクションもできないので、簡単なものを考えました、彼女はもう一人の人物とこの部屋に入ってくる、お酒を飲む、洋服を脱ぎかけたところでケンカになる、彼女は怒り、相手も怒って、次のシーンでは彼女は死んでいる、そういうことです……」

『ジ・エンド』ドアーズ

ディレクターがそういう説明を終えようとした時、メイクの男が軽い笑い声を上げた。ホテルのベッドルームに漂う微妙で強烈な緊張感にもっとも鈍感だったこのポニーテールの男は、シリアスな雰囲気を何とか自分で和やかなものにしようとして、気を利かせたつもりだったのだろう。その不自然で軽い感じの乾いた笑い声は、当然のことだが何の意味もなく何の力も持ち得ずベッドルームの緊張をさらに高めることになった。

ディレクターが明らかに責めるような目付きでまだ笑顔の残骸が残っているメイクの男を睨んだ。スタイリストのオカッパの女も、あんたは何てバカなの、という表情になってメイクの男に目をやった。続き部屋の扉付近からこちらの様子を窺っているカリタとカメラマンもディレクターとスタイリストに視線を合わせることになった。反町はそういう一種の視線の集中によるいじめにいたたまれなくなって、メイクの男ではなくジュンコの横顔を眺めることにした。ジュンコにはまったく表情がなく、危険だな、と反町は思った。頭に来た時にジュンコはあらゆる表情を消し去るという癖があった。ジュンコはある特殊な眼差しをディレクターに向けた。それにはさまざまなニュアンスが含まれていたが、メインとなっていたのは軽蔑で、それは軽蔑されることによって人間は自制心を失うということの証明のような結果を促すことになった。ジュンコの眼差しを浴び、さらに顔色を失ったディレクターがいきなりメイクの男の頭を殴ったのである。もちろん怒りにまかせて殴りつけるというようなものではなく、親が電車の中で騒ぐ子供を、あるいは試合中にふざける選手をコーチが親しみを込めて叱責するようなものだったが、効果はなかった。

変な時に笑うな、そう言いながら、ディレクターはスネアドラムの皮の張り具合を確かめるようにメイクの男の頭をゆるく握った拳で殴ったのだ。すぐにポニーテールにした髪の毛と、耳朶と鼻と唇の端にある金色の小さく細いリングが小刻みに震え出した。

止めろよ、とメイクの男は言ってディレクターの方に向き直った。みんながいる所で殴られたという屈辱と憎悪で、ピアスのリングの揺れがどんどん大きくなり、ついにカリタが、おいおい、何をやってるんだ、と二人の間に入らなくてはならなくなった。ジュンコはそれら全体に対して軽蔑の眼差しを、強い信号を送り続けている。内紛が始まろうとしているのが反町には手に取るようにわかった。原因ははっきりしている。ジュンコの、軽蔑の視線だ。カリタとディレクターと、それにスタイリストはその軽蔑から逃れようとあがいていて、そのために無意識のうちに他人をスケープゴートにしようという意識が働いている。ディレクターがメイクの男を殴ったのはそのわかりやすい兆候だ。メイクの男だけがジュンコの視線に支配されていない。彼の態度は現われた時からはっきりしていて、それは、こういうアホみたいな仕事はできるだけ早く片付けてしまいたい、というものだ。基本的に彼はディレクターやスタイリストがどうしてジュンコのようなどこの誰かもわからないタレントに気を遣っているのかわかっていない。どうでもいいから早く仕事を始めましょうよ、という意味で彼は笑って見せたのだった。スタイリストのオカッパの女は、カリタとディレクターとメイクの男の内紛が始まったのを見て、その際にベッドに拡げた下着類をバッグに仕舞おうとした。オカッパの女の動作はこそこそとして、まるで突然の重要な来客に自分の秘密の下着を見られて慌てるニンフォマニアのようだった。反町の目にも非常に見苦しいものに映った。内紛の方は棘々しい会話となって始まっていた。

「おいおい、何をやってるんだ」

「別に何もやってませんよ」

「ちょっと待てよ、あんた、オレをこづいたんだぜ」

「ああ、そのことについては謝るよ、でもさっきは大切な話をしてたわけだからそういう時に笑いだすっていうのはよくないと思ったんだ」

「だから二人とももう止めろよ」

「そのことについては、なんて言われてもよくわかんないんだよ、謝るんだったらちゃんと謝ってくれよ」

「お前もそういう口のきき方はやめろ、とにかくこういうことは止めよう」

「こういうことって何ですか？」

「あんたがオレの頭をこづいたってことだよ」

「だからお前はもう黙ってろ」

「なんで仕事を始めないのさ」

メイクの男はカリタとディレクターにそう言って、ジュンコと反町の方を向いた。

「ほら、あんたも、んなところでボーッと坐ってないでバスルームに行こうぜ、とりあえずボディ・メイクするからさ、脱ぎなよ」

と、そうジュンコに言い、ジュンコの手をとろうとした。ちょっとお、とジュンコははっきりとした嫌悪の声を上げた。

「仕事しに来たんだろう？　ほら早くしろよ」

メイクの男は部屋の雰囲気にまったく無頓着に、仕事を進めるためにいつもの調子でそう言ったのだろう。

「止めろ」

すっかり顔色を失ったディレクターがメイクの男の肩に手をかけて言った。何をやってんだお前は、とカリタが血相を変えて怒鳴りだした。何もわかってないくせに勝手なことをするな。

「何だよ、みんなどうしたっていうんですか、オレは仕事をしに来てるだけなんだよ、みんなもそうだと思うよ、仕事なんか一歩も進まない下らないお喋りをしに来たわけじゃないんだからさ。こんなことでぐちゃぐちゃ言ってもしようがないじゃない、なあ？　あんただってそうだろ？」

　きっといつもＡＶの女優とかの気分をそうやってほぐしているのだろう、メイクの男は微笑みを浮かべやけに親し気にジュンコの髪に触り、二、三度それを撫でた。

　止めてよ。

　ぞっとするような声でジュンコがメイクの男にではなく部屋にいる全員に対して言った。反町自身でさえ、メイクの男を殴ろうとして拳を握りしめ思わず立ち上がろうとしたくらいだ。その声はジュンコが緊急のために発したもので、反町は今まで気付かなかった彼女の秘密に少しだけ触れたような感じがした。それは、簡単に言ってしまえば底の見えない寂しさで、それから逃れたりそれに立ち向かうという訳ではなく、あるいはそれを他人にも味わわせるという悪意でもなく、単に社会的に他人に伝わるように研ぎ澄ませただけだという感じでストレートに作用してくるものだった。反町は、その、止めてよ、というジュンコの声を聞いた瞬間、冷たくて気持ちのいい水の中に無理矢理に引きずり込まれるような、危険極まる息苦しさを感じた。何か今すぐに行動を起こさないととり返しのつかない事態が生じるといった、切迫したものに内臓が突き動かされた。メイクの男に対し不快を超えて憎悪を覚え、もういい、これでジュンコを連れてこのホテルを出よう、と思い坐っていたベッドから立ち上がろうとした時、影がゆらゆら揺れるような感じで、カリタがからだをねじり、バカ野郎、という声と共にメイクの男の顔をめがけて拳を振り下ろすのが目に入った。男の顔の、眉と目のちょうど間にその拳は吸い込まれていって、腐った木が根元から折れる時の音がした。メイクの男は、不意を突かれたのと、最も痛みを感じるところを的確にヒットされたことで、ほめられることをしたわけではなく、それどころか部屋にいる全員から憎悪されていることをたちどころに理解したようだ。メイクの男の口から出たのは、痛えなとか何すんだよではなく、わかりました、という不思議な言葉だったが、カリタは、殴って、相手がすぐに非を認めたことでさらに興奮して、メイクの男の髪の毛を摑み、顔を上向かせて、今度は平手で頰を張った。暴力に慣れている殴り方で、皮膚の表面を弾くというよりも、もっとかん高い、ガラスにひびが入る時のような音がして、カリタはそれを何度か続けた。誰も止めなかった。スタイリストの女は視線を床に落として立ちつくし、ディレクターはメイクの男の鼻と唇の端から血がにじんでくるのを表情を変えずに眺めていた。メイクの男は、わかりました、わかりました、わかりました、と頰を張られる度に小さな声でうめき続けたが部屋の中でそれはまったく意味をなさない呪文のようなものとして響いた。隣の部屋の扉の脇からカメラマンがやって来て、反町は彼がカリタを制止するものと思ったのだが、そうではなく、目が怒りに燃えていたので恐ろしくなり、鳥肌が立った。カメラマンは、こいつオレの紹介なんです、と誰ともなくベッドルームの天井目がけて言うと、スイカの袋を受けとる時のようにカリタに代わってメイクの男の髪をつかみ、ジュンコのからだにぶつからないように注意しながら、床に引き倒し、その腰のあたりをデッキシューズのインステップで蹴り上げた。メイクの男は、もう、わかりましたという連呼を止めていた。蹴られた時に背中が反り、顔がこちらを向いて反町には男の唇の切れた部分がはっきりと見えた。てめえはいいから帰れ、とカメラマンは言った。てめえ、どんなに泣き入れたってこれから仕事があるなんて思うなよ。驚いたことにメイクの男は鼻と唇の端から血を流しながら、カメラマンの方を向き、再び、わかりました、と言って、膝をそろえ、正座して、わけもなくうなずき始めた。だめじゃないの、とカリタが荒い息でつぶやき、正座したメイクの男に正対するようにしゃがみ込み、顎に手をかけて顔を上げさせた。なあ、お前何したかわかってんのか？　そう聞かれてメイクの男はまるで首筋をけいれんさせているかのようにうなずき続ける。

「すみませんでした」

とディレクターがジュンコに言った。おい、とカリタがディレクターとカメラマンを呼び、少し失礼します、と隣の部屋に姿を消した。ジュンコは正座したままで無意味にうなずき続けるメイクの男と、その傍で立ちつくしているスタイリストの女を完璧に無視し、ベッドの端に坐って組んだ長い脚を静かに揺らし、帰ろうか、と反町に言った。

結局、撮影は流れた。

カリタは反町に言った。本当に申し訳ないことをしました、本来ならばお車代どころではお済まないのですがわたくし共もきょうの撮影では、弱小会社として無視できない金がかかっておりますのでそこのところをどうか察していただいて本日のところは何とかお引き取り願いたいと存じます、今後のことでございますがこの非礼につきましては必ず一度おわびに伺わせていただきますし、この企画が継続できないという万が一の事態に立ち至りましても発生したギャランティにつきましてはお支払いさせていただきます、カリタは汗でワイシャツをべっとりと肌に貼りつかせ、何十回と頭を下げながらそう言って、反町の手に十万円を押し込んできたのだった。

「これからどうしようか、直感じゃあのCD-ROMの仕事はもうないと思うけどね」

新宿のホテルを出た後、どこへ行くあてもなくて反町公三はジュンコをアパートまで送って行った。それほど長くホテルに居たわけではないのに、反町はひどく疲れていた。ある特定の神経、目と表情を制御する神経だけが参っているような妙な疲れ方で、家に戻って一人になりたかったが、ジュンコが引き留めた。午後の三時半、何をするにも早すぎるか遅すぎる時間で、とにかく仕事が一つだめになったわけだから、ジュンコを一人で放っとくわけにはいかないだろうと反町は考えた。

「ねえ、ソリマチさん、あなたはどう思うの？　もうあの仕事はないよね？」

アパートに着く前に、近所のケーキ屋に車を停めてイチゴショートケーキを二つ買った。ケーキでも買って行こうと言い出したのは反町の方だった。喉にべたつくような違和感があったが、何か無性に甘いものが食べたくなったのだ。いやだあ、ケーキなんか食べるの？とジュンコに笑われた。驚いたことに、ジュンコには疲労の影がまったくなかった。あのホテルの部屋で緊張してそれが解放されたというわけでもなさそうだったし、生まれて初めてああいう人種に会っておまけに殴り合いまで目のあたりにして興奮したというわけでもないようだった。話し方も態度もごく普通で、そういうジュンコを見ていると反町は不安を覚えた。

うん、オレもあの仕事はもうないと思う、ジュンコが入れてくれたレモンティを飲みながら反町は言った。

たぶんあすにでもあのカリタっていうやつが電話をしてくるよ、

「ね、さっきからずっとあたし同じこと聞いてるんだけど、あたしきょう何か間違ったことしてないよね」

そう聞かれて反町は首を振った。ホテルを出てからの車の中の会話を含めてジュンコがそのことを確かめたのはそれで六回目だった。ジュンコは何もしてないよ、オレだって何もしてない、あいつらが勝手に焦りまくっただけだ、イチゴショートを食べながら、なんで目の前のこの女は楽しくてしょうがないという表情をしているのだろうと反町は思った。ジュンコは一つしかない椅子に反町を坐らせ自分は絨毯の上に膝を抱える格好で壁に寄りかかっている。からだと顔を僅かにゆっくりと左右に揺らし、口元には無意識に作る微笑みさえ見える。

「ねえ、あたしの分のケーキも、食べたら？」

いや二個はさすがに食えないな、

「これも何回も聞いたことだからソリマチさん飽きてるかも知れないけど、あたし達大失敗したわけじゃないよね」

うん、あの仕事はやらなくてよかったと思うよ、

「それって、本当だよね、あたしに変な負担をかけまいとして言ってるんじゃやないよね」

オレはこの件について嘘はつかないよ、

「この件って？」

ジュンコとの仕事ってことだけどね、

反町は一つ残ったイチゴショートを見ながら、この女が何回も同じことを言ったり同じ答を聞きたがったりするのも初めてだな、と考えていた。他にこれから何かジュンコにぴったりの仕事があるのかどうかはまったくわからない、何もないかも知れない、実際、あのCD

－ROMの仕事だってあの現場に居合わせるまではかなり長い道のりだったのだ、スザキトウジの名前を思いつき、コネを捜し、スザキトウジ自身に会って、ヌードになることをジュンコに説得しなければならなかった、だが考えられる限り最低の仕事だということを現場のすべてが証明した、スザキトウジにうまくやられたという考え方もできるがそれはフェアじゃない、今の日本の社会がジュンコのようなリアルな才能を必要としていないのだという言い方もたぶん正確さに欠けるのだろう、要するに誰のせいでもなくオレはジュンコの持つ特別な力の活かし方をつかむことができないということだ、反町は、そういう風に考えて、そのことを何度か言葉を変えてジュンコに言った。その都度ジュンコは、わかるよ、と納得するが、結局また同じことを聞いてくる。

「ねえ、なぜあの仕事はやらない方がよかったの？　あの人達がケンカしたからじゃ、ないよね？」

また、繰り返しの質問。だが、何度でもきちんと答えてあげなければいけない。

あいつらは関係がないよ、さっき車の中でも言ったと思うけど、映像じゃなくてスチールの写真の仕事だったってことも関係はない、それにしてもオレはいったいどうなってしまっていて、これからどうするつもりなのだろう、自分や世間をだますんじゃなくて本物をプロデュースしたいんだ、みたいなことを部下に言ったような気がするがオレは一歩も前進できていない、そもそも前進なんて言葉は今の世間でもオレの中でもとっくに死んじまってるのかも知れない、大切なのはモチベーションだ、と誰かバカの一つ覚えみたいに言ってる奴がいたな……反町は自分の中の呟きとジュンコの演技が重なり合ってその二つの言葉の連なりと流れを気持ちよく聞いているうちに、しだいに甘い敗北感が押し寄せてくるのを感じた。……結局、オレは何もできなかった、この女に何もしてやれなかった、そもそも何かをしてやるとかして貰うという発想がきっと間違いなのだろう、この女にはやはり才能があると思う、だがそれは女優という一般性とは無縁のものなのかも知れない、たぶん一般的なものではないのだろう、ものすごく特殊なものなのだ、彼女はいくつになったんだったかな、二十一か二十二か、そのあたりだろう、トラック・ドライバーだった女を女優にする力がオレになかったわけではないのかも知れない、才能というのは誰かの助けを得て開花するものじゃないはずだ、たぶんバイオリニストは気が付いたらバイオリンを手にしているはずだ、オレはまったくムダなことをやってきたのかも知れないな……自分で自分のことを曖昧に許せるような甘い敗北感はしだいに強くなっていって、最後には、反町はそれに包まれてしまっているのに気付いた。じゃあ、帰るよ、また必ず連絡する、そう言ってジュンコのアパートを出て、車に乗り込む時には、自分がすべてをあきらめかけているのがわかった。その夜、反町は本当に久し振りにコルドンブルーを大量に飲んだ。

「ぜひうちの社長が会って先日のおわびを申し述べたいと言っておるのですが御都合はいか

がでしょうか、決してお手間はとらせませんし、時間も十五分もいただければ充分でございます、うちの社長は今は小さなビデオ制作会社を経営しているわけですが、昔はたくさんのドキュメンタリーを作った昔風の映画人でございまして、一言、御挨拶したいと申しておるのですが」

ホテルの部屋での撮影中止から三日経った午後に、そういう電話がカリタからかかってきた。反町は、はい、わかりました、と言ってしまった。どうしてカリタの申し出に応じてしまったのか、反町自身にはよくわかっていた。あのジュンコの部屋でイチゴショートを食べて以来、敗北感が消えることがなかった。カリタの言葉は、その敗北感の只中に吸い込まれてきて、反町は抗することができなかったのだ。

カリタの会社の社長との会見は、三日前と同じホテルのロビー階にあるカフェテリアで行なわれ、本当に十五分で終わった。社長はブルージーンズに釦ダウンのシャツ、それにバックスキンのトレッキングブーツというラフなスタイルで現われ、十五分の間にエスプレッソを三杯おかわりしながら日本の映画界やビデオやテレビの状況について早口でまくしたてた。反町より七、八歳年輩で、来年か再来年に五十代に手が届く、といったところだろうか。社長はドキュメンタリーのカメラマンとして出発したのだそうだ。

「……ビデオが悪いわけじゃないんだ、ビデオは便利ですよ、一時間や二時間平気で録画できるし、バッテリーだって長持ちする、ただわたしが思うのは、これは愚痴やノスタルジーじゃないんです、カリタやうちの若い奴にわかって貰いたくていつも言っていることなんですが、これは愚痴や昔は良かったってそういうやつじゃなくて、単なる事実なんです、ほんの二十年か十五年前までビデオのカメラがこんなに軽くなかったものでわたしらは十六ミリのフィルムカメラでニュースを追っかけたもんです、わたしはアリフレックスを使ってましたがもっと小さなボレックスとか機種は違っても基本的なことは同じでね、フィルムだって百フィートのマガジンだと三分弱しか回せないんです、バッテリーだって重い上にマガジン三、四個分で、ライトなんか使った日にはそれこそあっという間にあがってしまうし、例えば、まあどこでもいいや、三里塚とか砂川とかそういう学生と機動隊が衝突している現場に行くとしますよね、デモとか乱闘とかそういう現場じゃなくてもいいんだけど、首相の演説とかでもいいんですけどね、どこでカメラを回すか、自分で考えなきゃいけないんですよ、考えて正しい結論を出すには勉強してないといけないしね、どのセクトとどのセクトが仲が悪くてそれらが衝突しちまうと必ず内ゲバが起きるとか、首相の演説でどこが肝心な部分なのか、わたしはいろいろ何でもありだったんで例えばジャズのコンサートのようなところにも行きましたが、そういう場合だって曲の構成とかも知っとかないといけないし、次にソロをとるのがベースかドラムかピアノかってことも大体わかっておかないといけないわけです、今、こういうことを言うと、本当に説教臭く聞こえるでしょう？　そうじゃなくて当り前のことだったんです、ビデオは違うんですよ、回しっ放しにしても三十分や一時間は平気でもちます、今のわたしの会社のカメラの若い奴なんかでも同じですけど、何でも撮れると思ってるんです、タレントのコンサートのビデオなんかも一応やってますけどね、四台や五台も回すし、クレーンなんかも使うんですが、編集で見てみると何も写ってないんですよ、結局、何も撮ってないんです、何でも撮れるって思ってるもんだから、何を、いつ、どう撮るかってことをまったく考えないんです、対象にレンズを向けてそれでスイッチをオンにすればそれですべてOKだと思ってるんです、わたし達の目は、画角がカメラに比べて圧倒的に広い上に、一瞬にして何かに寄ってクローズアップしたり、それを意識や感情の流れに従って無意識に行なっているわけです、そういう目の代わりにならなきゃいけないのがカメラなのに、ビデオというハードのせいでそうなってないんです、しかも、ビデオの絵は汚い、ハイビジョンにしてもフィルムには絶対にかなわない、テレビモニターというハードがあるから何とか成立してるだけなのに、NHKの大河ドラマとか見ますか？　見ませんよね、いやわたしも見ませんがたまにちょっと見てみるとね、恐ろしいですよ、人間の顔のクローズアップが約半分です、セットが狭いしテレビの画面は小さいからアップを多用しないと台詞言ったたってわかんないんです、わたしらの目は口の動きと台詞がパラレルに対応してないと、リアリティを持てないように刷り込まれているわけですが、そうするとすべてクローズアップにせざるを得ないんです、見る側もみんなそれに慣れてしまって、映像の快楽なんかとは完全に無縁になってしまいましたね、勘違いしないで下さいよ、わたしはハードは好きだし、ゴダールなんかよりスピルバーグの方に映画の未来はあるって方です、でも、今わたし達は本当に貧乏です、うまく言えませんけどね、それにAVやなんか作っててこんなこと言うと笑われるかも知れませんけどね、本当に貧しいんです」

なんでそんなことをこのわたしにおっしゃるんですか？　と一度反町は聞いた。あなただけに言うわけじゃないです、と社長は次々にエスプレッソを注文しながら十五分間をフルに使って話を続けた。カリタは何も言わず下を向いてその話を聞き、時々、反応を窺うように反町の方を見た。

「……カリタからあなたのことを伺って失礼な言い方かも知れませんが懐かしい人だなと思ったものです、非常に気になりました、あなたが抱えてらっしゃる女優さんのことはこのカリタが驚いていました、わたしも一度会ってみたいですが失礼じゃない仕事をわたし共が提供できない以上すべては机上の空論のようなものになってしまいますからね、みんないろいろ言ってるじゃありませんか、難しい顔をして世紀末だとか日本人全体が大切なものを失おうとしているとか金持ちになって精神的には貧しくなったとかね、そんなことで高名な作家が宗教について話したり、評論家がテレビ番組で口から泡を吹いて説教したりね、もっと単純なことなのにね、みんな何となく寂しくて、ものすごくつまらないものしかまわりにないっていうだけなんですけどね」

社長はそういう主旨のことを十五分間喋り続けると、ちょっとこの後つまっていまして、と皺だらけのハンカチで額の汗を拭きながら退席した。カリタは社長がホテルの出口を抜けるのを目で追ってから、胸のポケットから煙草をとり出し、失礼して吸わせて貰います、と火をつけた。昔はチンケなレコード会社の営業をやっていたんで、カリタは大きく煙を吐き出しながら、反町に話しかけてきた。

「あなたのことは存じてます、あなたみたいな人がアダルトのCD－ROMに出演する女の子と一緒に現われたんでびっくりしたんですが、あの女の子を見たらもっとびっくりしましたよ、ただね、あれはわたしらが扱えるようなタマじゃないです、あなたもあれを他の誰かに預けるのはいやなんでしょうね、わかりますよ、どこであの子を見つけたかは聞きません、町角でも海の家でもディスコでもコンビニでもそりゃどこでもいいんです、わたしもねボンヤリ思ってましたよ、ゴミ箱のうじ虫みたいな女が勘違いしてビデオの中で芝居みたいなことをやってますよね、有名人の家に行ってテレビカメラの脇でわけのわからん大声でインタビューしているのもいる、要するに仕事がたくさん増えましたからね、ゴミがあふれるような状況になってしまってるわけですよね、こういう時には本物は隠れているもんです、その隠れている子の中には、きっと隠れたまま人生を終えるのもいれば、誰かに拾われてあっという間にいくところまでいってしまう子もいるんだろうなあとわたしはボンヤリ考えていたんです、あなたと一緒にいた子を見て自分の考えがあまりにも適中してたんで逆にわたしは白けてしまいましたよ、でもどうなんですか、あれはあなたの手にも負えないのとちがいますか？」

カリタはまるで老練な刑事のような口調で反町にそういうことを話した。顔や手の甲も、ワイシャツも髪の毛もネクタイも首筋も靴も、煙草を吸う仕草も疲れ果てている。たぶん年は反町と同じくらいか、下かも知れないが、妙に老けて見える。ひどい環境にずっと長い間身を置いて、からだも精神もボロボロになっているがその分情報と知恵を持っている、そういうタイプの中年男の典型のように反町には見えた。反町はそういうカリタに思わず今の自分を被う敗北感について洗いざらい喋りそうになった。自らの悲哀をちらつかせる老練な刑事に被疑者が自白したがるように。ガード下のヤキトリ屋とかおでん屋で、あるいは酒棚にシングルモルトをずらりと並べた黒大理石のカウンターのバーで、もうオレはダメだよ、とカリタを相手に告白する自分の姿が目に見えるようだった。どうしてこの男は仕事の用件でもなく、社長も退席したというのにこうやってオレに話しかけてくるのだろう、と考えた。理由は一つしか思い浮かばなかった。敗北の甘い香りは、この男に伝わったのだ。敗北者は、群れたがる。

「あなたも本当は感じておられるのだと思いますよ、スザキトウジなんかじゃだめなんです、あいつの小説はなるほどすばらしい、でもこの国の芸能の伝統とはまったく違う、いいですか、不満はあるでしょうよ、下らないテレビドラマとか日本のメジャーのプログラムピクチャーは軽蔑なすっておいでですね？　ただね、それしかないのも確かなんですよ、わたし達がいて、わたしらの下に妙なプライドを持ってるピンク映画とかの連中がいます、キネマ旬報でほめられるのを唯一生きがいにして映画という神に土下座して喜んでる人々ですね、それと、信じがたく古く、下らないメジャーの世界がある、メジャーに食い込んでいるプロダクションはあなたが考えているようにお芸術なんかとはハナから関係がありません、でもそれしかないし、役者はゴミやクソにまみれながらそういう場所できたえられていくんです、演劇はあたしゃ知りませんよ、でも映画はそうです、何とかストラスバーグやアクターズ何とかとはしょせん無縁なんですね、悪いことは言いませんから、どこでもいい、あなただったらとりあえず名前がきくから門前払いはないです、すぐにあの女の子を連れてメジャーでヤクザなプロダクションの事務所に行くことです、すぐに食いついてきますから、ぐちゃぐちゃ言わずにとにかく全部まかせてしまいなさい、いいですか、はっきりしてるんです、ほんの少し運が向いたら一年後にはあの子は役者崩れのバカだけど芸能界を泳ぐのに長けたマネージャーが付いて最高級のＢＭＷかジャガーに乗ってるでしょう、あなたがどう思おうと、それしかないんです、そこで潰れたりしたらそれはそれだけの子だったたっていうだけです、他にはないんです、それを拒んでいればもっともっとぐしゃぐしゃになるだけですよ」

それだけ言ってしまうと、カリタはエスプレッソ三杯とカプチーノ二杯の伝票を持って立ち上がり、失礼します、とレジに向かった。反町はひどいショックを受けていた。二日前からしばらく遠ざかっていたコニャックを飲み、振り払うように逃げていたこと、どこかで認めていながらそれについて考えないようにしていたことを、カリタがすべて暴露してしまったのである。その通りかも知れない、と思うと、マゾヒスティックで圧倒的な無力感に襲われ、カフェテリアのソファから立ち上がる気力もなくなっていた。カリタが言ったことはきっと正しい、と反町は思った。だが、それは自分は無力だ、と認めることだった。オレはいったいジュンコと何をやろうとしてたんだ、ただ逃げ回っただけじゃないのか？　と。まだ午後の三時だったが、反町は無性に酒が飲みたくなった。

反町は家に戻る気になれず、かといって何もすることがなかった。そのカフェテリアでドライシェリーのオン・ザ・ロックをオーダーし、敗北感と無力感と胸騒ぎを収めるためにかなり早いペースで三杯飲んだ。手足の先がゆっくりとしびれてきて、酔いを確認すると、反町は自分でも信じられないことをした。フロントに行って、アメリカン・エキスプレスのカードを提示し、部屋をとり、ふらつく足どりで外に出て本屋を捜して入り、ありとあらゆる風俗の店を紹介してある厚い雑誌を買い、部屋のベッドに横になって目を通し始めた。途中ひどく眠くなったが、絶対に眠らないように我慢した。そんな状態で眠ってしまって、目を覚ました時にどれほどひどい気分になっているか充分想像できたからだ。

反町はロールプレイのできる風俗店を捜した。以前にもほんの二、三回だがホテトルの女を出張先のホテルに呼んだことがあった。その時に比べると、風俗そのものが弱々しくなっているような気がした。ロールプレイの専門の店やクラブというのは、ほんの数軒しかなかった。さんざん迷った末に、反町はそのうちの一軒に電話をかけた。

お前はいったい何をしようとしてるんだ、という自分の声を酔いの力を借りて無視して反町は電話のコール音を聞いた。時計を見る。午後四時を過ぎたばかりだ。午後一時にオープンと雑誌の広告にはあるがまだ誰も来ていないのかも知れない、もう一回コールして誰も出ないようなら電話を切ろうと思った時に、はい、という女の声が突然聞こえてきた。かすれていて、低く、面倒臭がっているような声だった。変態の負け犬のくせに気軽に電話なんかして来やがって、そういうニュアンスを含んだ声だな、と反町は思った。

「どういった御用件ですか？」

女は、てめえの弱みは全部握ってんだよという感じでそう聞いてくる。ただし口調は非常にていねいだ。

雑誌の広告を見て電話してるんですが、

「今、どちらですか？」

西新宿のホテルです、

「初めてのお客さんですすね？」

そうです、

「うちはSMクラブではないですよ、よく勘違いする人がいるんですけどね」

わかってます、

「それと、本番もないんですけど」

それもわかってます、

「どういったプレイですか？」

反町はそう聞かれて言葉に詰まった。いったいどんな種類のプレイがあるのだろう？　何も言えないで黙っていると、女の声がひどく事務的に説明を始めた。

「ナース、保母、家庭教師、OLの部下、OLの上司、ミニパト、叔母、姪っ子、女子大生、女子高生、女子中学生、小学生、幼女、ニュースキャスター、レポーター、デパガ、ハウスマヌカン、スタイリスト、美容師、ウェイトレス、お手伝い、AV女優、ストリッパー、バレリーナ、おねえさん、姉、天気予報、義理の母、兄嫁、戦争未亡人、浮気妻、老女、女医・内科、女医・外科、女医・性病科、女医・肛門科、女医・歯科、スチュワーデス、バスガイド、花嫁・うちかけ、花嫁・ドレス、花嫁・ウエディング、歌手・ロック、歌手・フォーク、歌手・演歌、目の不自由な人、耳の不自由な人、足の不自由な人、下女、召し使い……全部言いますか？　百二十五種類あるんですけど、何かそちらで衣装を用意されてますか？」

いいえ、

「あの、うちは完全予約制になってるんですよ、それでオール出張なのでお客様に衣装を用意して貰ってるんですけど、簡単なものならありますけどね、でも女子高生なんかだと普通のセーラー服になってしまいますけどね」

女優っていうのは、と反町は聞いた。いつの間にか喉がカラカラに渇いていた。唾を呑み込もうとしてもできなかった。

「できる子はいますよ」

その人を今すぐ呼べるでしょうか？

「ホテルの名前とお客さんの名前と、部屋番号をどうぞ」

電話を切ってから反町は冷蔵庫を開けてミネラルウォーターを取り出し一気に一瓶全部を飲んだ。備え付の小型冷蔵庫の中にはスコッチやブランデーのミニチュアボトルも並んでいた。これ以上飲んではいけない、という声が聞こえてきた。ドライシェリーの酔いはまだ残っているが最初の勢いが失くなりつつある。このまま冷蔵庫を閉めて、急用ができたとチェックアウトしてしまい、メルセデスに乗り込んでエンジンをかけ高速道路に乗れば三十分もかからずに家に戻ることができる。西参道から代々木深町の信号を右に曲がり山手通りを下って246に出て池尻のランプから首都高速に乗る、首都高速に上がってしまうといろいろな面倒臭いことを一瞬忘れることができる、カーステレオでドアーズかジミ・ヘンドリックスを聴くのもいい、……反町は小型冷蔵庫の扉をずっと開けたまま首都高速を走るメルセデスの車内を想像していた。決断力がゼロになっていた。戻ったってあの家に何があるというんだ、と声に出して独り言を言った。何て弱々しい奴なんだろう、と自分のことを思った。あしたの朝に仕事があるわけじゃないし今からベロベロに酔っ払ったって別にどうということはないじゃないか、それともお前はまだ自分でジュンコを何とかできると思ってるのか？　そんなことどうだっていいじゃないか、素直に負けを認めたばかりじゃないか、どう転んだって別に殺されるわけじゃないし破産するわけでもないし、第一お前はジュンコのためにいろいろやってきたと思っているかも知れないがそれはお前自身のためだからな、コンビニで知り合った女だぞ、ここでベロベロに酔ったところであの女にしたって死ぬわけでもないし別に悲しんだりもしないだろう……反町はブランデーのミニチュアボトルを出し、封を切って中身をグラスに注いだ。ミニチュアボトルの注ぎ口からの音が下等な昆虫の鳴き声を連想させる。ブランデーはレミーマルタンのＶＳＯＰだ。それを口に含んだ時、マーテルのコルドンブルーとの差がはっきりとわかった。反町は、こんなに寂しい気分は生まれて初めてのことだ、と思った。

二本目のミニチュアボトルの封を開けながら時計を見る。電話を切ってから四十分が経った。電話番号からすると女はたぶん目黒からやって来るはずだ。夕方のラッシュが始まって道路が混んでいるとしても一時間はかからないだろう、反町はそう考えた。反町は部屋の中央に立っている。グラスのブランデーを立ったまま飲んでいるのだ。反町は窓から表の通りを見た。中央公園の一角と都庁脇の道路が見えて、タクシーも何台か走っている。あの中の一台に乗っているかも知れない女のことを考える。電話のかすれて低い女の声は言った。一時間で四万円、三十分延長ごとに一万五千円です、必ずスキンを使って下さいね。コンドーム？　オレは射精しようとしているのだ、何をイメージしてどんな顔をして射精しようというのだろう……

部屋のチャイムが鳴って、ダッフルバッグを下げた暗い目の女が現われた時、反町は既に四本目のミニチュアボトルの封を切っていた。ブランデーは二本しか冷蔵庫になかったのでスコッチにした。口の中がオールド・パーの匂いであふれ返っている時に女は肩を落として現われた。事務所に電話させて下さい。女は、着いた、という電話の後、ほとんど反町の方を見ないで両手にバッグを抱えたまま立ちつくしていた。まあ、坐りなよ、反町は窓際の椅子を勧めた。煙草吸ってもいいですか、と聞きながら女はソファに腰を下ろした。反町はうなずき近寄っていって火を点けてやった。

「ありがとうございます」

女が唇の両端に皺をつくって、初めて笑った。

「長くここに泊まってるんですか？」

いや、きょうだけだよ、

「遅くなってすみませんでした、少し道が混んでて」

あの事務所から来たの？

「いいえ、アパートからです、携帯電話に連絡が入るようになっているんです」

そうなんだ、

「初めてですか？」

なぜわかるの？

「お客さんのタイプって大体決まってますから、すぐにプレイを始めるし、お酒お好きなんですか？」

女は自分も何か飲みたいと言った。何でも勝手に飲んでくれと反町が言うと、ビールを出して缶のまま飲んだ。

「女優ってことなんですが、やったことないんです」

というより、オレはルールみたいなやつをまったく知らないんだけどね、

「そういうルールみたいなのはありませんよ、お客さんはSMは遊ばないんですか？」

反町は首を振った。ソファに坐っている女を見ていると、非現実感が襲ってきた。ジュンコには比べようもない劣悪な女が目の前にいてパサついた髪と腫れぼったい一重まぶたの目とだらしのない口元と色の悪いざらついた肌をして話しかけてくる。ジュンコと一緒にいる時クリアになる自分の輪郭がグチャグチャになっていくようだ。自分で自分を見る時にフォーカスがぼけてしまう感じ。

「コスチューム・プレイってあるじゃないですか、SMの場合はナースとか女子高生とかスチュワーデスとかあんまりヴァリエーションがないですけど、それがたくさんあると思ってもらえばいいんです、それを着て、少し話をして、女医さんなんかの場合はもちろん診察とかの真似事をして、それで服を脱いで、自分から脱ぐ時もあるし、乱暴に破かれることもあります、破く時はお客さんが衣装を持ってきますけどね、ラストは手か口ですけど」

さっきさ、客のタイプが大体決まってるって言ったよね、

「年はいろいろですけど、何か、目がね」

暗いの？

「暗いっていうより、こっちの目をちゃんと見ない人が多いんですよ、お客さんは何か衣装を用意してきたんですか？」

反町はまた首を振った。

「わたし、女優の服なんてどういうのか知りませんよ」

いや、いいんだ、と反町は女ではなく窓の外の景色を見ながら言った。都庁の窓ガラスが西陽を反射している。

あんたは女優だ、わかるかい？　今度は言葉が声になって出てきた。酔いが全身に回って自制心がゼロになったというわけではなかった。さっきブランデーのミニチュアボトルの一本目の封を切ったところでオレは既に何かをあきらめてしまったのだ、反町はそう自覚しな

がら、「とにかく、女優なんだよ」と歯並びの悪い女優に向かって話しかけた。話しかけているのが自分ではないような感じがしていた。お前は負け犬だ、今からでも遅くないからこのゴミみたいな女を帰してチェックアウトして家に戻れ、という呟きもずっと続いているし、何をやったっていいんだ、ベロベロに酔ってここで意識を失っても別に誰かに殺されるわけではない、という声もずっと続いている。反町は下を向いて苦笑した。「どうしたんですか?」とパサついた髪の女が聞いて、「何でもない」と首を振った。自分というのが一つに統一されていて考えも動機づけも一つに統合されているなんてのは大嘘だ、と反町は思って苦笑したのだった。考えてみれば、負けを認めた瞬間に何かがすっと自分に入り込んでくるのだ、入り込んでくるというのは正確ではない、自分の中に誕生するというのも正確ではない、もともとあったものにスポットライトが当たるというのが正しいのかも知れない、隠れていたものが姿を現わすのだ、もうだめだ、これ以上何もできない、大切なものを手離すしかない、そう思ったとたんに錆びた錠が外れるような音がどこかで聞こえて隠されていた扉が開き、まあいいじゃないか別に殺されるわけじゃないんだし、というヘラヘラした笑い声のような自分の囁きが聞こえてくる。こんなことをしても何にもならないし、そのことはお前自身が一番よく知ってるはずだ、酔いが醒めたら絶対ひどい気分が大口をあけて待っている、自己嫌悪の度合いも半端じゃない、女と遊ぶのがよくないと言っているわけじゃない、こんな女に何をさせても何をして貰っても満足なんかしないしそのことだってお前が一番よく知っているはずだ、そういう風に呟くのはジュンコと一緒にいる時の自分だ。女房と娘を実家に帰しコルドンブルーを浴びるほど飲みCDやレコードやカセット・テープを捨てた自分。こういう分裂がいくところまでいくとジュンコのいうサナダ虫を意識するようになるのだろうか。「いいかい、あんたは女優だ、うん、何て言うのかな、シリアスな女優だよ、今オレ達は二人である役について個人的なレッスンをしているんだがあんたにはそれがなかなかうまくいかないんだ、そうだな、まったくうまくいかない、あんたは自信を失ってるし、すべては絶望的なんだ、でもあんたは止めるわけにはいかない、だって、いいかい？　あんたは他に何もなくてこの仕事に賭けてるんだからね、あんたはひどい境遇に耐えてこれまでがんばってきたんだ、一家が小さい時に散り散りになって、とかね、母親がある事件をきっかけに気が狂ってしまったとかさ、そういう今はあまり流行らないような何かで深い傷を負っててそういうところから脱け出るためにはこの仕事をやるしかないんだ、で、オレのことは憎くて憎くてしょうがないけどあなたにとって頼れるのはこのオレしかいない、わかるか？　あなたが何かをやってみる、オレは、『そうじゃない』と言う、あなたは『そうじゃない』って言われたってどうすればいいのかわからない、何をすればいいのかまったくわからないけどまたやってみる、でもオレはまた『そうじゃない』と言う、あなたは自分に何もないことに気付く、今まで持っていると思っていた才能とか訓練の果てに獲得した技術とかそれが実はゼロだったことに気付いてしまうんだ、でもやるしかないからやり続ける、そして何か頼るものがないか必死に捜すわけだ、今の自分の気分を正確に表現できる何かがないかと必死に捜す、それは必死に捜さないと絶対に見つからないんだよ、そしてそれは常に過去にある、あなたは自分がもっとも辛かった時期のことを思い出さなければならないんだ。気が狂ってしまって怒鳴りまくり壁に頭を打ちつけて額から血を流す母親のことをはっきりと目に浮かべなくてはいけない、その時の、幼かった自分の絶望と、もう一つ、現実とか世界というものはこんなものだというあきらめみたいな気分もしっかりと思い出さなくてはいけない。あなたはもう半狂乱になっている。裸だよ。赤ん坊と同じだからもう裸なんだ。そしてわけがわからずに泣き叫んでいる、すべてはそういう地点からしか始まらないんだ。さあほら、服を脱げよ、まず裸になるって言っただろう。そして自分が最も絶望的だった時のことを思い出してまず泣くんだ。そう、早く、服を全部脱げよ」

女はひどく痩せていて、腹のあたりに手のひらほどの大きさの赤黒いアザがあった。そしてそのアザのある下腹を波打たせて彼女なりに泣き叫びだした。その様子を見て、今までの反町だったら笑いだし、止めろ、もういいよ、と言ったことだろう。だが反町は五本目のミニチュアボトルの封を切りながらその無意味でグロテスクなパフォーマンスをじっと眺めていた。

『ヘロイン』ヴェルヴェット・アンダーグラウンド

いやだ、いやだ、どうして？ なぜ？ ひどい、もういやだ、もう絶対にいやだ。女は顔を歪めてそう言い続ける。パンティ一枚になって、床にひざを突き、首を横に振りながら、眉間に皺を作り、時々手のひらでソファの背を叩く。その演技はただこっけいなだけだった。あまりにもつまらないから、ひどくグロテスクで残酷な感じがするが、それは悲しみや寂しさという感情とは無縁だ。反町は、自分の無力さが裸の女の姿になって目の前に現われているのだと思った。シェリーとブランデーとウイスキーをかなりの量飲んだわけだが、からだの表面が火照っているだけで、目の奥や心臓のあたりは逆に冷えていくような気がする。お願いです、もう一度やらせて下さい、と女は唇を嚙みしめて反町の両足の間に頭を埋める格好になった。どうしてオレはこの醜悪なパフォーマンスを止めさせようとしないのだろう、反町は女の痩せた尻に貼り付いたクリーム色の皺だらけのパンティを見ながら思った。この醜いだけの女はまさしくこのオレ自身なのだ、オレは醜くて、何の力もない、マゾヒスティックになっているのだろうか？　そうじゃない、今まで必死になって隠していた自分の姿がはっきりしたのであらゆる力が失くなってしまったのだ。この女は一時間こうやって泣くフリを続けるつもりだろうか？　この女に対して怒鳴っても、殴りつけてもたぶん事態は悪くなるばかりだろう。それは自分に対して怒鳴り、自分を殴りつけることだからだ。が、より正確に言えば、この女の方がオレよりもマシだ、金を貰うためにサービスをすることによって、自分を晒している分だけオレよりも正直だ、オレの方が本当はこの女よりはるかにランクが低い……反町は、恐ろしくシンプルな二つのことを理解した。ひとつは、演技というのはエネルギーの在り様で、エネルギーのない演技は単に醜悪だということ、もうひとつは、今も、これまでも、自分が何一つリスクを負っていないということ、だった。オレがやったことは、と反町は思った。大量のＣＤやカセットを捨てただけだ。会社に出るのを止め、妻と娘を実家に帰し、毎晩コルドンブルーを飲んでヴェルヴェット・アンダーグラウンドやドアーズやビートルズを聞いたのは、何かを決定的に変えたいと思ったからだ。皮肉なものだ、反町は下腹に赤黒いアザのある女が、お願いですと訴え続けるのを見ながら思った。すべてのことが今やっとわかった。この女を見て、自分のことがわかった、皮肉だがこの女とこうやってホテルの部屋にいるこのオレが今度の一件の結果のすべてなのだ、どこにも行くところがなくて、醜い女と一緒にいるだけしか能がない、何かを、決定的に変えたかった。それは自分自身とか、生き方とか、自分の周囲との関係性とかそんなものを、曖昧さがゼロというような形で変えたかった。四十歳近くになって、タヒチに移り住んだ画家のようにだ。だが自分には何の才能もない、才能というやつが何のために存在するかもよくわかる。目の前の醜悪な女がからだをくねらせているのを見ていると本当によくわかる。この女には才能と呼べるものがまったくない。この女は自分のからだを使って例えば悲しみを表現することができない、夢遊病者と同じで、ただ眉間に皺を寄せ言葉を呟き続けているだけだ。方法を知らないわけだが、それはこの女が方法を知ろうとしていないからだ。悲しみを表現する方法を知りたいという欲望と、知ろうとする意志がない。欲望と意志が絶対に必要だということさえ知らない。この女はしかも特別なわけじゃない。昔のオレ自身も、今のオレも、昔のオレのまわりのすべてもこの女と同じだった。何も変わるところはない。オレがプロモートして地方に送り出していたミュージシャンやバンドもこの女とほとんど同じだった、この女はこういう醜悪な演技をして、何らかの方法で射精を引き受けて四万円という金を得る。オレが送り出していたバンドはその何百倍か何千倍の金をとるがやっていることは基本的には同じだ。恥をさらして、仲間意識に働きかけて、閉じられた集団を盛り上げ、金をとる。間違ってるとか汚いとか嘘とかモノマネとかではなく、それが単にひどくつまらないことだとオレは気付いたのだった。つまらないことは醜い、それでジュンコに出会った。ジュンコは本物で、オレは何もできなかった。それはオレがリスクを回避したからだ。スザキトウジに会いCD‐ROMの撮影現場にまで行ったがそこには何のリスクもなかった。オレには失うものは何もなかったのだ。何かを決定的に変えようとする時に、オレはリスクを回避してしまったのだ。もうすべては手遅れだろうか？　今からリスクを設定することはできないのだろうか？　女のパフォーマンスを眺める反町には、言葉があとからあとからあふれるように途切れなく出てきた。自分のことを考え、分析し、敗北を認め、一つの出来事のきっかけや転換点を発見し、反省すれば、からだの中には言葉があふれ返る。

「いかなくてもいいんですか？」

女がそう聞いて、いいんだ、帰ってくれ、と反町は小さな声で言った。

翌日、自宅へ戻った反町は、自分の会社に電話をして、高木と話した。高木は営業の責任者だが、反町がいない間実質的に会社を動かしている。

「お久し振りです」

他の社員からいろいろ聞かされているのだろう、高木は反町の精神状態をそっと推し測るように、ニュートラルな声を出した。

電話でこんなことを言うのは変だが、会社の中のオレ個人の資産っていうのはどのくらいあるのかな？　反町がそう言うと受話器を通して高木が緊張するのがわかった。

「個人資産ですか？」

あのな、高木、オレが頭が変になって会社を何とかしようとしてるなんて思わないでくれよ、オレは正常じゃないかも知れんが以前よりかなり冷静なんだ、

「わかってます」

いや、たぶんわかってないだろう、どうせ二十歳そこその女の子にメロメロになって頭がイカれちまってるってことになってるんだろう？

「まあ、近いですね」

そう言って高木は笑った。高木はバカじゃないから、反町が少なくともうわさよりはまともだとわかったのである。オレのどこがおかしいって言うんだ、オレは真剣なんだ、みんなオレのことをわかってないんだ、オレはまともなんだ、と怒鳴る奴はまともではない。

「金が要るんですか？」

そうなんだ、だがお前らやそれと家族には迷惑をかけたくないんだ、いろいろ考えたんだがね、

「奥さんや子供さんは？　お元気なんですか？　別居してるんでしょう？」

たぶん別れることになるだろうな、

「そうなんですか」

家とかは家族に残してやりたいし、売ることになってもオレが取るわけにはいかないと思うんだよ、

「あの、弁護士とかきちんと付けてるんですか?」

お前勘違いしてるよ、金は女への慰謝料とか、ヤクザへのおとし前じゃない、映画を作りたいんだ、

「それは、下手をすると、慰謝料やおとし前よりタチが悪いですね」

そうかも知れないな、よくある話だしな、映画はロマンですって言ってる奴のことをアホだとずっと思ってたんだが、とにかく長話をしてもしようがないだろう、いろいろあってね、映画を作ろうと決めたんだよ、それで単純な話、金と脚本が要るんだが、とりあえずそのうちの一つだけでも持っておこうと思っただけなんだ、

「どのくらい必要なんですか？」

よくわからないが、一億くらいかな、

「正直に言いますが、会社に社長個人の資産はないです、伊東のマンションが確か、社長の個人名義に、なってるかな」

いや、あれは二年前に名義変更しただろう、

「あ、そうか」

大体わかってたんだが、とりあえず電話しただけだ、

「業界は狭いですからね、いろいろ聞こえてきますよ」

正直に言ってくれよ、オレは何と言われているのかね？

「CD－ROMの話も聞いたな、若い女に狂ったオジさんってとこですかね、ただうらやましがってる人もいますよ」
そうか、そういうところだろうな、
反町は電話を切った。楽ではないが会社は何とか転がってる、高木は最後にそう言っていた。
反町は、居間のソファに寝転び、溜め息をついてから、苦笑した。今のオレには処分する資産もない、家族や社員達に迷惑をかけたくない、という発想がひょっとしたら甘いのかも知れない、一億欲しかったらこの家や会社を売りとばせばとりあえず何とかなるのではないか、会社を売るというのは現実的ではないが、家なら売れるかも知れない、だが土地の値段は下がっているし、家族のこともある、家族に迷惑はかけたくないというのは正確ではない、彼らの、辛そうな顔やガッカリする顔や悲しそうな顔を見たくないだけだが、やはり、自分がやりたいことをやる時に他人を犠牲にするのは間違っていると思う、本当にやりたいんだったら直接は関係のない誰かがどうなろうと平気だ、それはシリアスな感じに、いさぎよいように聞こえるが、無関係な他人に間接的に頼ることになる、例えば家を担保にして銀行から金を借り映画を作る人間がこの国では後を絶たないし、それは美談になってしまう、妻子をほったらかしにして愛人の家に逃げ小説を書く作家にしても同じことだ、社会的な美談になる、家を売り妻子をほったらかすことは、社会への依存で、社会に依存することはこの国では美徳なのだ……今までこういうことは考えたことがなかった、いつこういう論理が自分にでき上がったのだろう、と反町は不思議だった。オレは常に無力感に囚われつつ、ジュンコのことだけを考えてきた。その結果ふと気が付くと今までにない言葉の組み合わせがたくさん生まれていた、ただ、当り前のことだが、言葉の組み合わせはまったく金にならない。

陰惨なロールプレイの後、ホテルをチェックアウトし、家に戻る途中、反町は本屋に寄った。駅前のビルの二階と三階を占める大きな書店だった。そこで反町は、どうすれば映画が作れるか、というノウハウ本を捜したのだが、そんなものは存在しなかった。映画、というコーナーに一時間いて、そこにあったすべての本を手に取ったが、そのほとんどは映画の魅力について書かれたものだった。脚本の書き方や、外国のカメラマンが記したライティングの方法についての本はあったが、そんなものを読んでもしようがない。映画の雑誌も極端に少なかった。コンピューター関連の雑誌に比べると、百分の一、アウトドアの雑誌に比べると二十分の一、エロ雑誌に比べると千分の一、そんなものだった。それでも反町は日本映画の記事が載っている、古臭い体裁とレイアウトの雑誌を隅から隅まで読んだ。エロティックなホラー映画を作り続けている若い監督のインタビューがあって、五百万あれば映画は作れる、と彼は言っていた。

最初反町はその言葉を信用しなかった。公民館で自主上映されるような、話にならないマイナーな映画だと思っていたのだ。ちゃんとした劇場で上映されるちゃんとした映画には、最低一億かかると思い込んでじまっていた。なぜ一億という数字が自然に浮かんできたのかはわからない。だから、家を売ることを考え、会社に何か売れる資産はないかと高木にも連絡したのだった。

ホラー映画を撮り続ける若い映画監督の言っていることを信用したわけではないが、とりあえず五百万でもいいから金を用意しよう、と反町は思った。五百万なら、ベンツを売れば作れるだろう、ベンツを売ったって誰にも迷惑はかからない……。

住宅街を抜けて国道をしばらく走ると、外車高価買取り、という看板がいくつも目に入った。値段を書いたプレートをボンネットに置いたメルセデスやBMWが並び、どの店にも人気がほとんどなく、三角形のビニール製の旗が風になびいている。新旧のメルセデスが十台以上並んでいる比較的大規模な店に反町は乗り入れた。

ガラス張りのオフィスの前に車を停めて、しばらく様子をうかがったが、誰も現われない。オフィスには派手な色のスーツを着た化粧の濃い女子社員の姿が見えるが、反町に気付いているはずなのに何もアクションを起こさない。クラクションを鳴らしてみた。女子社員はそれでもただ突っ立ってこちらを見ているだけだ。さらにクラクションを二、三度鳴らしながら、反町は、あの女はマネキンとかそういう類の人形ではないかと疑った。しかしあんな不細工な顔形のマネキンがあるわけはないし、オフィスにマネキンがあること自体おかしい。

だが、何度クラクションを鳴らしても、女はオフィスの奥の壁際に両手を組んで立ち、こちらを見ているだけだった。黄色と赤のビニールの旗が風にはためいて音を立て、国道の向かい側には畑が拡がり、空はどこまでも晴れて、さまざまな種類のメルセデス・ベンツがまるで生きもののように並び、どこにも人間の気配がなく、まったく反応のない女がじっとこちらを見つめている。反町は非現実感と既視感に同時に囚われた。何度クラクションを鳴らしても動かない女を見ていると白昼夢の中に紛れ込んだような感じになり、こういう情景が以前にもあったような気もしてきた。とにかく車を降りてオフィスに入ってみようか、それとも何となく変な感じがするので他の店に行こうか、と迷っていると、突然、窓ガラスがノックされて、反町は驚いて声を上げた。窓を開けろ、と中年の男が指でガラスを軽く叩いている。

「何してるんだ?」

窓を降ろすと暑い湿った空気が車内に入ってきて、とても中古外車のディーラーには見えない中年の男がそう聞いた。

ここは外車を買いとるところじゃないのか? 反町はあっという間に噴き出た汗を手の甲で拭いながらそう聞いた。

「売りたいのか?」

中年の男は、スーツではなく普通の綿パンとポロシャツを着て、髪は長く、目が鋭い。とてもディーラーには見えないし、以前どこかで会っているような気もする。話し方も異様だ。声が嗄れていて低く、ぞんざいな言葉遣いのくせに不思議な威厳と圧迫感がある。

売ってもいいなと思ってるだけなんだが、あんたはここの人じゃないのかい？

「それが、ここの者だとも言えるし、そうでないって言えばそうじゃない、別に金に困ってるようにも見えないけど、どうしても売りたいのか？」

オフィスの、あそこに立っている人だけど、

「ああ、あれか？」

生きてるのか？

「可哀想なんだ、あれは兄貴の女房だからオレの、義理の姉だよ、実は兄貴が先週死んだんだ、突然心臓が停まってね、何もしてないのに急に死んで、姉さんも変になってしまった、動かないだろう？　医者もわからないそうだよ、兄貴は他に女をつくったりどうしようもない男だったんだが、それでも突然死んだりするとショックだったんだろうな、珍しい病気らしいよ、神経性硬直症っていうんだ、あれで呼吸はしてるんだけどね」

あんなところにいていいのかな？

「あんなところって？」

家にいた方がいいんじゃないの、

「二人でこの店をやってたからな、一日中ずっとああやって硬直してるわけじゃないんだ

ぜ、一日のうち何時間かああなるのさ、どうしてもこの店には出るって朝からずっと泣くからしようがないだろう、娘も死んだからなあ」

娘？

「一人娘だったんだけどね、短大の一年の時自転車で、はねられてね、二年前かな」

可哀想だな、

「まあな、あんた、仕事は何だい？」

オレの？

「ああ、カタギじゃねえな」

反町が、映画を作ろうとしてる、と言うと男は顔色を変えた。

「映画？」

ああ、まだ準備してるとこだけどね、

「監督か？」

いや、プロデューサーだ、

「女優で、すごい奴を紹介してくれねえかな、金なら出すよ、姉さんの病気を治したいんだ」

女優？　と反町は思わず聞き直した。

「ああ、ここじゃ話もできねえから、ちょっとオフィスに来ないか、車はこのままでいいよ、姉さんがあんな風だからどうせ商売になんかなんないんだ」

女は鮮やかなピンクのスーツを着て壁際に立ち、両手を前に組んで、少しうつむき、全面ガラスの窓の外を眺めていた。眺める、というのは正確ではない。彼女の眼球がまったく動いていないからだ。見ているとゆっくり顔色が悪くなり、酸欠状態を示す紫色になって、唇が僅かに震え、胸がかすかに波打つ。それでも化粧が濃く、白粉《おしろい》を厚く塗っているために、注意して見ていないと顔色の変化に気付かない。

「まあ、坐ってくれよ、社員が辞めちまって誰もいないから、冷たいものも出せないいんだけどさ、外の自動販売機も動いてないいんだ」

中年の男は反町に椅子を勧め、中山、と名乗った。

「オレ、実はアメリカから戻ったばかりで、まだ名刺とか持ってないいんだよ、あんたは？名刺あるかい？」

反町は、神経性硬直症だという女に圧倒されっ放しで、財布を探り、昔の会社の名刺を中山に渡した。

「グレイト・バリア・ミュージック代表取締役？　何だよ。映画じゃねえじゃねえか」

映画はこれから作ろうとしてるところなのだ、と反町は短く説明した。それより壁際の女は大丈夫なのだろうか、あのまま呼吸が停まって死んでしまったりしないのだろうか？

「オレだってわからないんだよ、医者だって確信は持てないらしいんだ、神経科だけじゃなくて内科とか呼吸器科とかいろいろ行って、脳のCTスキャンまでやったんだけど、要するにわからないらしいんだ、ただ、増えてるみたいだな、全国に何十人もいるらしいよ、ベッドに横になってて死んだのが何人もいるそうで、呼吸っていうのはからだを起こしてる状態の方が易しいみたいなんだな、いろいろと面倒で、酸素吸入をすると、きちんと息を吐けないもんだから過酸素状態っていうやつになってそっちの方が危険らしい、よくわかんねえよ、失神とか放心状態とは違うんだ、近付いてよく見るとわかるんだが、肩のあたりとかガチガチに強張ってるんだぜ、触ってみる？　大丈夫だよ、噛みつきゃしねえから」

いや、いい、と反町は首を振った。

「オレばっかり喋って悪いんだけど、オレはこのあたりの地主の息子で、兄貴に家のことは全部まかせてたんだ、アメリカが好きでさ、西海岸と東海岸に五年ずつくらいいたかな」

中山は反町とほぼ同年代だと思われた。アメリカでは何をして暮らしていたのだろう。

「基本的には、日本料理屋の番頭みたいなチンケな仕事だよ」

日本料理屋で働くだけでこれほど目が鋭くなるものだろうか。

「それだけじゃなかったけどね、とにかくあまり誉められることはやってねえってことだよ、だけど悪さをするために向こうに行ってたわけじゃないよ、何度も言うようだけどアメリカが好きだったんだ、アメ車とかアメリカ映画とかバーボンとかマールボロとかそういうやつだけじゃなくてな、アメリカの雰囲気だよ、なんか気軽でさ、ライトな感じっていうの？　オレ中学の時から横田とか座間とかのキャンプでバイトしてたもん」

兄の死で戻って来た？

「そうじゃない、向こうにいられなくなってしょうがなくて戻って来て、それですぐ兄貴がまるで何か打ち合わせてでもあったみたいに死んじまった、あんたもこの辺りの人か？」

いやオレは家を買って東京から移って来たんだけど、

「そうか、ソリマチさんは失礼だけど年は幾つ？」

四十一、

「驚いたね、オレと同じだ、見たところ、銀行とかさ、商社とか、生命保険会社とかそういう仕事じゃないみたいなんでオレも話しやすいんだけどさ、他の奴には絶対に話せやしないんだけどチャイルド・ポルノって知ってるだろう？」

話にはね、

「ものすごく罪は重いんだよ、でもムチャクチャ金になるからな、八歳から十二歳の子供を買うんだ、黒人はまったく人気がないからヒスパニックだけどね、こんな子供のポルノを見て一体どんな奴が興奮するんだろうってずっと思ってたよ、クスリもやってたし、いろんな意味で意識が麻痺してたんだろうと思うんだけどさ、今思い出すと吐き気がするけどね、自分の子供を簡単に売る親があんなにたくさんいるなんて信じられないよ、メキシコ人とか、ボリビア人が西海岸じゃ主だったけどね」

そのチャイルド・ポルノの仕事であんたは何を受けもってたんだ、と反町は聞かなかった。中山の話は、湿気と暑さで濁った空気の景色と、壁際でまったく動かない女によく似合っていた。さまざまなランクのメルセデスがまるで殺されるのを待つ食肉動物のように並び、ビニール製の原色の旗がはためき、トラックが排気ガスを吐きながらノロノロと走る狭い道路の向こう側にはキャベツやとうもろこしやトマトの畑がある。畑は放って置かれている。収穫されていない穴だらけの腐ったトマトが乾いた土に何百個と転がっている。硬直した女はあのキャベツを見ているのだろうか。オフィスは冷房もストップしていて、反町はこめかみや首筋から汗を流していた。冷たくも熱くもない、曖昧で、他人のものに感じられるような汗だった。中山は汗を掻いていない。

「子供は怯えてるのもいるしそうでないのもいる、オレが扱ったのは二十人くらいだがオレは子供達を車で運ぶ仕事をしていたんだ、向こうにいる間は陽に焼けてもっと色が黒かったし、日本のパスポートがあって、日本料理屋のIDカードも持ってたし、一時期東海岸で南部出身のでかパイのねえちゃんと所帯を持ってたからグリーンカードもあって、例えば、従業員の子供を運んでるんですって言えば、ポリスにつかまってもOKってことでね、でもいっぺんにたくさんは運べないんだ、一人が一番多くて、せいぜい二人だね、かなりドライブするんだぜ、LAからネヴァダの州境までね、あのあたりにはヒッピーの元コミューンとか、仲間から追われたヘルス・エンジェルスの村とか、恐ろしいカルト宗教の本部とか、わけのわからない人間が住んでて普通の人間はほとんど近づかないんだ、ぐずられたり泣かれたり暴れられたりすると面倒だからきちんと話しかけたりするんだよ、子供にね、病気になられても困るわけでモーテルに泊まることもある、モーテルったって安いからな、顔も見られねえし、誰だって子供連れの犯罪者ってイメージしにくいわけだからさ、いろんなガキがいたよ、みんな大人しかったな、ひどい扱いを受けて怒る元気もないってことなんだろうけど、金で平気で売るわけだから可愛がってるわけがねえじゃねえか、半分死んでるみてえだったよ、でも、共通してたことっていやあ、アイスクリームが好きだったよ、大体みんな好きだったね、中で一人やばいことがあって、その男の子は一クォートも食っちまって、一クォートってわかるか？　ハーゲンダッツの二番目にでかいパッケージを全部食ったんだよ、それも黙々と同じペースでな、半分くらい食ったところでその子が笑ったんだ、ボニートとかサブロッソとかそういうスペイン語を言ってな、オレもよく知らないけどうまいって意味だよ、オレは思ったんだ、こいつ生まれて初めて笑ったんじゃねえのかなってね、そんなことオレにわかるわけがないんだけど、そんな気がしたわけよ、そういう時って食わせてる方としてもうれしいじゃねえか、そいつは全部食ったよ、子供にしては信じられない量で、案の定しばらくして苦しみだした、吐きまくりだよ、それで吐きすぎて食道が少し裂けちまったのさ、内出血だぜ、放っといたら死ぬと思ったんでオレンジ・カウンティまで戻って医者に診せた、あん時はやばかった、でも、もちろん他にもやばいことはいっぱいあって日本に戻ることにしたわけだけどさ、ああ、オレの方で一方的に喋っちまって悪かったな、こんな話誰にもできねえんだよ、わかるだろ？　あんた、アメリカは好きかい？」
三、四回しか行ったことがない、だからわからない、と反町は答えた。
「オレはさ、好きだね、要するに逃げてきたんだけど今だって好きだよ、ほとぼりがさめたら今度は中部にも行きたいんだ、ＬＡとかニューヨークじゃなくてね、ちょっとした田舎がいいんだな、知らねえだろ？　日本人なんかいなくて、日本料理屋なんかないところがいいんだよ、でもちょっとした街だったらコリアンかチャイニーズかそうでなかったらイラン人とかアルジェリア人とかがやってるんだけど、スシ・バーがたいていあるからな、そこで働けばいいしさ、スポーツとかの施設も充実してるからね、バカ高いクラブとかじゃないよ、ＹＭＣＡとかだよ、誰だって利用できるんだ、オレは別にスポーツが好きなわけじゃないけど広いプールとかバスケットのコートとか芝生のグラウンドとか見てるだけで気持ちがいいんだよ、スラリと脚の長い若い連中が走ってるのを芝生に寝転んで木の下で眺めるのはいいもんだぜ、そういう本当にすがすがしいものってこっちにはあまりねえよな、だからさ、姉さんを治してからもう一度向こうに行きたいんだ、何かなあ、姪っ子が死んだ時もそう思ったんだが、兄貴のことにしたって、もちろんあの姉さんにしたって、多分罰だと思うんだ、もろに罰が当たったんだよ、アイスクリームを喜んで食ったガキが何をされると思う？　ゴリラみたいなのを相手に何でもありなんだからそれを初めて見た時にはオレはゲーゲー吐いちまったよ、でも残酷だよな、すげえのがちゃんとヌルッて入っていくんだからさ、ああ、そいでソリマチさん、あんたが知ってる女優のことだけどさ、姉さんを治せると思うかい？」

悪いけど話がよく見えない、と反町は言った。中山は女優を使っていったい何をするつもりなのだろうか。

「医者に言われたんだ、姉さんの硬直を解く方法ってのは、硬直そのものの原因もわからないわけだから、まったくわからないらしいんだけど、話しかけるのを止めてはいけないそうなんだ、考えてみりゃそうだよな、オレらだって何かひどく緊張したり恐い思いをした時ってからだがガチガチになって周りが見えなくなるもんだろ？　そういう時って誰かに声をかけられて、何て言うの、我に返るっていうのかな、そいで医者が言うには、こう強く揺すったり大声を出すわけじゃなくてね、姉さんは今からだの筋肉がガチガチになってるだけじゃなくて、神経もしっかり貝みてえに閉じてるわけだよ、それを解くためには、懐しい声でないとだめらしいんだ、考えたら当り前だけどな、ガチガチに強張って貝みてえに閉じちまってる神経にスッと入っていかなきゃいけないらしい、懐しい声っていわれてもな、オレじゃだめだし、姉さんの両親でも全然だめだったからな」

それで女優に？

「そりゃ、声は違うだろうけどさ、うまい女優だったら、何つうの、微妙なニュアンス？　それでひょっとしたらとオレは考えたんだけどさ」

「面白い話だけど、もっと詳しく聞きたいな」

電話して中山の話をすると、ジュンコは深夜十二トントラックのエンジン音を響かせて、反町の家までやって来た。コンビニのビニール袋に入ったポテトサラダ・サンドイッチ。仕事の途中なんだろ? 反町は、エスプレッソマシンとスチーマーを使ってカプチーノを作ってやった。

「一時間くらいは大丈夫だよ、何か、すごく久し振りな感じがするね」

長い脚をソファから放り出す感じで、ジュンコはサンドイッチを食べ始める。脚にぴったりと貼り付くようなジーンズと、黒の長袖の丸首シャツと、小さめの灰色のニットのベスト。チャイルド・ポルノのことはジュンコには話していない。

「わたしは全然構わないよ、うまくいくかなんてわからないけどさ、幾ら貰えるの?」

五十万、ダメでも、成功しても五十万、

「安いのかな、高いのかな?」

オレにもわかんないよ、

「ソリマチさんはさ、その中古車屋に何しに行ったの?」

ベンツを売ろうと思ったんだ、反町は正直に言った。何が原因かはわからないが、CD-

ROMの撮影の頃よりも、ジュンコに対してさらに自然に接することができるようになっていた。以前のような、よく思われたい、という自意識がない。

「何か、あるのかな？　その女の子の、資料、みたいなやつ」

五百万で映画が作れるっていうインタビュー記事を読んだもんでね、
一応写真を借りてきたよ、数点の写真をジュンコに渡した。普通のスナップで、友人と一緒に写っているものだ。背景は東京ディズニーランドが二点、あとは、どこなのかわからない。

「名前は？」

マサミ、中山正美、

「これ、借りていってもいいかな」

もちろん、ビデオとかないのかって聞いたんだけど、なかった、

「この女の子が住んでいた家に、行ったの？」

ああ、行った、

「どんな家だった？」

地主の、本家っていう感じだな、大きな木が何本かあって、立派なんだけどどこか質素っていうか、

「この子は、そこから学校に通ってたんだよね、そういうことは聞いてきた？」

学校だってそんなに離れてないんだよ、以前このあたりにわけのわからない私立高校とか私立の幼稚園とか短大がいくつかできたんだ、バブルの頃だけどね、そのうちの一つで、家から近い、

「じゃ、バスとかで通ってたのかな」

自転車だ、事故も自転車に乗ってる時だったらしいけど、反町はそこまで言って、急に話を止めた。それだけで、ジュンコにはわかったようだ。

「トラック？」

そうだ、と反町はうなずく。

「自転車と原付バイクは本当に危いんだ、わたしはよくヒヤリとすることがあるよ、左後方に死角があって、狭い道で、左折する時なんかはよっぽど注意しないと本当に危いんだ、雨なんか降ってたらもうアウトだよ、彼女の部屋は見せて貰った？」

六畳で、ベッドがあって、たくさん本があったな、地味な感じだった、

「地味って？」

ピンクの熊のぬいぐるみとかそういうのがなくて、

「そんなもん、普通ないよ」

アイドルのポスターもなかったし、あ、油絵がかかってたな、バラの花を描いたやつで下手くそだった、

「その、わたしが話しかけるおかあさんだけど」

名前はトシコさんだよ、

「寝る時とかはどうするのかな？」

反町はあの中古車販売のガラス張りのオフィスに三時間ほどいた。中山からいろいろな話を聞いている途中、ガタンと音がして女の硬直が突然解けた。反町は女に背中を見せて坐っていたので、その瞬間は見えなかった。ガタン、という、汽車がレールのつなぎ目で揺れる時のような音がして、中山がすぐに立ち上がり、ほとんど気を失っている女を抱きかかえるようにして、まず椅子に坐らせた。大丈夫かい、姉さん、何か飲むかい？と中山は話しかけるが、女はうなだれて首を振るだけだった。結局中山が家に連れ帰ることになり、抱きかかえるようにして、車に乗せ、反町には後をついてくるように言った。中山はごく普通の国産車に乗っていて、女は後部座席に横になっていた。

全身にガチガチに力が入っているわけだから、ものすごく疲れるらしいんだ、家に着くとお手伝いの人が出てきてすぐに床に就いたみたいだな、

「食事とかは？」

オレが見てた限りでは何も食べなかった、オレにも気付いてなかったからな、聞かなかったけど点滴とかやってるんじゃないだろうか、

「危い病気だね」

うん、あのままじゃ危いだろうな、事実どんどん衰弱してるらしいから、

「結局、マサミじゃなくて、その病気のママの問題だと思うんだ」

ジュンコはサンドイッチを全部食べ終わって、そう言った。

どういうこと？　反町はソファに深々とからだを埋めるようにして、リラックスしている。自分をよく見せようという自意識がなくなった分、ジュンコと話をするのが何倍も楽しくなった。

「マサミちゃんの生きてる時の声をテープか何かでそのまま聞かせたって、ママの病気は治らないような気がするな」

じゃ誰の声ならいいのかな、

「それはマサミちゃんの声しかないわけだけどね、たぶんそのままじゃだめなんだよ、工夫が必要だと思う」

出会ったばかりの頃、どうしてそんな演技ができるんだと反町が聞いた時、ただひたすら観察して想像するのだとジュンコは答えた。だって他に方法はないよ、たとえわたしが超能力者であっても他に方法はないと思うな、サナダ虫のことに気付いてからわたしは考えてみればずっとそれをやってたんだと思う、つまり他人をよく観察してその後に想像するってことだけどね、不安定な人間はものすごく他人に興味があるよ、他人はどうなんだろう、他人もやっぱり自分と同じようにいろいろ変なことを考えたりしてるのかな、それともこんなこ

とを考えるのは自分だけなんだろうかっていつもいつもバカみたいに考えていて、それが他人への興味になるわけだけど、実際他人ほど見てて面白いものはないんだよ、よく見てみるとみんな本当に変だよ、たいてい癖があるもんだけど、その癖っていうのが生まれてその人のものになるのには歴史が必要で、その歴史に従って、癖の現われ方が違うの、まあ、たいていの人間は自分の癖に気付いていないし、気付いているとしてもそれを隠そうとするからね……そういう話を聞いた頃は、ジュンコが言っていることの本質がわからなかった。今は、わかる気がする。なぜ今はわかるのか？　それはジュンコとの付き合いが単純に数ヵ月に及ぼうとしているからではないと反町は思った。CD-ROMの撮影を正式に断わったあたり、ホテルにチェックインして、ロールプレイの風俗嬢を部屋に呼んだあたりから、それまではひどく曖昧だったものが徐々に姿を現わしてきた。それは最初強烈な自己嫌悪の形で現われた。強くて、ピンポイントで自分の中の最も嫌いな部分を刺激してくるような、センチメントがまったく介在しない純粋な自己嫌悪だった。そんなものに人間が耐えられるわけがない。絶対に耐えられないから、無意識のうちにその自己嫌悪に対抗できるものを捜すようになる。そういう時は、捜している、という実感がない。そういう状態のことを、追い詰められたことがない人間は、本能的と呼んでごまかす。使おうと思えばいつでも使用可能な本能というわけだ。本能なんかじゃない。それは、ニュートラルな状態では決して現われることのない意志だ。自分の肉体と意識が、自意識の及ばないところで合致して生まれる正統的な意志。神秘的な特別の何かが自分に加わるという意味ではなく、自分の肉体と意識がこれ以上はないという形で合致するという意味で、その意志は「自分」よりエネルギー量が大きい。昔の人間達はそれを「大いなる意志に導かれて」という風に表現したりしたが、それはもちろん自分に属するものなのだ。その意志は、自己嫌悪を強制し、対抗策を捜させるわけだが、対抗策というのはそういう場合、一つしかない。自分の中の最優先事項に目を向けることだ。ピンポイントで襲ってくる自己嫌悪に対抗できるのは、自分が最も大切にしてきたものだけだ。人間によっては、それが反社会的なものである可能性もある。だからある種の犯罪は常に強い興味の対象になるわけで、それによって勇気を得る場合だってある。反町は、ジュンコを使って映画を撮りたいのだ、と自分の中の最優先事項をはっきりと自覚した。自覚したとたんに、ジュンコに対しても、会社の人間に対しても、それまであった妙な自意識が消えた。そして、これまで非常に抽象的で難解だと思っていたジュンコの独白が、自然に理解できるようになった。観察と想像、ジュンコは出会った頃から繰り返しそのことを言った。それは、他者の最優先事項を探ることだ。どんな人間にも必ず最優先事項がある。そして、たいていの人間は、最優先事項を放棄することが最優先事項になっている。放棄された、その人間の中で残骸になっている最優先事項を発見できれば、その人間の全体を摑むことができる。ジュンコが言っていることはそういうことだと思う。

ジュンコはソファに長い脚を投げ出して、何か考えている。

五日後に、反町はジュンコを連れて中山の家に行った。日曜日だった。

のんびりしたところだね、と中山家の庭を横切る時にジュンコが言った。秋の終わりにしては暖かくおだやかな陽差しが庭全体を照らしていて、鎖につながれた雑種の犬が吠え、鶏が餌を突つき、開け放ってある縁側には黒と白のブチの猫が気持ち良さそうに昼寝している。なんでこういう田舎の地主の犬は必ず雑種なんだろう、金なら使い途がわからないくらいたくさんあるはずなのにな、そういうことを考えながら反町が玄関に近づくと、中山が中から出て来た。中山は髪をきれいに後ろになでつけ、二十年前に買ったような古いスタイルのスーツを着てネクタイまでしめていて、反町は思わず吹き出しそうになった。たぶん、「女優」に対しての彼なりの礼儀のつもりなのだろう。

「本当に来てくれたんだな、何か、すごくうれしいよ」

そう言って中山はジュンコを眺めた。ジュンコはグレイのニットのワンピースを着て、黒のジャケットを羽織っている。もともと派手な色のファッションを好む方ではないが、きょうは特に地味だ、と反町は思った。もちろんジュンコはどんなに地味なものを着ても、存在が地味になることはないが、きょうの服装はできるだけ目立たなくなるように気を使ったものだった。中山はそんなジュンコを上から下まで眺めたが、すぐに目をそらして、反町に向かって言った。

「さすがだ、すげえ可愛い、じゃあ、中に入ってくれ、姉さんは台所に立ってる」

玄関に入ると、中山家の全員が勢ぞろいして待っていた。十数人いて、みんなが反町とジュンコに深々と頭を下げた。五、六歳の子供から、年がまったくわからない干涸びた化石のような老人まで、どういう関係かはわからないがみんな血がつながっているのだろうと反町は思った。

トシコさんは、陽当りのいい台所にいて、ガスレンジの前に立ちつくしていた。目を大きく開いて、窓から外を眺めている。

「きょうは、ガタガタ震えながら起き上がって、車まで歩こうとしたんで、『日曜だからきょうは休みなんだよ、ねえさん』って言ったら、まるで怪奇映画のミイラみたいに歩きながらここにやって来て、あそこに突っ立って、もう三時間もあのままなんだ、何か必要なものがあれば言ってくれ」

中山は台所の入口付近で反町とジュンコにそういうことを耳打ちした。

「必要なものは別にないけど」

ジュンコは、トシコさんだけを見て、中山の方を見ないで、言った。

「静かにしてて」

そして、それは、一瞬の間に起こった。ジュンコは玄関で勧められて履いたスリッパを脱ぎ、そっと、しかも素速くトシコさんの背後に近づき、彼女の肩に手をおいて顔を寄せ、耳許で何かを囁いた。すると、トシコさんはわけのわからない短い叫びを発し、ジュンコの方にゆっくりと振り向いた。ジュンコはその肩を抱いたまま何度もうなずいている。トシコさんはジュンコの方に振り向いた時、見ている者がぞっとするような恐怖の表情を浮かべた。反町は思わず顔をそむけたし、中山は息を呑んだ。トシコさんの顔は目がさらに大きく開かれて、頬やまぶたや唇の筋肉が左右で別々に勝手にけいれんしていた。人間の顔写真を顔の真ん中で折り畳んで、左右を別々に歪ませたような、そんな顔だった。

「ね？」

とジュンコが言うと、トシコさんはゆっくりと二、三度うなずき、そのままジュンコにもたれかかるように、倒れた。ジュンコはトシコさんのからだを支え、台所のテーブルのまわりにある椅子の一つにそっと坐らせた。トシコさんは両手で頭を支える格好で顔を任せている。中山が何か言おうとしたのを察して、ジュンコがこちらに目を向け、しっ、と人差し指を立てて唇に当てた。そのジュンコの強い目の光に、中山は立ちすくんだ。もし中山の前にガラスがあれば音を立てて割れていたのではないかと反町が思ったほど、強烈な視線だった。

ジュンコは、頭を抱えているトシコさんにまた何か耳打ちして、冷蔵庫まで行き、コーラの缶とコップを持って戻った。コップにコーラを注ぎ、トシコさんの目の前に持っていき、手渡した。トシコさんはコーラが入って表面が泡立っているコップをしばらくじっと見ていた。

「ゆっくり、飲むのよ、からだがびっくりしないようにね」

ジュンコの声にまたうなずき、ゆっくりとコーラを飲んで、おいしい、とトシコさんは声を出した。何があったんだ、と中山が声を出してしまい、反町は、しっと制したが遅く、トシコさんがこちらに気付いてしまった。中山はびっくりして顔色が真っ青になったが、トシコさんは頬の筋肉をぎこちなく動かして、あら、ケンちゃん、としっかりした声で言った。

その後トシコさんは義理の母親に、つまり中山の母親におかゆを作って貰い、ジュンコと話をしながらそれを全部食べた。二人の話は大体次のような内容だった。

「ジュンコさんは食べないの？」

「わたしはいいの」

「わたしだけ食べて、何か悪いわね」

「そんなことはないよ」

「お腹が空いてるの」

「そうだと思うわ」

「漬けものを持っていく？」

「え？」

「この漬けものは母が自分で漬けたやつなの」

「おいしそうね」

「漬けものは好き？」

「ええ、好きよ」

「わたしも好きなの、小さい頃から漬けものとハンバーグとアイスキャンデーが好きで」

「漬けものとハンバーグとアイスキャンデーは誰だって好きよ」

「そうよね、でもね、ここの中山の家の漬けものはわたしが食べてきたものより、ずっとしょっぱかったの」

「そう」

「でも、今は好きよ」

「おいしそうだもん」

「少し持っていくといいのに」

「ええ、そうするよ」

「きょうは？」

「きょうって？」

「泊まっていくの？」

「いいえ、きょうは帰るわ」

「泊まっていけばいいのに」

「そうしたいけど帰んなきゃいけないの」

「残念ね」

「家族の人がいるじゃないの」

「ああ、でもわたしは一人ぼっちなのよ、マサミもいないし、ユウジもいないし」

「でも、ユウジさんの仕事はあなたがやらないといけないでしょ？」

「そうなの、他の人間にはわからないの」

「大変な仕事だもんね」

「そうなのよ、特に今はほら、不況でしょう？ベンツに乗る人は増えてるんだけどね。三〇〇より上のベンツはまったく売れないからね」

「トシコさんしかできないんでしょ？」

「ユウジが生きてる頃だってみんなわたしがやってたのよ」

「ベンツを売るのって難しいんでしょ？」

「そりゃあんた、楽じゃないわよ、高いしね」

「わたしの友達が五〇〇SEを売りたがってるんだけど」

「ジュンコさんの友達ならいいよ」

「高く買ってくれる？」

「もちろん、まかせときなよ」

　そういう話の後、トシコさんは自分で大根の古漬けを切って容器に詰め、ジュンコに渡し、疲れたから少し昼寝しようかな、と言って、自分で布団を敷き、横になって、一分もしないうちに寝息を立て始めた。

　別の部屋に家族全員が集まり、苦い日本茶とマロングラッセが出て、中山が代表してジュンコに質問した。二十畳ほどの広い座敷で、光沢のある紫檀の机が中央に置かれ、床の間には漢詩を書いた掛軸が下がっている。何と書いてあるのか、反町にはまったくわからなかった。

「ねえさんだけど、あれで目を覚ましたらまた元に戻っちまうってことはないんでしょうか？」

　中山はきちんと正座をして、敬語を使った。ジュンコは両腕でひざを抱くようにして坐り、マロングラッセをかじっている。ワンピースを着てそういう坐り方をすると普通だらしなく見えるものだが、ジュンコは手足が長いためかエレガントな感じさえする。

「ないと思う、でもさっき言ったことを守って貰わないと」

「守ります、普通に接するってことですよね」

「そう、でも、難しいのよ」

「わかってます」

「ひどい経験をした人間に、それまで通りに接することほど難しいことはないの、ものすごくエネルギーがいるしね、ものすごく難しいことだって、本当にしっかりと自覚しないとできないことだからね、トシコさんがもう一度ああいう風になっちゃったらわたしもうできることはないよ」

あの、と中山が反町を含めたみんなの疑問を代表して聞いた。

「ねえさんに、何を言ったのか、聞いてもいいですか？」

ジュンコは、反町の方を見た。オレも聞きたいよ、と反町は小さな声で言った。

「マサミちゃんの友人ってことにして、マサミちゃんの声を伝えただけよ、『ね、ママ、ちゃんと仕事しないとダメよ』ってマサミが言ってましたよ、ってね」

あの、あなたは本当に女優なんですか？　帰ろうとする反町とジュンコの後を中山が付いてきて、そう聞いた。だからまだ映画をつくる準備ができていないんだけどね、と反町がベンツに乗り込みながら答えた。反町の胸のポケットには五十万のキャッシュが入っていた。すべて折り目のないピン札で、中山家は領収書を要求しなかった。ジュンコはまるで難病を治した超能力者のように、家族全員から深々としたお辞儀で見送られた。

「あの、オレにはわからないんだよ、女優っていうのはみなこういうことができるのか？」

そんなことはないと思うけどね、反町は、そう答えてから、さあもういいだろう、という風にエンジンをかけた。

「あの、ジュンコさんがやったことだけど、オレには何となくわかるんだ、うまく言えないけど、何となくわかる」

中山の顔付きが以前と変わっていた。窓から車内を覗き込むようにしているが、ジュンコの方はまったく見ない。ジュンコは、中山とは反対の方を見ている。

「アメリカなんかだと、何ていうのかな、全部をていねいにきちんとはっきり言わなきゃいけないよね、でも、ほらこの国は違うじゃないか、じゃ、あれなのかな、オレも含めてみんなねえさんに妙な具合に接してたのかな？」

「たぶん」

と、ジュンコが視線を向けると、中山はすぐに目を伏せた。そして本当に恥ずかしそうに、顔を赤くしながら、反町に言った。

「映画を手伝わせてくれねえかな」

『ケ・セラ・セラ』スライ&ザ・ファミリー・ストーン

「ねえさんは、元気にはなってねえけど、きちんと仕事を始めたよ、食も細いし、目とかにまだ落ち着きがないけど、店に出かけて行って、まず車を洗うのから始めたよ、オレも一日手伝ったけど、オレがあんまりていねいにやらないもんで、もういいって叱られちまった、その時、あ、良くなってるなって思ったんだ、『ケンちゃん、そんな洗い方するんなら、まだいない方がましだよ』って言ったのかな、その言い方がね、ねえさんの言い方だったんだよ」

ジュンコが「治療」に成功して以来、中山はひんぱんに反町に電話をしてくるようになった。「今、喫茶店でお茶飲んでるんだけどコーヒーでもどうだい?」「お宅のすぐ傍にいるんだが、出て来ないか?」「お宅の傍を通るんだが」最初反町はその遠慮のなさがうっとうしかったが、五回に一度くらいの割合で誘いに応じているうちに、中山との会話が実に楽しいのに気付いた。中山は、あまりしつこくなかった。三十分から四十五分くらい話すと、じゃあまた会おうや、と言って引き上げる。会うのはたいていごく普通の喫茶店で、きょうで会うのは三回目だった。二人共コーヒーを飲み、必ず中山が支払いをした。

「でもあのジュンコさんって人はすごいや」

会うと、中山は最初決まってジュンコを褒め、「ねえさん」の近況を話す。「本当に難しいんだな、いや、普通に接するってことがさ、オレは何とかできてるような気がするんだけど、家の他の連中はまったく昔のままだ、遠まきにして、恐る恐るってとこだ、昔と同じように、普通に接するってのは本当に疲れる、昔はどうだったかって真剣に思い出したり、考えたりしなきゃいけない、腫れものに触わるようにって態度はものすごく簡単なんだよな、腫れものっておできのことだろう？　人間を平気でおできにしちゃうんだから、考えたら楽に決まってるよな。日本人は誰かを仲間外れにすることにかけちゃ天才だね。考えてみりゃ、アメリカなんかと違って仲間しかいないんだから」

その後、話題はアメリカに移る。アメリカでの体験を語る中山は、基本的に楽しそうだが、時折、暗い表情も見せた。アメリカに戻りたいという気持ちと、アメリカでチャイルド・ポルノに関わったことが、暗い表情の原因だろうと反町は思った。

「今でも、見る夢ったらほとんどがアメリカのことなんだ、広い広い道路とかね、何てことない州道沿いのレストランとかね。アメリカに住んでた頃はそんなこと別に考えもしなかったけど、アメリカの連中は、何てのかな、楽しく過ごすためにものすごく努力するんだな、

LAの外れに住んでいた頃、近くにハンバーガー・ショップが開店したんだけど、これが、消防署なんだ」

消防署？

「だからさ、昔の、十九世紀の消防署を再現してあるんだよ。実際に消防車も二、三台置いてあったりしてね。やってることはテレビの幼児番組と変わらないんだけどさ、要するにバカバカしいんだよ。でもそれが露骨に楽しかったりするんだよね、ピカピカに光ってる真っ赤な消防車の傍でさ、外の通りを眺めながらコーヒー飲んでチーズバーガー食べてみろよ。ものすごくバカバカしいけど、楽しいぜ」

田舎にもそういうのはあるのかな？

「アメリカの田舎はただの荒野だよ。デス・ヴァレーみたいなところだ、本当の原野でさ」だからオレが言ってるのは、LAとかニューヨークとかの大都会と、そういう荒野の中間みたいな田舎の街のことだよ、

「消防署のカフェがあるかどうかはわからないね。全部の街を知ってるわけじゃないからな。ただ基本的にはどこも同じだろうな。オレが一番好きなのは、映画とかで見たことねえかな、まあ一番ティピカルな郊外の家造りなんだけど、道路があってさ、その外側にちゃんとした舗道があるよな。舗道ったって、でかい犬をつれた奴と、乳母車を押す人が肩なんか触れ合うことなしに擦れ違える立派なやつだぜ。排水とかの設備もきちんとしててよ。必ず

並木があって、秋とかには落ち葉がすごいからそういう落ち葉とかその他のゴミが排水溝に入り込まないような工夫もちゃんとされてるんだ、それで不思議なことにアメリカには特別な場合を除いて塀とかがないんだよ、あるのは白くペンキを塗った垣根だけでね、それも決まって木の垣根でしかも白いペンキなんだよな。黒いペンキなんか誰も使わねえし、自転車のガキがぶつかっても大した怪我はしねえような木の垣根なんだ、玄関なんかほとんど丸見えだし、それで玄関までは目が痛くなるような緑の芝生だ。ソリマチさんはよく海外旅行をする方か？」

まあ、普通じゃないかな。なんでそういうことを聞くんだ？　反町は中山との会話が苦痛ではない理由が一つわかった。喫茶店で向かい合って一緒に坐っていても、疲れないのだ。二人が、似ているということもある。働かずに毎日ブラブラしていて、中年で、生活に困っているわけではなく、絶望している。こんな態度を示したら相手は不快になるのではないか、こんなことを言っても絶対に理解して貰えない、中山に対してはそういう気遣いをする必要がない。

「普通って具体的にはどういうこと？」

だから、普通の四十代前半の、典型的な横文字の職業の人間の旅行歴ってことだよ、ハワイとかアメリカ西海岸が何回か一番多くて、ニューヨークに二、三回、マイアミに一回、そういうのはたいていゴルフだな。タイと、シンガポールとセブ島に一回ずつ、香港に二回、台湾に二度、ヨーロッパの、めぼしい都市を駆け足で二、三度回ってるよ。パリ、ロンドン、ローマ、フランクフルト、アムステルダム、ブリュッセル、まあ、そんなところだね、考えてみると、印象に残ってる旅行なんてまったくないな。ほとんど家族か、社員が一緒だったからな。何でそんなことを聞くんだい？

「芝生のことだ」

芝生がどうかしたのか？

「アメリカの芝生は特別じゃないのかなって思うんだ、実際、そういう話を聞いたことがある。ソリマチさんはゴルフをやるから知ってるだろう？ 芝生にはいろいろな種類があるよな、それで日本の芝生はどうしてあんなに色が汚ないのかな。オーガスタでやるトーナメントは何ていうんだっけ？ 有名なやつがあるじゃないか」

マスターズだよ。

「うん、それだ。オレはゴルフはやらないけど、あのトーナメントはテレビでよく見てたよ。とにかく芝生がきれいなんだ、コロラド州でゴルフしたことあるかい？」

ないな、そもそもそれほどゴルフが好きなわけじゃないんだ、

「オレは未だに、あんな岩と砂だらけのところにどうやって芝生を植えたのかわからないんだ、植物っていえばサボテンしかないような荒れた土地だぜ、そこにまるで箱庭のように芝生だけが植えてある。オレはゴルフもしないくせによくコロラドのゴルフコースを見に行っ

たな。夜が特にすごいんだ、砂漠の月ってのはすごくてね。ほら童謡にだってなってるじゃないか、満月なんかむちゃくちゃ明るくて狼じゃなくても吠えたくなっちまうくらいだからな。その、妙な、異様な明るさの月の光の下にね、えんえんと拡がってるわけだよ。芝生がさ。あれはこの世のものとは思われないよ。サメに食いちぎられた生きものの血が海の中に拡がるのに似てるかな。水だけじゃないと思うんだ。いやもちろんものすごい数のスプリンクラーが回ってるよ。だけど水だけであんなきれいで鮮やかなグリーンの芝生が成育するわけがない、そう思わないか？　当然、化学物質が大量に撒かれてるはずだ、いや、化学物質っていってもね、昔、仲間と話したことがあったな。コカインとかそういう麻薬に近いやつじゃないのかねって、ワル仲間と話したことがあったよ、コカインってのは、ほら、脳みそのすけべ心を刺激するところがビンビンに元気になるわけじゃないか、芝生だって当然生物なわけで、不自然に元気になっちゃって、あれだけの鮮やかなグリーンに発色するんじゃないかって、そういうバカなことを考えたわけだけどね、とにかくアメリカの芝生は異常だよ、しかもそれが必ず郊外の住宅地にあるわけじゃないか、貧乏なクラスが住むスラムにはこれが絶対に芝生がない、とんでもない金持ちが住むところには、芝生はあるけど、でかい木とかお花の生け垣とかで巧妙に隠されてるんだ、隠さないといけないんだよ。それはあまりに美しいので、貧乏人の子供達の、よしオレもいつかリッチになってああいう芝生の家に住んでやるぞという意欲を奪いとってしまうほど、それは凄みのある美しさなんだ、だから、アツパーミドルクラスの、さっきからオレがずーっと話しているような街並みの、道路があって、舗道があって、並木があってっていうそういう住宅街にある家の、門から玄関までの庭に植えられている芝生がもっとも重要なわけなんだ、白い垣根と、緑の芝生と、そして少女趣味のお家だ。あれは確か、何とかっていう様式なんだよ。ビクトリア朝の様式だ、その中でも、オレが特に憧れるのは、玄関脇のテラスに吊るされた、二人掛けのベンチだよ。見たことがあるだろ？　最近ではケビン・コスナーの『ワイアット・アープ』に出てきた、アメリカ映画、よく観る？　オレはとにかくアメリカ映画と銘打ったものだったら全部観るよ、ストーリーなんかどうだっていいんだ、ただ芝生とかその天井から鎖で吊り下げられたベンチがなきゃいけないのと、あとは殺人とか犯罪があればいうことなしだね。で、例の吊り下げ型のベンチだ、若き日のワイアット・アープがセント・ルイスに、あ、セント・ルイスだったかな。まあどこでも同じだからいいや、要するに開拓時代の、もう既にかなり都市に近い機能を持った整備された町なんだよ、そこに、ワイアット・アープが、この女、と心に決めた少女が両親と一緒に住んでいるんだ、ワイアットが訪ねていく、まず両親がドアを開けて出てきて、しばらく話す、そしてミュージックと共に、その女が出てくる。やたらにフリルのたくさんある、少女趣味の服を着てな、出てくるんだ、久し振りに会うわけだからさ、会話は弾まないよ。とてもぎこちない、それで宙吊りベンチが役に立つわけだ、それも、『どうだい、久し振りすぎてなかなか話も進まないからあのベンチに坐らないか？』なんてことは言わないんだ、二人して玄関のテラスを何気なく歩いて、テラスはボード・ウォークになってるからカウボーイ・ブーツとかで歩くと、ボコボコした音がするはずなんだけどそんな音は省かれる。ここにベンチがあるんだから坐りましょうよという感じで二人は腰を下ろすんだけどよ。そのベンチの幅とかがこれが微妙なんだね、狭すぎもしねえし、だだっ広くもない、ひざとか太腿がくっつきそうで、緊張して脚を閉じてるとなかなかくっつかないっていうそんな幅なんだ、参っちゃうよな。そんなベンチはこの世の中に他にねえよ。日本の日比谷公園のベンチ知ってるか？　あんなのホカ弁食うブスのOL以外には誰も坐らねえよ、いいかい？　愛ってのがどんなものなのか、アメリカ人は親切に考えてくれるわけなんだ、愛してるからあのベンチに坐るわけじゃないんだよ、あのベンチに坐ることで、愛が生まれるんだ。いいかい？　芝生と、ベンチなんだよ、例の、子供を使ったポルノを作る連中の、下働きをしてる時だけど、そりゃいろんな奴がまわりにいたよ。普通の奴はそんなことしないからな。実はこの芝生とベンチのことはその中の一人に聞いたんだ、オレはどちらかっていうと感覚とか鈍い方だから、アメリカが好きっていうだけで、芝生のディテールなんかわかるわけないよ。ベンチにしたってね、そいつから聞いて気が付いたんだ。なるほどってね、愛がベンチによって生まれるなんてこのオレにわかるわけがないさ、そいつはドイツ系の、三十代前半の、かなりのインテリで、ユダヤ人でもないし、ゲイでもエイズもなかったが、人殺しだった。誰も知らないようなことをよく知ってたよ。専門は何だったんだろうな。バ

ケ学の方だって言ってたな。オレと同じ、車輛係で、仕事がない時はたまに地面に化学式か何かを描いてたな、

深夜に、ビデオを回してるスタッフの弁当を二人で買いに行ったことがあった、弁当といってもピザだけどね、撮影してるのは砂漠の真中の廃坑みたいなとこなんで、近くにピザ屋なんかあるわけがないだろ？　州のハイウェイや傍のインターステイトを走ってジャンクションにある二十四時間営業のピザ屋を捜すんだ、往復で四時間くらいかかったな。アメリカはピザが冷えないようにいろんな工夫をしてるんだよ。ピザ・ゲットってところが一番うまく工夫してたな。化学反応でものすごい熱が出るような布の袋を作って、それをボックスの上にコーティングしてたよ、で、退屈なドライブの間に、そいつはブツブツとその化学反応を口で言うんだ。うるせえなってオレは正直に言って、ちょうど満月で、高架のハイウェイ脇にプライベートのゴルフコースが見えたんだ。まるで珊瑚礁の入江みたいで本当にきれいだったよ。そいつが話し始めた、夜もきれいだけど、昼間の芝生の、それも五月頃に新しい芽がのびてみずみずしい草の香りがする時の芝生のグリーンの美しさったらないよなってね。まるでジュニアハイの頃の夏のキャンプの思い出を語るような感じでね、そいつは東海岸のヴァージニアの生れなんだ、ものすごくきれいな芝生があったと言ってた。確かにあの辺りにはあるんだ。大西洋岸だからね、潮風に鍛えられた目に染みるような鮮やかなグリーンの芝生がある。芝生が好きだったそうだよ。その色だけじゃなくてね、新しい芽を短く刈

らずにそのまま放って置くと、五月の中頃にはちょうど脹脛《ふくらはぎ》の中くらいまで草がのびるらしいんだ、オレもニューオリンズの傍でそういうサワサワした草を見たことがある。あの美しさっていったらそりゃもうただごとじゃないよ。あと匂いだな。芝生が雨や朝の露に濡れて、その後太陽に照らされ、乾いていって、強く陽に焼かれる匂い、それと感触だよ。かすかに露が残るバミューダ芝が素肌に当る時の滑らかで少し粘り着くような、その上で裸で転げ回る快感を知ってるか？　ってそいつは本当に楽しそうに、でっかいヴァニラファッジのアイスクリームを目の前にした七歳のガキみたいに話すんだ。で、ものすごく天気のいい六月の初旬だったらしい、ある午前中、そいつは熱を出してしまって、学校を早退した、スクールバスは使えなくて、学校の、日本で言えば用務員みたいな奴が自分のワゴンに乗っけてくれたんだそうだ。その用務員がそいつの家まできちんと送ってやっていれば、そいつはちゃんとまともな化学者になっていただろう、自分で言うんだから間違いないんじゃないかな。用務員は、そいつを家から二ブロックの十字路で降ろした。一方通行とか、方向が逆とか面倒なことがあったみたいだが、そいつは、ありがとうと言って自分の家に向かい歩き始めた。実に妙な感じだったと言ってたよ。いつもは学校に行ってる時間なので、町がいつもと微妙に違うんだな、そりゃそうだろう、太陽の位置も違うし、遅く起きる人々がやっと起き出したり、それでそいつはそれを見てしまった。ベンチの上で、首を切られて殺されている近所のばあさんの死体だった、死んでからどのくらい経ってたのかわからないが、まだビクンビクンって硬直現象が続いてたみたいで、そのはずみで吊り下げられたベンチがゆっくり動いていたそうだ。血は喉からあふれ続けていてばあさんのからだと服を真っ赤にして、白いペンキを塗ったボードウォークにまるで出しっ放しの水道みたいに垂れ、それが芝生の上を流れてたんだ、赤い蛇が這っているようだったとそいつは言ったよ、何でも近所でも評判のばあさんだったらしい。何ていうのかな、派手で、アル中でさ、そいつは声も出なくなってその芝生の上を流れる血をずっと見てたんだってよ、ただ、そのことと、そいつが実際に人殺しになったのと関係があるかどうかなんて本当のところは誰にもわかんないけどな」

それから、話題は映画の話になっていく。

「あんたがあのジュンコさんを使って映画を撮るって聞いてから、オレはそのことばかり考えるようになったんだ。映画っていうのは、ほら、そいつの、芝生の上を流れる血みたいなものがひどく重要なわけじゃねえか、そいつの中に、赤い蛇みたいな血はずっと残ったわけだよな、映像としてさ、で、ねえさんが治ったってことにしたって、ああいうわけのわからない病気になったってことにしたって、多分に、映像が絡んでいるんじゃねえのかなって、よくそんなことを考えてしまうんだよ」

中山は、たとえチャイルド・ポルノでも、その撮影現場の傍に身を置いてきただけあって、妙に映画に詳しかった。例えば、雨が降って撮影が延期になると保険が下りるんだよな、といったことである。

『水晶の舟』ドアーズ

中山と何度か会っている間に、反町は正式に離婚してしまった。別居を始めてから十ヵ月が経っていた。

妻や娘には直接会うことなく、双方で代理人をたてて、書類の手続きを済ませた。妻の実家には充分な生活力があり、反町には家も車も残った。神経障害による扶養義務の放棄、離婚同意書には反町に対するそういう記述があった。母親の同意があった場合に限り、娘に会えることになったが、その同意は手紙で求めなければならないという諒解事項もあった。反町は、電話を、禁じられたのだ。娘とは、離婚成立の後一度だけ電話で話した。

「わたしだけど」

「ああ、元気にしてるか？」

「うん、それよりさ」

「何だい」

「おとうさん、大丈夫？」

「大丈夫だよ、少し、寂しいけど」

「おばあちゃんが、頭が変になったって言ってたけど、そんなことないよね」

「頭は正常だよ」

「どこが変なの？」

「変ってわけじゃないんだ」

「病気じゃないの？」

「ああ、病気じゃない」

「だって、働いてないんじゃないの？」

「うまく言えるかどうかわからないけど、聞いてくれるかい？」

「聞くよ、でもカードの度数があと七しかないから」

「公衆電話なんだ」

「おばあちゃん家《ち》からは電話しにくいから」

「おとうさんは今でもおかあさんやユミのことが好きだよ、でもね、自分でね、どうしてもやりたいことができたんだ、だから、そのやりたいことをやるんだけど、おかあさんとユミと一緒の時間がつくれないんだ」

「勝手だね」

「うん、でも、おとうさんにとってすごく大事なことなんだ」

「わたしは、塾とか行くけど、おとうさんと一緒の時間、たぶんつくれるよ」

「塾とは少し違うよ」

「どう違うの？」

「子供の頃とか、学校にいる間から、一番やりたいことを見つけて、大人になってそれをやるんだったらいいんだけど、おとうさんは大人になって見つけちゃったから、遅いし、いろいろ他の人より遅れてて、余裕がないんだよ」

「なるほど、可哀想なんだ」

「大変なんだよ」

「何を見つけたの？」

「映画だよ、映画をつくるんだ」

「映画はわたしも好き、『パーフェクト・ワールド』みたいなのがいいな」

「ユミも、一番やりたいことを見つけなきゃだめだよ」

「わたしは大丈夫よ、それよりさ」

「何だい」

「心配だからこうやって時々電話するからね」

「ああ、うれしいよ」

「度数が一になっちゃった」

「車とか気を付けて、お勉強もがんばるんだよ」

「だからわたしは大丈夫だって、それより」

「何だい」

「映画、がんばってね」

「ありがとう」

「バイバイ」

「じゃあ」

電話を切ってから、涙がにじみそうになって、こんなところで泣いたらオレは本当のバカだ、と思った。妻や娘に対して、悪い、などと思ってはいけないんだ、と自分に言い聞かせた。まだオレは何にもやっていない、何にもやっていないということに気付いただけだ、自分がやりたいことがわかっただけでそれに対して一歩も前進していない、そんな人間は家族だろうが友人だろうが肉親だろうがお互いに依存しない関係性を持つことなんかできない……そういう風に考えたが、基本的には、娘が言った通り、「勝手」なんだろう、と認めた。何度も自分に問いただしたが、今、妻や娘と一緒に暮らすのは無理だった。ジュンコのことを知られるとまずいとかそういうことではなかった。

やりたいことがわかっているのにどうすれば実現できるか見当もつかない、という状況で、家族と一緒に過ごすのは拷問のようなものだ、と反町は思った。自分は一体何者なのかわかっていない状態で、妻や娘と何を話せばいいのかわからない。自分が自分であることについて、宙ブラリンの状態なのだ。妻や娘の前では「夫」であり、「父親」でいなければならない。自分が何者なのかわからないまま、「夫」や「父親」になれるわけがない。それは「夫」や「父親」という立場に依存することになる。

中山が「ねえさん」と呼ぶあの中年の未亡人が自分を奇病に追いつめたことについても理解できるような気がした。親しい他者との関係性が崩壊すると、自分が何者なのか一瞬わからなくなる。そういう状態のまま肉親に対するのは苦痛なのだ、誰だってあの「ねえさん」みたいになる可能性があるんだ、そういう風に考えて、反町は、他の大勢の人間達はいったいどうやって自分が何者かを確認しているのだろう、と恐くなった。言うまでもなく、確認の基盤になっているのは家族だ。だが、例えば中山は「自分がアメリカに居たこと」が彼を支えている。大手の銀行に勤めている、大蔵省の役人である、コンビニの店員だが一番好きなのはサーフィンである、風俗産業で金を得ている、秘密のセックスフレンドがいる……以前反町は「音楽ビジネスの内部にいる」ということで自分を支えていた。ある日、突然に、自分のやっていることが「音楽」ではないことに気付いた。それは、ビートルズやヴェルヴェット・アンダーグラウンドやドアーズと自分がプロモートしている日本のバンドを正直に比べてみるだけではっきりした、たぶんそういうことをはっきりさせることからしか何も生まれないはずなのに、ずっと曖昧なままだった、その曖昧なものに包まれて大部分の人が一生を終える、それが幸福と呼ばれている。ジュンコという女の子はその曖昧さが我慢できなかった、曖昧さに対抗するために、サナダ虫、という異物を自分の中に設定した。ジュンコのように、また十ヵ月前のオレのように、その曖昧さに亀裂が突然入ることがある、亀裂は必ず突然に入って曖昧な霧が晴れてしまいリアルなものが姿を現わす、姿を現わすものは何者でもない自分自身だ、そういうことのすべてが現代人の不安とか生きがいの喪失みたいな言葉で片付けられる……反町は異常でとり返しのつかないことが進行しているのだと確信した。十ヵ月前のオレや、ジュンコや中山や「ねえさん」のような人間は確実に増えていると思った。亀裂は、すべての人を待ち受けているはずだからだ。

「一番大事なものは何なんだろうな？」

中山とまた会った。離婚したことは中山には黙っていた。中山はプライベートな質問をほとんどしない。喫茶店から電話をしてきて、会うとすぐに映画の話になった。「ソリマチさん、だから、具体的にだよ、映画を作る時に一番大事なものは何なのかね？」

中山は赤いフランネル地のシャツに茶色のコーデュロイのパンツを穿いて、ダウン・ベストを羽織っている。靴はコンバースのテニスシューズだ。髪は長く、今まで気が付かなかったが、左耳にかなり径の太いピアスをしている。反町は黒革のブーツにジーパン、それに太い毛糸で編んだセーターを着ていた。反町が住む街の駅の傍にある、「ドリップ専門店」という木の看板のさがったごく普通の喫茶店。ウイークデーの昼間に向かい合って映画の話をするラフな格好の二人の中年男、まわりの主婦や外回りの営業マンや学生達はオレ達を何者だと見ているだろうと反町は考えて、つくづく平和な国なんだな、と思った。喫茶店の中は、心地よくエアコンがきいていて、コーヒー豆を砕く音と匂いがして、ほど良いボリュームの話し声で充ちており、異質なものが入り込んでくる気配がゼロだった。

「よく、脚本が一番大事だと言うじゃないか」

うん、それはオレも一度考えて、有名な小説家に依頼しようとしたこともあるけど、

「だめだったのか？」

まあね、

「本当に脚本が一番大事なのかな」

でもそれはナカヤマの方がオレより詳しいんじゃないかな、

「どうしてだ？」

アメリカで制作現場にいたわけだろ？

「チャイルド・ポルノだぜ、それもただの運転手だ」

現場には変わりがないじゃないか、

「うん、まあ、ひどい現場だったけどな」

脚本が一番大事だったか？

「いや、脚本なんかないこともあった、あまり思い出したくないけどさ、ポルノだからな、大事なのは金だったな」

そうだろうと思うよ、
中山はまわりを見渡して、二杯目のブルーマウンテンをオーダーし、ミルクだけ入れて一口飲んでから話を続けた。

「ジュンコさんのことだけど、彼女はトラック・ドライバーをしてるんだよな？」

反町はうなずく、中山には何か話したいことがあるようだ。

「オレも考えたんだが、やっぱりまず必要なのは金だと思うんだ」

とりあえず車を高く買ってくれよ、

「あれ、でもせいぜいおまけしたって、三百とか三百五十とかそんなもんだぜ」

五百は無理かな？

「無理だ、ただ今度はポルノじゃないんだから脚本だって必要なわけだろう？　それでいつか五百あれば何とかなるって言ってたじゃねえかよ、あれ本当なの？」

はっきりしたことはわからないんだ、十六ミリで自主映画を作ってる若い奴がそう言ってるのを雑誌で読んだだけだ、

「十六ミリだと、どんなところで上映するのかな？」

ビデオにすぐしちゃうんじゃないかな、

「ソリマチさんはビデオでもいいと思うか？」

ビデオじゃジュンコの魅力は伝わりにくいだろうな、

「オレもそう思うんだよ、じゃあ、十六ミリのカメラじゃしょうがねえじゃねえか、昔、小学校の頃よく十六ミリの映画を講堂とかで観せられたよな」

十六ミリカメラの中には三十五ミリに拡大できるやつがあるらしい、

「なぜ最初から三十五ミリのカメラで撮らないいんだ？」

その若い奴の受け売りになってしまうけど、フィルム代がまず違うし、現像代も違うし、カメラを扱う際のスタッフの数も少なくて済むそうなんだ、ただ五百で本当に一本の映画ができるのかどうか、オレだってわからないよ、

「じゃあ、ねえさんに無理聞いて貰ってベンツを三百五十で売るとしても、まだ百五十足りねえわけだよな、三百五十ったって、税金とかいろいろ引かれて残るのは三百そこそこと考えた方がいいから、二百足りねえってことだ」

三百万にしかならないのか？

「それでもマシだと思わなきゃだめだよ、ソリマチさん、他の店に行ってみなよ、たぶん二百五十がいいところだぜ、そんなもんだよ、それで、とにかく五百って金をつくるためなん

だけどさ」

そこで中山は一度言葉を切った。再び話し始める前に、またまわりを見る。女子高生の一団がポケベルの暗号について話し、外回りの営業マン二人がローンでパソコンを買った仲間について話し、主婦のグループは四人が一斉に喋っているので何が話題になっているのかわからない。

「ジュンコさんはアルバイトなんかやらないよな」

中山がそう言って、反町は胃のあたりが重く、固くなるのがわかった。これから中山が言うことが気体となって目の前に漂ってきて、それをパクリと呑み込んでしまったような感じだった。大き目のパン屑をパクリと呑み込む養魚場の魚みたいに、だ。

アルバイトって何だ？

「友達に、うまくボカして、この前の一件を話したんだよ」

友達って？

「アメリカから帰ってからのちょっとした知り合いだけどね、少し変わった奴だけど、何ていうのかな、物事をよく知ってる奴なんだ」

何をしてる人なの？

「経済誌の、編集者だよ」

経済誌？

「それほど立派じゃないが、ヤクザがやってるような株とかのブラック・ペーパーじゃないよ、一応、ちゃんとした雑誌だけどな」

ジュンコのことを話したのか？

きつい口調にならないように注意して、反町はそう聞いた。だが、表情がどうやら変わったらしい。

「名前なんか言ってねえよ」

中山はじっと反町を覗き込んだ。そして、右手の小指を立ててみせた。

「これなのか？　だったらオレは一切このての話はしないよ」

反町は首を振った。

「じゃあ、ジュンコさんとソリマチさんの、二人の細かな事情を無視して話させて貰うよ」

ああ、と反町はうなずく。胃が重くなるような話だろうが、聞くべきだ、と思った。誰かがこれまでにもそういうことを言うべきだったし、反町自身も考えなくてはいけなかったのだ。どこかで、と反町は思った。どこかでたぶんオレはマゾヒスティックにならなければいけないんだ、ずっとそういう予感があったじゃないか、今までそれに目をつむってきただけだ、そのことに目をつむったままでいる限り、オレとジュンコがやることはすべておままごとの域を出ないだろう。

「そいつは経済人の裏の顔にも詳しいんだ、いいかソリマチさん、勘違いしないでくれよ、話は大体想像がつくだろうが、オレだってジュンコさんにウリをやらせようなんて考えてるわけじゃないぜ、あの人のことは尊敬してるんだからさ、それとは違うんだ、あのな、かなりでかい企業の社長とか会長とかで、ちょっと変わった野郎というのはゴマンといるらしいんだよ」

中山は恐ろしく小さな声になった。反町は、その中山の小さい声の背後にさらに誰かがいて、圧倒的なリアリティであることを伝えてくるような気になっていた。その誰かは、巨大なスピーカーから洩れてくる重く太い雑音のような声でこう言っていた。

お前は無力だ。

「そいつらは、気に入った女がいると、信じられないくらい金を払うらしいんだ、それで絶対にウリはないんだってよ、中には、裸になる必要もないし、だから触れられる心配もないってのが、これもかなりたくさんいるらしい、七十とか八十のじいさんだからな、まともに立つわけがねえけどさ、連中は、ホテルの部屋とかで、いろいろやってるらしいんだが、本当に気に入った女には百や二百軽いらしいんだよ、中には、ただ話をするだけでそのくらいキャッシュでくれるじじいもいるんだよ、ただその話ってのがイージーじゃねえんだ、まあ二百だからね、はい、女子大でテニスしてます、じゃ済むわけがないよね、聞いたところによると、テレビに出てるようなかなり有名な女優でもそういうアルバイトをしてるそうなんだ、知ってるかい？　アメリカじゃちょっと前にブームだったんだけどね」

知ってるよ、と反町は言いそうになったが黙っていた。喉がカラカラに渇いて、ぬるくなったモカ・ストレートを飲んだ。
「ロールプレイっていうんだよ」
ロールプレイ、その言葉を聞いたとたん、反町は喫茶店の空気が変わってしまったような気がした。売春ではなくても、ジュンコを他の男に「貸す」のはたまらなくいやだった。だがジュンコと自分の結びつきは映画にあるわけだから、そのための資金が絶対に必要で、資金を得るには手段が限られているのが事実だ。というより、手段は皆無に等しい。おとうさん、映画がんばってね、という娘の声が甦ってくる。小学生の娘に、「やりたいことが今になって見つかったんだよ」などと言っておきながら、その実現のためにはたまらなくイヤなことを我慢しなくてはならない、なぜそんな矛盾したことが起こるのか？　自問すると、答えがからだの中で湧き起こり、何度も繰り返される。
お前が無力だからだ、
お前が無力だからだ、
お前が無力だからだ、
お前が無力だからだ、
「ロールプレイか」
喉から胸、下腹にかけてボロ布が詰まってしまったような気分で反町は呟いた。

「知ってるのか？」

中山がそう聞いてきて、反町はうなずく。

「できればそういうことはしたくないんだが、しょうがないのかな？」

反町はそう言って中山を見た。

「念のためにもう一度聞くが、ジュンコさんとは、男と女の付き合いじゃないんだな？」

反町は視線を落として首を横に振る。

「じゃ何でイヤなの？　相手は七十とか八十のじじいだぜ、裸になることもないっていうのにさ」

中山はちょうど傍を通ったウェイトレスにコーヒーのお代わりを頼んで、何か言おうと口を開きかけた反町を両手を上げて制して話を続けた。

「うん、ソリマチさんの気持ちもわかるよ、たぶんオレだってものすごくイヤだと思う、逆の立場だったらね、ただ何て言うか、ガキの、学園祭じゃないわけだからさ」

「学園祭？」

反町には中山が何を言おうとしているかがわかった。確か以前にも同じようなことを言われたことがある。ヤクザが仕切ってるような、AVしか作っていないようなゴミみたいなプロダクションでもいいからあの女の子を預けてしまうんですよ、結局はそれしか方法がないんですから……

「ああ、こういう場合にはこういう言い方でないといろいろ曖昧になっちまうからストレートに言うぜ、いいかい？」

新しいコーヒーにミルクを注ぎながら中山は反町から視線を外さない。反町はコーヒーの表面に白い渦ができていくのを見ながら、からだの内側で反響する自分の声を聞いている。

お前は無力だ、

お前は無力だ、

お前は無力だ、

「オレはソリマチさんの歴史みたいなやつはよく知らないし別に興味もないのさ、ソリマチさんのことは好きだけどね、オレだってでかいことは言えないよ、アメリカでちょっと人には言えないことをたくさんしてそれでも何にもモノにならなくて日本に戻ってきてブラブラしてるだけの人間だけどね、それで、ねえちゃんがあんなになっちまうし、もともと友達なんかいなかったわけだしさ、あれ？　ストレートに言うつもりが、何言ってんのかわかんなくなってきちまったよ」

中山は右手でカップを持ちコーヒーをすすりながら鼻で笑った。

「いや、だからね、ソリマチさんはジュンコさんをさ、何て言うか、すごいって認めてるわけだよね？」

何を当り前のことを、という目で反町は中山を見る。ウェイトレスが、コーヒーのお代わりはいかがですか？　と反町に聞きに来た。小柄で痩せているが、顔立ちは整っている。モカブレンドを、と反町は答えて、ジュンコがこんな普通の女だったら何事も起こらなかっただろうと思った。それともああいうごく普通に見える女でも本当は違うのだろうか？　誰もがサナダ虫のようなものをからだに飼っていてそれが外からは見えないというだけなのだろうか？

「あれだったら誰だって認めるだろうと思うよ、バカじゃない限りはね、子供だってすごさはわかるんじゃないかね、才能ってことだけどさ、ソリマチさんもそうなんだろうけど、あれほどの才能を目の前で見たのはオレは初めてだね、そりゃ誰だって何とかしたいと思うはずだよ、いいかい、ソリマチさんは充分にわかっていると思うけど、才能っていうのは力なんだ、本当に数少ない人間だけにあるものすごい力でさ、チャイルド・ポルノの現場にリチャード・パヌッキオってやつがいてさ、みんなリッチって呼んでたけど、そいつは少し頭が変になってチャイルド・ポルノまで落ちてきたわけで、ドラッグでおかしくなったんだけどね、元々はニューヨークのインディペンデントの監督だったんだ、で、砂漠のセットに一年いて、その後ＬＡに行って立ち直ったんだけど、今はでかい映画を撮ってるよ、そいつはすごかったんだ、それほどからだも大きくなくて、イタリア系だから小さい方なんだが、何て言うの、オーラってやつ？　それがあった、リッチの前歴なんか知らなくてもそのオーラは目立つからみんなリッチの傍に居たがるんだよ、何て言うのかな、個人的に輝いてるんだよ、で、その輝きに包まれたいって思うわけなんだ、そういう奴くらいになるとラリってボーッとしてるみたいな状態でもまるで目に見えるようなんだよ、手を伸ばすと触れそうな気さえしてくるんだ、そのオーラが届く範囲っていうか、ちょうど雨が降ってそいつが目に見えない傘をさしてて近くに寄れば濡れないというような範囲があって、信じられないことだけどその中に入るとポカポカと本当にからだが暖かくなってくるんだよ、だからみんなリッチに近づきたがったもんだ、オレは宗教的なこととかオカルトっぽいものはまったく肌に合わねえけどそういう力があるってことはリッチと知り合ったからわかるんだ、昔のキリストとかマホメットとかそういう宗教を始めた奴っていうのはもちろんそういうオーラがあったんだと思うよ、きっと有名人にもあるんだと思うけどオレは有名人と会ったことがないからわからないけどね、ソリマチさんがどの程度アメリカについて知ってるかわからないけどアメリカ合衆国で有名になるのは大変だよ、広いし、人種や宗教や言葉もいろいろあるし、今だったらアフリカとかアジアとか中近東のマイノリティも大勢いるからその小さなマイノリティの世界で有名になるのはそれほど大変じゃない、でもアメリカ全体でスターになるのはすごいことなんだ、才能が必要なんだよ、この日本みたいにイージーじゃない、そして、別に有名じゃなくてもそういうオーラを出してる奴がいたらそいつの才能はハンパじゃないってことなんだよ、百人が百人オーラを感じるってことはそれはすごいことなんだ」

だから？　と反町は聞いた。作りたてのモカブレンドが目の前に置かれる。細い腰つきのウェイトレスがコーヒーと請求書を置いて遠ざかっていくのを目で追いながら、中山は続けた。

「だからあのウェイトレスのねえちゃんにはないものをジュンコさんははっきりと持ってるってことだ、あの人のオーラは本物だとオレは思う」

だから何なんだよ、と反町はコーヒーをブラックで飲みながら言った。

「才能があるのはジュンコさんで、ソリマチさん、あんたじゃないんだ」

そんなことわかってる、と反町はコーヒーを吐き出して叫びそうになった。中山はすずしい顔をして、右手を上げ、手のひらを反町の方に向けてなだめるように何度か振ってみせた。

「オレにもない、だがそれを認めるのは辛いことだよ、あんたを見てると認めていないような気がするんだ、うまく言えないが、おままごとみたいな感じがする、学園祭って言ったのはそういうことだ」

わかってる、と叫びそうになったが、「才能がない」とはっきり中山に言われて、反町は、コーヒーカップを持つ手が震えるのがわかった。天井の埋め込み型のライトを表面に映して揺れるコーヒーを見ながら、中山の言うことは正しい、と思った。自分が認める勇気がない時に他人から真実を指摘されると、動揺するものだ。動揺の度合が強ければ強いほどその指摘にはリアリティがある。反町は、全身から一気に力が抜けた。もう、お前は無力だ、という声は聞こえてこなくなった。自分の中で響くその声は単なるエクスキューズの信号にすぎなかった。自分の声だったのだ。自分で自分に、お前は無力だ、と言うことによって、他人から言われることを拒んでいただけだ。他人から言われなくても自分はそのことを知ってるんだよ、と自分をごまかしていただけなのだ。だが、不思議なことに反町はそれをすぐに受け入れて、自分自身でも気付かなかったのだが、微笑みを浮かべていた。動揺して、その後楽になったのだった。

その通りだよ、と反町は言った。

ジュンコと一緒にいるとすごく楽しくて、そんなことはないと言い聞かせてきたつもりだったが勘違いしていたようだ、才能のある人間と一緒にいて、しかもそいつのことを自分しか知らないって状況だと、自分にも才能があるって勘違いすることがあるんだよな、ナカヤマは正しいよ。

中山は表情を変えなかった。

「アメリカの話ばかりで悪いんだけどな、あっちじゃはっきりしてることがある、メジャーのでかい映画からチャイルド・ポルノまで、アメリカ人はものすごく映画が好きなんだ、そんなの当り前だ、みんな映画が好きで日本人も好きだってみんな思ってるかも知れないが違う、アメリカ人は、好きってよりも、映画が持ってるもんにはっきりと飢えてるんだ、二時間われを忘れて楽しむってことだけどね、それが、好きっていうのと、飢えるっていうのは、まったく違うんだよ、飢えてるから金も使うし、そのものすごく巨大な金を吸い上げるために映画を作る方も信じられないリスクを負うわけだ、で、ここが大切でノー天気な日本人にはなかなか死んでもわからねえところなんだが、映画のために、何かを捨てるんだ、捨てるってことがわかるかい？　ソリマチさん」

反町は首を振った。

「家屋敷を売るなんてこたあそんなもの序の口だ、自分の、余計なもの、つまり映画をつくる上で自分には不要なものを、全部捨てちまうんだよ、はっきり言うけどな、日本的な意味で幸福な奴なんかハリウッドだろうがニューヨークだろうがマイアミだろうが砂漠のチャイルド・ポルノだろうが、いねえんだよ、役者は役者として必要なもの以外は捨てるし、プロデューサーはプロデューサーとして必要なもの以外は捨てるんだ、それもハンパじゃなくて本当に捨てる、だから誰も幸福そうな顔をしてなくて、ひどく寂しそうな顔をしてるんだ、大切なことはね、全員が、あることを知っているということなんだよ、難しいことなんかじゃない、すべてが手に入るわけじゃないってことをみんなが知ってるってことなんだ、こういうことを言ってもわかって貰えねえだろうなあ、どうだ、ソリマチさん」

反町は首を振る。中山の話に何か言葉で反応しようと思うのだができない。いやわからない、とか、なるほど、とかそういう簡単な応答ができない。言葉が喉に引っ掛かっている感じがする。言葉を押し出す力がなくなっているのだ。そういう自分の状態が、中山の言う「何かを捨てる」ということと関係しているような気がする。

「チャイルド・ポルノをやってる連中だって同じだよ、全員がギャングなわけじゃない、リッチみたいにちゃんとしてた奴が落ちてくることだってあるんだ、プロレスラーみたいな奴のコックが、筋肉弛緩剤を注射された少年のケツの穴にめり込んでいくのを初めて見る時はショックなもんだよ、何回か、何十回か見てるうちに慣れていくんだけど、何も感じなくなるわけじゃなくてそういう時って何かを捨てるんだってことが後になってわかるんだ、そりゃたぶん良心なんてもんじゃねえな、良心ったってよくわかんねえもんな、何か具体的なものを失くしてるんだよ、子供の頃、キャッチボールとかやってて、よくボール失くさなかったか？　草むらとかでさ、ボールは貴重だったから必死で捜すんだけど日が暮れて見えなくなってあきらめる瞬間があるじゃないか、マフラーとか手袋とかオフクロとかアネキに編んで貰ったやつをどこかに落として失くしたことに気付く瞬間とかね、そういうのに似てるんだよな、グレンって奴がいてね、グレンは一時期ホームレスになってたって奴だった、からだも大きくてがっしりした奴だったよ、ホームレスになるのを受け入れる瞬間のことを話してくれたことがあって、それは離婚だったそうだ、広告代理店で営業企画をやってたらしいんだが、ある日、不況で突然クビになった、ミスをしたわけじゃないのにクビ、どこにでもある話だよ、女房も保険会社で働いていて、グレンがクビになったことを知ると、家のローンをどうするつもりだ、と言ったそうだ、けっこういい家に住んでたらしいんだな、二人で共稼ぎをして払える額のローンを組んだわけだからロス郊外じゃかなりいい家だと思うよ、グレンは職捜しを始めたがローンを半分払えるほどの仕事がすぐに見つかるはずもないだろ？　三ヵ月ほど経って離婚されちまうんだ、理由はグレンが結婚の時に約束したローンの半分を払えなくなったからで、愛情というものはそういうものなんだ、と女房は言ったらしい。日本だとひどい女冷たい女ってことになるんだろうが、そんなことは当り前のことだよ、当り前のことというのは、グレンの女房による愛情の定義を言ってるんだけどね、正しいんだよ、愛情というのは家のローンを半分払うこと、そう決めたんだからそれはまったく正しいのさ、その女房の決定が正しいからグレンはひどい喪失感を味わうんだ、そのひどい気分、プライドが崩壊したような感じを受け入れることができない、それで家は売られてしまって、ホテル暮らしを始める、職捜しがうまくいくわけがない、二、三ヵ月もすると金はまったくなくなってホテルのランクは最低になっている、金ってやつは入って来なくて出ていくだけだったら意外と早くなくなるもんなんだな、そしてその日がやってくる、ホテルに戻ってみると荷物が廊下に出されていて、立ち退きを要求されるわけだよ、それでホテルから一歩街へ出る、もうグレンはホームレスなんだ、安い酒を買って似たような連中がいるエリアに行って、酒を飲んでその連中の横に腰を下ろす、その時の気分をグレンはよく憶えてたよ、何かが、自分のからだから出ていくのが見えたそうだ、自分が何かを捨てたんだってことが身に染みてわかったって言ってた、グレンはリッチと仲が良くて、それでグレンがある時、狂ったんだ。狂ってる奴っていうのは大勢いてその種類もいろいろある、グレンって奴はホームレスになってからだを壊して市がやってる病院に入って、そこでチャイルド・ポルノの連中と知り合って、オレ達のキャンプへ来た、他の奴らと同じように、リッチの傍に寄るようになって、リッチもドラッグで一度地獄を見た人間だから、そういう人間同士っていうのは会った瞬間にわかるからね、よく一緒にメシとか食ってたよ、メシっていってもデリヴァリーのピザとか、せいぜいチャイニーズのチャーハンとかヤキソバだけどな、そういうジャンクフードばかりだと、みんなイライラしてくるから、一週間に一度か、二度、割合きちんとしたケータリング・サービスがくることがあった、スパゲティとミートボールソースと、サラダとポテトとチキンみたいな安手のケータリングだけど、それでもみんなけっこう喜ぶんだよ、そういうケータリング・サービスの夜だった、砂漠の真ん中の撮影キャンプにでっかい焚火がつくられてさ、砂漠の夕陽を見たことあるかい？　何にもまわりにないところに太陽が沈んでいくと、一瞬空気はいくつもの色の層に分かれるんだ、名前は忘れたけど有名なカクテルみたいにね、それから色の層の境界が崩れ始めて、地平線近くは白色に輝いているのに空の中央は濃い紫色って風に、信じられないグラデーションができる、妙な精神状態になるもんだよ、自分が溶けて空気と混じり合ってしまうような変な気分だけどね、自分がなくなっていく感じかな、で、ケータリングも来て、その夕方はかなり盛り上がった、いくらチャイルド・ポルノっていったって、そういう少しばかし楽しい夜もあるんだよ、グレンがうたい始めたんだ、まだ夜の撮影が残っていて、ビールなんか誰も飲んでなくて、確かに楽しい雰囲気だったけど、歌が始まるような感じじゃなかった、つまり、パーティなんかじゃなかったんだ、だからグレンがうたい始めた時には奇妙なムードになったけど、それが『アンチェインド・メロディ』という昔懐かしいほのぼのとしてくる歌だったこともあって、グレンの奴、楽しいんだな、とみんな思って、笑顔でその歌を聞いていたんだよ、グレンは焚火に照らされて顔がオレンジ色に上気して見えて、オレはいやな予感がしたんだけどね、うまく言えないんだけど、顔がね、こう、恥ずかしくてしょうがないって、いやあな表情になってたんだ、グレンは歌を止めなかったんだよ、『アンチェインド・メロディ』を、何回もうたい続けた、おいグレン、もういいよ、もう止めろよ、そりゃ確かにいい歌だけどさすがに四回も続けて聞くのはつらいよ、そういうことを言ってみんな止めさせようとした、だがグレンはうたい続けた、仕舞には怒り出す奴も出てさ、グレンの肩を叩いて止めさせようとするんだけど、すでにグレンには誰の声も聞こえなくなっていたんだよ、何も見えなくなっていた、そのうちその歌声が何かの呪いみたいに聞こえだして、グレンも顔中にびっしょり汗を掻いていて、顔が溶けてるみたいだったよ、チープなホラー映画みたいにさ、リッチが肩を抱いてヴァンの方に連れて行って、車の中に閉じ込めた、それはフィルムや照明機材を積む窓のない頑丈なヴァンで、グレンはその中で暴れたが、疲れるまで放置するべきだとリッチが言ってみんなその通りにした、リッチが、グレンのことを説明してくれた、それは簡単に言うと、絶望しきっている時にはっきりとした幸福が忍び寄ることは本当に危険だ、ということだった、何かを捨てるのは本当に難しい、とリッチは誰に向かって言うともなく呟くように、焚火の燃えかすをブーツで蹴りながら、まるで独り言みたいに喋ってたな、何かがからだから抜けていくのと、自分の意志ではっきりと捨てるのとは違うという話だった、グレンは勘違いしていたんだと思う、とリッチは言った、ホームレスになってからだを壊してそこから回復してこんなチャイルド・ポルノの現場にいて、何かを捨てた気になってただけだってね、何かをはっきりと捨てるのは本当は大変なことで非常に難しいってね、腕や脚を無くす人間は失ってすでにない腕や脚の皮膚が痒くなってくることがある、でも自分で切り落とした奴はそれがない、みたいなことを言ってたな、ソリマチさん、オレが言ってることはこの日本じゃ理解するのがとても難しいことだ、この国じゃたとえば映画のために何かを捨てるというと、それが家庭とか幸福を捨てるみたいな奴だというイメージを持ってしまう、この国には家庭の幸福というのは最初からあるもんで、戦って手に入れるもんじゃない、だからそれは捨てることさえできないもんなんだ、この国ではただ何かをボンヤリと失うだけなんだ、グレンみたいな奴ばっかりなんだよ、ただ何かをはっきりと捨てきった奴はいて、そいつらは、捨てた、なんて暗いイメージとは無縁に何かを手に入れているような気はするんだ、オレが何を言いたいか、わかるかい？」

わかる、と反町は言った。わかったからもう止めてくれ……

ジュンコは深夜の一時に、コンビニの袋からイチゴヨーグルトとヤキソバ・サンドイッチを取り出しながら現われた。いつものことだがジュンコが姿を見せる時は、静かな住宅街に十二トントラックの地鳴りのような音が響く。

「コ・ン・バ・ン・ハ」

靴が新しくなっている。テニスやジョギング用ではない、ヘビー・デューティのスニーカーだが、黄色とピンクに可愛らしく塗り分けられている。スニーカーの脱ぎ方が、昔に比べるとより自然になった。ただいま、と言いながら、自分の家に上がり込むような感じだ。反町は、カプチーノをつくってやった。袖をまくった白いシャツと、足にぴったりと貼り付くようにフィットしたブルージーン。一度だけジュンコの肌を見たことがある、と反町は思い出す。あの時は、CD-ROMのヌードの話をしたんだった。議論の末に、ジュンコは裸を見せた。今回は、仕事の話じゃない。得体の知れない老人とロールプレイをしてくれ、反町はジュンコにそう言わなくてはいけない。CD-ROMの時、ジュンコは、そう思ってるんなら命令してくれ、と言った。いろいろとエクスキューズしないで命令してくれ……だが、どう考えても反町は命令できる立場にはない。ジュンコは、反町のリビングルームに慣れ親しんだ様子で、時々反町に目をやりながら、ヤキソバ・サンドイッチを食べ始めている。何か特別な話があるとジュンコにはもう既にわかっているようだ。

「映画のための資金がないんだ」

反町は、湯気の立つカプチーノを手渡しながらそう言った。ジュンコは、うん、と返事をしてカプチーノを一口飲む。おいしい、こんなカプチーノどこにもないよ、ソリマチさん……

「資金を集めるために、ある人間と、かなりの老人らしいんだが、ロールプレイをして欲しいんだ」

「何回？」

ジュンコが、反町の話を強引に遮るように、だが静かに、聞いた。

「一回だけ、いや、二回ぐらいかな、あとはオレの車を売れば」

「二回、ぐらいってどういうこと？　ぐらいって」

ジュンコはヤキソバ・サンドイッチを食べるのを止めている。

「その人は、気に入れば、百万とか二百万とかそういう額でギャラをくれるそうだ」

「その人って？」

「だから客だよ」

「どんな人？」

「金持ちの老人だ」

「そんなのわかってるよ、どこの、何て人なの？」

「それはわからない」

「わたしは、何の役なの？　看護婦？　その人の孫？　会社の秘書？」

「わからない」

「いいよ」

　そう言ってジュンコは反町から視線を外し、またサンドイッチの残りを食べ始めた。え？と反町は聞き返した。

「だから、やるよ」

　ジュンコは反町の方を見ずに答える。どこか様子が変になったり、それまでと違うところは感じられない。だが、反町は部屋の空気が全部変わってしまったような気がした。ジュンコから試されている。だが、そのテストにどう答えればいいのかわからない。第一、どういうテストなのかさえ不明だ。だが、ジュンコは試している。反町が間違えると、何かが確実に終わる。ジュンコは、自分の中にあるもっとも大切なものと、反町のそれとをはっきりさせたいのだろう、と反町は考えた。自分が映画というものをどれくらい大切に考えているのかジュンコ自身もわかっていない。本当のところは反町にだって、わからない。それは、実際に作り終えてから初めてわかるものだろう。ある何かが自分にとってどれほど大切か、それはやってみないとわからない。それもたった一度ではわからないかも知れない。そういうことをジュンコに伝えなくてはいけないが、いったいどうやって伝えればいいのだろう……反町は何か喋ろうとして、ジュンコの表情に気付き、口を閉じた。どこからか、「直感」が命じる声が聞こえてきた。何も話しかけるな、彼女が何か言うのを待て、彼女が何も言わずに帰るようだったら、見送れ……ジュンコは、あらゆるエクスキューズと質問を拒否する表情をしていた。それは、奇妙な信号、波のようなものとして反町に瞬時に伝わった。

「何で、黙ってるの？」

サンドイッチを食べ終わったジュンコがそう聞く。

「理由があって黙ってるわけじゃないよ」

なるべくニュートラルな言い方になるように努力して、反町はそう言った。

ジュンコはソファで足を組んでカプチーノのカップを両手で抱えるように持って、言った。

「本を読んだよ」

「どんな本？」

反町は、ジュンコから目をそらさないようにした。

「昔の、有名な映画俳優の本」

「何て俳優？」

「マーロン・ブランド、知ってる？」

「知ってるよ」

「その人の、『欲望という名の電車』って映画観た？」

「観てると思う」

「ビデオ屋で捜したんだけど、なかったんだ、『波止場』ってのは？」

「観てると思う」

「わたし、何にも観ていないんだけど、その人の言ってることはみんな好きだったな」

「どんなことを言ってるんだ？」

「最初の演劇で大成功するんだけど、マーロン・ブランドは、ずっと小さい頃から他人を観察してきたって、それが演技の訓練だったって、そう言ってるの、わたしは正しいと思うな、それで彼はたくさんの女と寝るの、とても神秘的な話もあって、ある日マーロン・ブランドが自分のアパートメントに戻ってくると、女が待っていて、彼に、足を洗わせてって頼むの、何かエッチだよね、マーロン・ブランドのことをキリストのように思ってる女だったのよ、そういうプライベートなエピソードもたくさんある、わたしはうらやましいなって思ったな」

「うらやましい？」

「うん、マーロン・ブランドが若くして映画俳優として大成功したからうらやましいってわけじゃないんだよ、彼はね、映画を続けながら、人種差別とも戦うの、インディアンのために資金を援助したり、実際にインディアンが銃をとって戦っている場所に出向いていったりするんだよ、タヒチに島を買って飛行場を造って、台風が来て島がやられてその復旧作業をしたりするの、どこがうらやましいか、ソリマチさんわかる?」

反町は首を横に振った。

「マーロン・ブランドはいろんなことをやっていて、演技とか映画とかは自分の人生のほんの一部分だって言ってる、大したことじゃないって言い方もしてて、それが嘘っぽくない、でもうらやましいのはね、そういうことを、つまりインディアンのためにね、戦うってことを素直にすぐやるんだよ、彼はいろいろな本を読む、すると、今アメリカに住んでいる、主に白人達が、インディアンの土地を奪ってインディアンを追い出して土地を勝手に自分のものにしたってことがわかるよね、そんなことわたしにだってわかるよ、教科書に書いてあるわけじゃない? もともとはインディアンが住んでたわけでしょう? マーロン・ブランドはそのことにものすごく自然に怒りを表わすの、わたしがうらやましいのはそこだよ、おかしい、変だ、そういうのは許せない、そうやって実際に行動に移していくの、タヒチの島を買った時でも、映画の撮影でタヒチに行って、そのあたりの景色や雰囲気や人々が好きになったって言って、すぐに、島を、買っちゃうんだよ、まるで……」

「まるで?」

「子供みたいだよね、そう思わない?」

「そうだな」

「ああいう風に、マーロン・ブランドみたいに生きてない自分にすごく腹が立った、マーロン・ブランドは特別なんだろうかって考えたよ、なぜ自分はマーロン・ブランドみたいに子供のような欲求を持って、それをすぐに実現させながら生きてないんだろうって、考えたんだよ」

反町は、ジュンコをじっと見ている。ジュンコは、一瞬、話すのを止めた。カプチーノのカップを眺めて、残りを飲み干す。

それで、わかったの、反町は、聞いた。

「わかった」

ジュンコはうなずいている。

「ソリマチさんはわかる？」

反町は首を振る。

「いや、わからないな、最初からあきらめてるのかも知れないな」

「なぜあきらめてるの？」

「ね、なぜ、あきらめてるの？」

ジュンコはまるで怒っているようだ。

「とてもそんなことは自分にはできないと思うからだよな、島を買うなんてさ、マーロン・ブランドみたいに才能なんてないし、ただどこであきらめているのかな、小さい頃からずっと少しずつあきらめてきたのかな」

「島が欲しい、と思ったとするよね、あるいはインディアンを助けたい、と思ったとします、さて問題、それを実現するためにもっともエネルギーとなるのは何でしょう？　じゃあ、聞き方を変えるけど、人間が本当に必死でがんばる時ってどんな時でしょう？」

「必死、か」

「必死って、必ず死ぬって書くんだよ、死ぬ気でがんばるってよく言うけどわたしはそれは違うと思う、いい？　もし、島を買うことができない時は、それは自分にとって死と同じだと思うことなんだよ、もっと言っちゃえば、島を買いたいと思った時に、島を買おうとしない自分をものすごく憎むってことだよ、そんな自分は絶対に許せないって強く思うことじゃないかな、死ぬ気でがんばるっていうのはイージーだと思うな、がんばってできなかったら死んでごめんなさいすればいいんだもん、何かを実現させたくて、それで実現できない自分を絶対に許せないっていう風に考えると、死んだりできないよ」

その通りだ、と反町は言った。

「死ぬ気でがんばろうなんて考えないで、まずできることは何だろうと、そう考えると思うんじゃないかな、わたしは出会ってからの、今までのソリマチさんのことを考えてみたんだ、ソリマチさんはそうしてるよ、そうしてると思った」

オレが、どうしてるって？

「できることをね、真剣に考えてると思う、わたしは女優をやってみたい、一度でいいからとか、夢なんですとか、何かがあるような気がするからとかじゃなくて、女優になること、それを実現できない自分を絶対に許せないって感じで、やってみたい、そういう風に生きないとだめだってわかった、そういう風に生きなくても何とかなるってムードをはっきりと憎まないと……。そういうことがわかったの、わたしが何を言ってるか、わかる?」

わかる、と反町は答えた。ジュンコは非常にわかりやすい正確な言い方をした。何かをやりたいという欲望を肯定する、それを実現できない、または実現しようとしない自分を絶対に許さない、実現のために、今できることは何かを考える、そしてそれをすぐにやり始める……

「具体的にわたしはどうすればいいのさ」

ジュンコはヤキソバ・サンドイッチをすべて食べ、カプチーノを全部飲んだ。

「まずオレが相手に会ってみるよ、どんな人なのか、どういう条件なのか、本人がでてくるかどうかわからないけど、とにかくオレが会う」

ジュンコはうなずいて、じゃあ、と右手を上げ、滑らかな動きでトレッキングシューズを履き、反町の方を振り返ることなく玄関を出て行った。

次の日の午後、中山に電話した。ジュンコが承諾した、と伝えると、中山は、それはよかった、とニュートラルな声で言った。興奮するわけでも喜ぶわけでも逆に沈んだ感じになるわけでもなく、中山は普通だった。チャイルド・ポルノの現場にいた奴なんだ、と反町は思った。十歳そこそこの少女がプロレスラーのような男に犯されるのを見続けると感覚が麻痺してくる、と中山は言ったことがある。これからもこうやって物事は進んでいくのだろうと反町は思った。

「早速、永田町の友人に連絡をとってみるよ」

だが中山は不思議だ。今までの知り合いの誰よりも言いたいことをストレートに言える。

「その友人のことをもう少し詳しく教えて貰えるかな？」

「どんなに詳しく喋ってもそいつのことはわからないよ、誰も読んでないタブロイド新聞を発行していて、年は五十代の終わりだろう、六十代かもしれない」

「なるほど、実質的な仕事は新聞じゃないんだな？」

「当り前だ、政治家と、その周囲のダーティな連中とのパイプ役をずっと何十年とやってきた奴だからな」

ダーティな連中、と聞いて反町は覚醒剤などを使って女を監禁し犯し続けるところをビデオに撮るような男達を想像した。それにしても、中山はどうしてそんな奴らを知っているのだろうか。

「そのじいさんとは歌舞伎町にあるビデオ・ショップで知り合ったんだ、もちろん普通のレンタル・ビデオ屋じゃないよ、非合法のビデオの情報が集まる店なんだ、オレはアメリカのチャイルド・ポルノのプロデューサーに教えて貰ったんだ、仕事が少々やばくなってきて、日本に戻りたいから残りの未払いのギャラをくれと言ったら、そいつは、今はキャッシュがないからってポルノビデオの現物で払いやがって、こんなもの貰っても日本じゃ売れないと言ったら、そのビデオ・ショップを教えてくれたんだよ、まったくアメリカ人の方がよく知ってるんだからイヤになるよ、そこに電話したが何のことを言ってるのかわからないと言われて、当り前だ、電話じゃ危くて話せないよな。出かけて行ったよ新宿まで、チャイルドものは日本じゃほんの一部にしか人気がなかった、イラン人が公開処刑のビデオを売りに来てたな、オレは二本売って三万円貰ったよ、そしたら二、三日した後でそのじいさんからオレのところに電話があったんだ、ビデオ・ショップから聞いてたんだな、あんたアメリカ帰りかってじいさん独特のアクセントで言うんだよ、入れ歯がうまくフィットしてないみたいな声でさ、空気の悪い環境で、まずいものばかり食って煙草もたくさん吸って、他人を陥れたり力のある奴にペコペコへつらったりして生きてきたんだなってすぐわかるような下卑た話し方だった、いるだろ？　そこら中にうようよしてる奴の、典型っていうか、わかりやすいタイプだよな、あんたロールプレイのビデオは持ってないのか？　って聞かれて、持ってないと答えたんだがとりあえず会いたいとかなりしつこくてさ、赤坂のホテルのロビーで会ったんだ、会ったとたんに、わたしはヤクザじゃないがあんたはヤクザじゃないだろうなってそればかり心配してたよ。ヤクザが扱うダーティな部分っていうか、まあたとえばクスリとか、ギャンブルとか、女もいるんだろうがそのじいさんは恐がってたね、オレはヤクザじゃないと言った、ロールプレイのビデオはないと言うと、本場のロールプレイのビデオを入手してくれないかと言われた、オレはそんなことは専門じゃないと言った、女に知り合いはいないのかとじいさんはしつこかった、七十を超えた政治家や企業家にロールプレイが流行ってるらしいんだ、別にオレが聞きもしないのに、じいさんは自分の戦後史を話しだしちまってさ、初めは芸者が中心でね、その後は銀座のホステスでね、SMは強力に人気があって、ただ若い代議士はあんまり遊ばないとかいろいろ全然つまんねえ話を長々と聞いちまったよ、芸者もホステスもSMも女子大生やタレントもこの世界じゃ伝統的な商品であり続けてるらしいんだが、とにかく今はロールプレイだとじいさんは強調して、すごい女がいれば紹介してくれと何度も言ったな、はっきり言うけど、冗談抜きですごい金になるって、ホテルのロビーなのにでっかい声で言うんだぜ」

どういう人間がジュンコを「買う」のかは教えて貰えるのだろうか。

「そいつはどうかな、政治家の秘密を守るためにそのじいさんは存在しているわけだからな」

だがオレはジュンコの「安全」を確保しなくてはならない。

「そりゃそうだ、電話した後で、じいさんに会うことになると思うんだ、そしたら、ソリマチさんも同席するってオレが電話で言うよ、でも、ジュンコさん、よく承知したな」

「オレも少し驚いたよ」

「ソリマチさんのこと信頼してるんだな」

信頼だけではないだろう、と反町は感じていた。ジュンコはロールプレイってやつが嫌いではないのだ。ジュンコは、演技することに、それも相手から強く望まれて演技することに飢えている。

「ソリマチさん」

中山が少し笑いながら言った。

「ソリマチさんも、自分がヤクザじゃないって証明しなくちゃいけないんだぜ」

そんなことどうやって証明できるのだろう。

「そうなんだ、考えてみると、自分がヤクザでないことを証明する方法なんてないんだ、まさか踏み絵をするわけにもいかないしな、大丈夫だよ、そのじいさんは顔を見ればわかると言ってた、わかりっこないのにな、どちらかと言えばオレもソリマチさんも雰囲気は銀行員よりヤクザだよな、変な国だよ考えてみれば、アメリカだとドイツ系とかアイルランド系とか黒人のマフィアっていないからすぐわかるんだけどさ」

三日後、反町は中山と一緒に赤坂のホテルに出向いた。二人はまだ手放していないメルセデスで高速の渋滞を計算して少し早目に出かけた。反町はスーツを久し振りに着た。明るい灰色のチェルッティのスーツとタイ。中山はコーデュロイのパンツとジーンズのジャケットを着ている。アメリカに長く居た時の習慣なのだろう、メルセデスに乗り込むとすぐにシートベルトを締めた。

渋滞はそれほどではなくホテルには約束の四十分前に着いた。「じいさん」はシミズという名前だった。シミズの指定は有名な超高層ホテルではなく、その一本裏手の通りにある、地方から上京する公務員が泊まるような古いホテルだった。このホテルから歩いて数分のところにじいさんのオフィスはあるらしい、とパーキングで中山は言った。二つの超高層ホテルがすぐ目の前に見えるパーキングは七、八台分の駐車スペースしかなく、停まっているのは地味な色の国産車ばかりだった。

ホテルのロビーは天井が低く、全体が暗い灰褐色で、ラウンジのようなものはなく、「シャンゼリゼ」という今時信じ難い名前の喫茶店があった。「シャンゼリゼ」はホテルの直営ではなく、一般の喫茶店で表の通りからも直接出入りできるようになっていた。各テーブルの間隔が狭く、半分枯れかかったような観葉植物が採光の悪い窓際にいくつか置いてある。地方から上京したサラリーマンや公務員らしい客がほとんどで、携帯電話を使っている者が何人もいて非常に騒々しかった。メニューによるとブレンド・コーヒーが四百円である。CD-ROMの撮影で行った西新宿の超高層ホテルのラウンジではウインナー・コーヒーが千二百円だった。

この女はどうして不特定多数の人に自分の顔を晒す職業をわざわざ選んだのだろう、というようなウェイトレスが、反町と中山にコーヒーを運んで来た時、表の通りから小柄な老人が現われて会釈をした。いいかソリマチさん、と中山が言った。

「いいかソリマチさん、あんたは新進のプロデューサーということになってるんだからな、忘れないでくれよ」

「どうも、シミズと申します」

ていねいな言葉遣いの割には尊大な態度だった。椅子の背に腕をかけ、からだをもたれさせて、シミズはヴァージニアスリムのメンソールにダンヒルのライターで火をつけ、名刺は出さなかった。少々くたびれてはいるがオーダーメイドの濃紺のスーツを着ている。中山が反町を紹介した。

「うん、話は早い方がいいですね、ちょっと会議を抜けてきたもので」

ミルクティを頼んで、シミズはそう言った。話の主導権を握りたいというのがよくわかる口調と態度だった。相手がどうであれ商取引きでは希少な良い商品を持つ方が主導権をとる、反町はそう考えた。ジュンコの写真を二枚用意した。スザキという小説家に会った直後に、昔よく使ったスタジオで知り合いのカメラマンに頼んで撮ったものだ。ジュンコはからだにぴったりフィットした黒の革のミニのドレスと、ふわりとした白のブラウスと赤いウール地のパンツという対照的なスタイルで、それぞれの服に合わせてヘアやメイクを変えて写っている。

「ナカヤマ君の話によると、ソリマチさんは大変魅力的な女性を知っておられるそうですが、彼女はあれですか、早い話、プロの女性なんですか？」

シミズは音を立ててミルクティを飲む。スーツの襟元に社名を象った金色のバッジを付けている。情けない容姿の老人だが油断してはだめだ、と中山が何度も言った。

「女優としてまだデビューしているわけではありませんが、かなり大きな仕事の引き合いはきています」

反町はまわりの携帯電話の声に負けないように、なるべく無表情を崩さずそう言った。

シミズは鼻で笑った。一度怒らせてみようというつもりだな、と反町は思った。

「大きな仕事ねえ」

「今、日本のメジャーな興行会社がアメリカでずっと十数本も映画を撮り続けているのを御存知ですか？」

「それより、あんたはプロデューサーということだが名刺持ってないのか」

シミズは少し苛立ったようにふいに口調を変えた。反町はそれを訝しがるように中山と顔を見合わせ、しょうがないな、というように財布から昔の名刺を出してシミズに渡した。名刺には『グレインズ・プロモート取締役社長』と反町の昔の肩書きがあり、労働省の認可番号も刷り込まれている。保存状態が良いものを見つけるのに反町は苦労した。

「実はそれは昔の名刺で、その女優を見つけたので今は別会社をつくっている途中です」

まるっきりの嘘ではないので反町は堂々とした態度を保つことができた。会社にシミズが電話しても、社員が話を合わせてくれるように手配済みだ。ジュンコの「安全」のためには、シミズにこちらを安く見られることがあってはならない。

「アメリカでどうしたって？」

反町の名刺を掌で転がしながらシミズは言った。

「アメリカの監督やスタッフ、共演者もアメリカ人の俳優で、ハリウッドのメジャーじゃありませんが、インディペンデントの連中と組んで映画をつくってるところがあるんです」

「横文字をあまり使わないでくれ、その会社はどこだ、松竹には知り合いがいるぞ、東宝にもだ」

「東映ビデオという会社ですよ、きちんとした立派な会社です」

「それがどうしたというんだ」

「そこのプロデューサーから引き合いがあるんです、わたしの抱えてる女優はタッパもかなりあるもんでね、そのビデオ映画に主演させたいらしくてあまりCFとか日本のバラエティのテレビとかには出してくれるなと言われてるんです、わたしとしても大事に育てていくつもりなんですよ」

「それはわかった、じゃあどうしてナカヤマ君の話に乗ろうとしてるわけなのかな？」

きたな、と反町は思った。将来性のある有望な女優の卵がどうしてロールプレイでアルバイトする必要がある、というわけだ。

「彼女がね、好きなんです」

シミズがかなり長く残っているヴァージニアスリムを揉み消し、すぐに新しく一本とりだしてくわえ、火をつけた。

「好き？」

「ロールプレイってわけじゃなくてもね、何て言うんですか、キザに言うと誰かの役に立つっていうか、演技で、演技でですよ、それもかなりシリアスな、真剣な状況で、演技をして、遊ぶのが好きなんですよ、だからといって、その辺の風俗の女と一緒にされるとこちらも困りますけどね、これは差し上げるわけにはいきませんが、彼女です」

反町はジュンコの写真が入っている封筒をシミズに渡した。シミズは写真を見て、驚きを隠そうとしたが隠せなかった。息を呑み、顔色が変わった。

『ホワイト・バード』イッツ・ア・ビューティフル・デイ

ウーン、とか、フー、とか、くぐもった音節の、意味にならない声を出して、シミズは写真から目を離さなかった。ジュンコの魅力を認めてしまうと、商談を有利に進めるのが難しくなる、とシミズはよくわかっている。だから、別に大したことはない、という表情をしようと努力しているのだが、それができていない。実物のジュンコに会ったらきっと飛び上がるだろうな、と反町は思った。

反町は、優位に立ったのを感じて、相手が喋りだすのを待った。商談では、立場が弱い方が話し出さなくてはいけないのだ。

だが、シミズはなかなか話し出さなかった。

「ウーン、この人か」

やっと、それだけ言って、再び写真を眺める。

「名前は何と言いましたっけ？」

最初に会った時の言葉遣いに戻っている。

「あ、ジュンコといいます、もちろん本名じゃありません」

「少し、わからないんだが」

シミズはそう言って、歯切れ悪く言葉を切る。あまり露骨に放っておいても逆効果だろう、反町はそう思い、何でしょう、と柔らかな声を出した。

「この人が、ロールプレイが好きってことなんだが、それがどうも」

「わからない？」

「ああ、ウーン、何と言うか今までわたしが接してきた女とは、ね」

「違いますか？」

「ちょっとね」

そう言って、シミズはまた黙った。中山が反町の腿のあたりをシミズには見えないように指で突ついた。少し助けてやらないと逆に不信感を持つかもしれないぞ、という意味だろう。

「変わった子なんですよ」

と、苦笑いを見せながら、ひとり言のように反町は言った。

「写真を見ておわかりだと思うんですけど、まあ、下品な言葉を使えば、すごいタマなんです、これが、なかなか思い通りにはいかないんですよ」

興味深そうに、シミズが反町を見ている。

「選びさえしなきゃ、仕事はいくらでもあるんです、シミズさんも御理解いただけると思うんですが、普通に可愛いとか普通にきれいっていうのは、今は掃いて捨てるほどいるんですよ」

「なるほどね、そういうものかねえ」

「テレビとか雑誌とか見て下さいよ、わけのわからない女がたくさんいて肩書きはみんな女優なんですよ、仕事が妙な具合で増えてるのも確かなんですけどね、アダルト・ビデオからレポーターまで、総体的に、見栄えのいい女の子の仕事は圧倒的に増えてるんです、でも、現実に、女優という人種の絶対数は変わるわけがないんです、そうするとね、逆に、何十万人に一人、何十年に一人という逸材が、芸能界に意識が向かないって状況が発生してしまうんです」

シミズはジュンコの写真をテーブルの上を滑らせるようにして反町に返した。

「でも、その、ジュンコって子が本当にロールプレイをやるんですか？　あんたら、何か妙なことを企んでるんじゃないだろうね」

シミズは少し警戒してしまったようだ。

「どういうことですか？」

反町は、ジュンコの写真を封筒に入れ、それをジャケットの内ポケットに仕舞ってから、できるだけ穏やかな口調を保つようにして、そう聞いた。だが、シミズが何に対して警戒心を示しているのか、すぐに推測できた。要するにシミズは、ジュンコのような女がロールプレイなんかするわけがないと思っているのだ。

「大変な秘密をわたしはあんた方に明らかにするわけだから、妙なことを考えようと思えばできるわけだろ？　というよりだね、何かよくわからんものが今の写真の女にはあるんじゃないかな」

シミズはそう言ってまずそうにミルクティをすすり、頭を掻きながら視線を窓外の方へ外した。安手のアルミのサッシで固定され、埃と排気ガスで汚れている窓ガラスを通して超高層ホテルの壁面が見える。それはかなり離れているのに窓ガラスの全面を被っていて、圧迫感がある。超高層ホテルの壁面は、まるですべて金属でできているかのようににぶく光って、見ていると遠近感が狂う。彼方に建つホテルが異様に近く感じられる。「シャンゼリゼ」の中は蛍光電球の灯りで妙に白々としていて、煙草の煙が漂い、どこかの方言を交えた大声の会話と不自然なバカ笑いと携帯電話の音が充ちている。変な具合だな、と反町は思った。少し前だったら、今のこの喫茶店の中の喧噪を人間的だと思い、窓外の超高層ホテルの金属的な壁面を無機的で冷たいなどと感じたことだろう。目の前に存在感のない初老の男がいるせいかもしれないが、「シャンゼリゼ」の内部では現実感が希薄だ。誰もが、本当はどうでもいいことをリアルに見せようと演技をしているかのようだ。彼方の超高層ホテルの壁面の方がリアリティがある。すべての視界の中で、銀色に輝くその壁面だけが呼吸をしているような、そういう不思議なリアリティ。

「おっしゃってる意味がわかりにくいのですが」

反町がそう言うと、シミズは四本目のヴァージニアスリムに火を点けた。皺だらけのずんぐりした短い指が細く長い薄荷の煙草をはさむのは、ひどくこっけいだった。

「うん。わたしも今説明に困ってるところなんだけどね」

細く長い薄荷煙草を吸って、それがかっこいいとされた時代があったのだろうと反町は思った。そういう時代がとっくに終わっているということにシミズは気付いていないのだ。

要するに、と中山が口をはさんだ。

「要するに、シミズさんは、ジュンコさんほどいい女がなんでロールプレイをやるんだって疑ってるわけでしょ？」

中山は常にわかりやすい言い方をする。

「そういうのって、オレ達にしてもうれしい誤解っていうのかな、とりあえずは気に入って貰ったわけだから、ね、そうじゃないんすか？」

「単純に言えばそうだが、わたしは失敗が許されない立場におるもんだからね」

「わかりますよ、ソリマチさんだって同じでね、実は、わたしとソリマチさんは本当に奇妙な出会い方をしたんですよ、わたしの実家は神奈川の田舎でベンツ専門の中古車ショップをやってるんですが……」

中山は、アレンジを加えて、ジュンコが義姉の奇病を治してしまった話を紹介した。反町はベンツを売りに来たのではなく買いに来たことになっていて、映画を自分で作ろうとしていることはうまく伏せてあったが、その他はだいたい同じだった。シミズは、中山の顔をじっと見つめて話を聞いた。嘘なんかついたらすぐ見破ってやるからな、そういう顔だった。

「そうか、不思議な話だな」

聞き終えて、シミズは何度かうなずいた。顔の表情からは納得したのかどうかわからない。シミズの顔には基本的に表情がない。シミズが腹を抱えて笑っても本当におかしくてそうしてるのかどうか誰もきっとわからないだろう。

「で、さっきの、話をしてくれんかな」

シミズが反町の方を向いた。

「さっきの話って何です？」

反町は、自分達が商談において優位に立っているのか、シミズの警戒心によって商談そのものが危機に瀕しているのか、はっきりと判断がつかなかった。だが、シミズに余裕がないことだけは確かだと思った。シミズの顔には表情がないが、余裕も感じられない。シミズは、下卑た、物欲し気な顔をしている。

「東映ビデオって言ったか？　そこの社長は誰だい？」

「言ってもいいですが、意味ないでしょう、Ｖシネマが中心ですが、ビデオを中心とした商売ではいちばんのシニセでしょうね、もちろん、しっかりした会社です、まさかそういうのを疑ってるわけですか？」

「東映といえば、昔、ヤクザの映画をよく作っていたところだよな」

反町は笑った。

「なぜ笑うのかね？」

「すみません、あんまりバカバカしかったので」

「あんたがヤクザだとは思っとらんし、東映でも松竹でも東宝でも、本物のヤクザなんかがおったら商売なんか成立せんことも知っておる、芸能プロダクションにはヤクザらしき人がおるが、メジャーな人であれば逆に極めて礼儀正しいということも知ってるさ、ただ、わたしには失敗が許されんのだよ、わかるやろうが、許されんのだ、わたしが付き合っとる人々はみんな年寄りだが、俗っぽいことについてわがままで手に負えん、従ってわたしは知っとく必要があるのだ、さっき、横文字を使って何か言ってたでしょう、あのことをもう少し説明して貰えないかな、わかっときたいんですよ、わたしは、わかっておく必要があるのだ、信用してないのとわけが違う、そこは、これ、わかって欲しいんだ」

「わかってますよ、横文字って、東映ビデオがつくっているアメリカとの合作ビデオのことでしょうか？」

「そうだ、それだ」
「アメリカで映画をつくるのは大変なんです」
「ああ、そりゃそうだろう、そりゃそうだろう」
「日本で言えば、東宝や松竹や東映にあたるメジャーは日本人とは組みません」
「そりゃそうだろう」
「メジャーは大手ということです」
「大手、なるほど、大手だね」
「その下に、独立系のプロダクションがあります、これは金になるとわかれば日本とも組んでくれます、東映ビデオは、主に独立系の会社と上手に組んで、これまでに十数本のビデオ作品をつくっているんです」
「それは偉いな」
「ええ、偉いですよ、そんなことをやってるのは日本じゃそこだけです、しかも、続けてますからね、一本だけじゃなくて、続けるっていうのが難しいんです」
「そうだろう、そうだろう」
「そういう、世界のマーケットを、つまりですね、日本の観客だけじゃなくて、映画を世界中の人に観せるというのが、これからは大切になってくるんです」
「ああ、それはそうだろうな」

「で、その会社のプロデューサーが、ジュンコを使いたがっているんです、もちろん、最初から主演ってわけじゃないですよ」

「何という名前のプロデューサーか、教えて貰えんだろうか」

「電話でもして、確かめるんですか？」

「いや、そういうことはしませんよ」

「だったら意味ないじゃありませんか」

「だから、先生連中に説明せんとだめなんだよ、いや、いいです、名前を教えろなんてのは忘れて下さい、で、アメリカで仕事をすることになっとるわけだね？」

「そうです、ひょっとしたら世界的な女優になるかもしれないわけですからね、中途半端にテレビのレポーターとかね、雑誌で水着になったりね、できないわけです」

「そうだろうな、写真だけどね、あの写真はすごかった」

「すごい？」

「わたしは今の女優は知らんよ、名前を言われても写真を見ても誰が誰なのかさっぱりわからん、わたしが知ってると言えば、山口百恵とかせいぜいその辺までです、でもね、あのジュンコという人がすごいのはわかりますよ、だからね、わたしは知りたいわけです」

「わざと下品な言い方をしますが、ジュンコは商品になりますかね？」

そう言って、反町は自分を疑った。中山が意外な顔をして反町を見ている。会話の途中で、シミズは物欲し気な自分を少しずつ晒していった。そのことで反町はサディスティックな気分を味わった。欲情したブスな女が一枚ずつ衣服を脱いでいくのを見るような、殺伐とした、いやな気分のつきまとう興奮だった。

「そりゃあ、もう、あんな女はわたしは、これは初めてです、だから警戒しとるんだ、いいかね、正直言ってようわからんのだよ、商売女は要するに才能がない、大昔の、新橋の芸者にはびっくりするような女がおった、貧しかったからな、貧しい時分にはびっくりするような女が商売女のプロにいたりするものなんだ、しかしそれでもね、当時の、映画女優にはかなわないんです、芸者だってものすごい金がかかるが、映画女優は金だけじゃすまない、えらいことだ、昔の映画女優のそれも大部屋にいた連中だったら何人か知っとるが、そういう大部屋の女でもね、これは、わがままでね、きれいな着物だって持っとるしうまいものも食っとるのよ、芸者は映画女優には負けるんです」

「ひとつ、確認したいんです」

反町は、言っておくべきことを言う時がきた、と思った。

「ロールプレイってやつを詳しく知らないんですが、セックスの、本番はなしですよね？」

「まあね」

そう言って、シミズは顔を歪ませて笑いをつくった。

「ただ、あんたらは、老人がどれだけ浅ましいかを知らんだろうな」

「浅ましいんですか」

「わたしも老人だからその浅ましさがよくわかるんだ、先生方の中にもいろいろなのがいる、たいていはひどい、七十になって、それまでギラギラしておったのが、からだもあちこちガタがきて弱ってしまって、人間のからだなんていうものは、わたしが考えるに七十年も八十年も生きるようにはできておらんのだ、だから、ひっそりと生きている老人には苔むした岩とか、ひそやかに立つ老木とか、そういうたたずまいでいて欲しいのだが、誰も彼ももうすぐ死ぬとわかると焦りまくって故郷に銅像を建てて貰おうとする、みんな金はとりあえず持っているんだが自分の金で自分の銅像を建てるようなアホはさすがにいなくて、要するに誰かに、それも数が多ければ多いほどいいんだが不特定多数の誰かにほめられたいんだよ、からだが弱ってくると誰でもそういうふうになる、そうじゃないのもいる、とにかく好みの女とやりまくりたい、薬や針治療で無理矢理あれをビンビンにしても、とにかく女とやりまくりたい、というのもかなり多いよ、七十や八十にもなってやりまくるのが好きな男は正直言って救い難い、ろくな子供時代を送っていない奴か、極端に頭が悪い奴のどちらかだ、わたしが女の世話をするのは実はそういう奴ではないんだ、もっと別のタイプなんだよ、これはけっこうやっかいな連中で、故郷に銅像なんか建てて欲しいなんて思っちゃいない、何ていうのかな、ベートーベンとか聴いて、ドストエフスキーとかを読む奴なんだ、連中の浅ましさは質が違う、何ていうのかな、欲張りなんだ、それも動物的っていうか、まあ、連中ったって、そういう先生方は三、四人しかいないけどね」

「好みがうるさいんだろうか？」

と中山が聞いた。中山は反町と違って、神経に触る騒々しい喫茶店の中で態度を変えていない。反町は苛立っていて、シミズの話を半分しか聞いていないし、交渉そのものを面倒臭いと感じ集中力を失っている。チャイルド・ポルノの現場にいたくらいだから当然なのかもしれないが、こいつの忍耐力はすごいな、と反町は中山のことを思った。

「そういうことじゃないんだ、説明するのは難しいんだが、先生方は女を買う際のモノの道理をよく知っておられるんだ、アホじゃないわけです、そりゃ男だから同じ女ならきれいなほうがいいに決まっている、だが本当にきれいな女が単に金でからだを売るわけがないという点を完全に理解しているし、もっと肝要な点はあの連中は別に女に飢えているわけではないということだ、ロールプレイなんかしなくても充分に幸福なんだよ、ただ幸福だけじゃ満足できないからこういうわたしなんかに頼んで、少し変わったことができる女を世話させる、頭がいいし、若い時から勉強も仕事も、それに芸術とかスポーツといったことも、遊びも全部やってきた人たちなんだ、いつ会っても、これは何の不満もない人なんだな、と思うね」

「ロールプレイなんて具体的には知らないんだが、いったいどういうふうに遊ぶのかね？」

中山がそう聞く。

「いろいろだ、レベルの低い奴は自分が小さい頃男をつくって逃げていった母親の役をやらせたりするし、すけべな看護婦とかスチュワーデスとか、そのての制服が好きなのもいるが、さっきからわたしが喋っているような先生は、少し変わっている、母親の真似をしたり制服を着てヘラヘラ笑うだけじゃだめなんだ、詳しくは知らないよ、心理ゲームなんだ」

「その、先生にはオレたちは会えるのかな?」

「そりゃ勘弁してくれ」

「名前は?」

「それもだめだ、という建前だが」

「万が一、何かあったらどうするんだ、ソリマチさんにとってどれだけ大切な女かってことはわかっただろう?」

「わかっている、先生の素性は何とかそっと教えるよ、その代わり変なことはなしだ」

「変なことって?」

「その名前を週刊誌に売ったりすることだよ、間違いなくわたしもあんたらもこれだ」

シミズはそう言って指で喉を掻き切るジェスチャーをした。

「よくそういう話を聞くけど、いまオレはアメリカが長かったんでアメリカの事情は少し知ってるんだけどね、オレたちはそういうことをするメリットが何もないわけだけどさ、たとえば偉い政治家が変な女遊びをやってるとどこかの週刊誌にオレたちがチクるとしてね」

「冗談でもそんなことを言わんでくれ」

「参考までに言ってるだけだよ、それに本当にそんなことをしようとしている奴が実際に言うわけがないじゃないか、オレらの名前はたぶん匿名になるだろう、ジュンコさんにしても匿名だ、その週刊誌の中ではね、ただ雑誌のスタッフっていうか、編集の奴らはオレらの素性を知ってるわけだよね、シミズさんは殺されるっていうけどオレ達全員を殺したら誰が殺したか見当がついちまうんじゃないのかな、アメリカでマフィアの関わる事件の証人が殺されそうになって警備の刑事がつくって映画がよくあるけど、あれは昔の話でね、今、法の改正もあってそんなことしたら大変なことになるんだよ、さらに罪が重くなるような法律になったんだ、アメリカにはそれでも五百ドルのために人を殺す奴がうじゃうじゃしてるけど、日本じゃさすがにそんなことはないだろう？　外国人が増えてるから昔とは違ってるかもしれないけどアメリカほどじゃない、基本的なことを言うと、マスコミにチクったら殺されるっていうのはコロンビアとかボリビアとかペルーとか、そういう中南米の国の話じゃないの？　警察や法律が正常に機能していない第三世界の話じゃないのかね」

シミズはしばらく黙り、いったいこいつは何が狙いでこんな話をするのだろう、という表情で中山を見ている。会った当初に中山が同じような話をしたらシミズは怒って席を立ったかもしれない。中山はある結論を引き出そうとしているのだ、と反町は思った。

「そんなことはないよ」

細長い薄荷入りの煙草に慌ただしく火を点けながら、憂鬱そうにシミズは言った。

「そんなことはない、すぐには殺されることはなくてもいつか殺されるんだ、わたしが言うのはそういうことなんだ」

「こういうスキャンダルを週刊誌はどのくらいの値段で買うんだろう？　アメリカだったら新聞社や出版社が億単位の金を出すこともあるけどね、マーケットが違うわけだからね、まあ、数百万ってとこかな」

「いや、そんなには出ない、せいぜい百万だろう、数十万かもしれない、週刊誌としてもスキャンダルを買うための予算は持っていないからね、取材協力費とか原稿料という形で払うしかなくて、その額はたかが知れてる」

「詳しいな」

「過去にいたんだ、政財界の連中は明治の時代から特権的に遊んできたが、昔はそりゃ楽だったろう、連中は今も昔の感覚で遊びたがるが、最初にも言ったように商売女の質が変わってきてるから、リスクが大きくなってる、それはわたしみたいな中間のポン引きの苦労が大きくなるってことと、この国独特の、何ていうか、目に見えない絆っていうか、危うい感じの相互のもたれ合いで成立しているのだ、臭いものにはフタみたいな、相手は偉い人だから変な真似をすると後が恐いとか、十万もチップをやれば大丈夫だろうとか、そういう何の確証もない信頼関係の上に成立していて、ごくまれにだがまるで水洩れのように平気で週刊誌にネタを売る女が現われる、たいていは知能指数が六十もないのではないかというようなバカ女だが、三流週刊誌の記者とたまたま知り合いだったというような下らない理由で、あることないこと喋っちまうんだ、それなりの出版社から出ている週刊誌だったら、よほどのことがない限りそういう記事は載せない、政策面で大失敗した後の大臣とか、汚職で疑惑の渦中にある大物議員とか、既に弱味を見せている奴に対してしか中傷はしない、なじみのない人間のスキャンダルを取り上げても別に部数は伸びないんだよ、でも三流週刊誌は違って、ただかみつけばそれで何とかなるという調子で平気で中傷記事をつくる、ものすごく下らないことだ、だがわたしらみたいな中間職にするとそれは極めて面倒な事態なんだ、先生の名誉と面子が、とかそれだけじゃなくてね、結局、危うい感じの相互のもたれ合いの構造に亀裂が入ってしまうのだ、その亀裂はこの国でもっとも嫌われるもののひとつで、すぐにセメントで補修しなくてはならない、ああ、やっぱりああいうことをするといつか殺されるんだと他のバカな女たちを納得させなくてはいけないのだ、本当にムダなことだよ、ムダな手間だ」

話の間に、シミズは煙草を三本吸った。シミズの話を中山はうなずきながら聞いた。話しているうちにシミズは中山の真意に気付いたらしい。ルールを破ることがいかにバカバカしいことかを、お互いに理解している、そのことを両者は示し合ったのだ。

交渉は成立した。

「おじいさんなんだよね」

ジュンコがコンビニで買った卵ロールサンドを持って反町の家を訪ねた。例によって深夜だ。灰色の綿のスラックスとブルーのシャツ、それにニットのベスト。ソファに脚を投げ出して、いつものようにカプチーノを飲みながら少しずつサンドイッチを食べる。

「政治家だ」

「未知の人種だな」

「オレは一緒に行けないんだ」

「一人で大丈夫だよ」

「時間はとりあえず、六時間で、百万くれるそうだ、五、六回やったら何とか最低限の資金ができる」

「わたし、若い人でなくてよかったな」

ジュンコは無表情でサンドイッチを食べ無表情で話す。自分とジュンコとの関係性は以前と、つまり出会った頃と変化したのだろうか、と反町は考えている。一人の男と一人の女ということで言えば、ジュンコの裸を見たし唇と唇でキスをしたが、それらは意味がない。マーロン・ブランドにとってのタヒチの島、そういうものを二人で一緒に手に入れようとする過程で生じる関係性だ。この人がいなければ自分にとっていちばん大切なものが手に入らない、という感覚だ。

「おじいさんは、何て言うのかな、視線の受けとめ方からして枯れてるでしょ、でも政治家は違うのかな、わたし、頬ぺたとか、顔の肉の厚い人って苦手なんだ、そういう人よくいるでしょう？　頬ぺたを針で刺しても何も感じないんじゃないかっていう人」

「詳しいことはわからないけど、そういう人じゃないみたいだな、ずっと海外が長くて、学者のようなタイプらしいよ、外交官らしいんだ、本もたくさん出してる、本屋に二冊あったんで買ってきた」

反町は二冊の本をジュンコに渡した。

『欧州共同体における貨幣制度の変遷』という本は分厚く非常に専門的で、有名なフランス人政治家の序文が付いていた。もう一冊は、『ワインとセニョリータ』というエッセイ集で、ラテンの文化はキッスでわかる、という副題がある。エッセイ集のほうには著者の写真と略歴が載っていた。フランス総領事をはじめ、ベネルクス三国、ポルトガル、スペイン、イタリア大使代理を歴任、現在は外務省欧州研究会の名誉顧問、日欧貿易・関税調査委員会名誉理事、三光貿易会長、趣味はオペラ鑑賞とゴルフ、イタリアワインの権威としても有名……と書いてあり、痩せて、温和そうな笑顔で写真にうつっていた。名前は宮木佳之。年齢は生年月日から計算して七十五歳だ。

「面白い？」

二冊の本を示してジュンコがそう聞く。

「その分厚いほうは難しくて読んでないんだ、そっちのエッセイは、海外に長く住んだ人がよく書くタイプの本だよ、イタリア人の車の運転の仕方とか、スペイン人はどうして昼寝するかとか」

「借りてもいいかな？」

ジュンコがそう聞いて、反町は、もちろん、と答えたが不安と嫉妬が起こった。宮木という老人とジュンコが性的な行為をするのではないかという具体的でなまなましい不安と嫉妬ではない。ジュンコが他の男に興味を示しているという直接的な不安と嫉妬だ。この人がいなければ自分は大切なものを手に入れることができないという感覚、反町はその感覚を表わす言葉を捜したが見つけられなくて、依存とか信頼とか支配とか考えた末に、恋愛という陳腐な表現を思い浮かべたりした。オレは確実にその感覚が強まっている、だがジュンコも同じだとは限らない、そう反町は思った。ずいぶん前に小説で読んだ映画監督と女優のドロドロした関係を思い出し、それにも嫉妬した。最初その女優は監督を嫌っている、一本の映画ができる、女優はその映画を観てすばらしいと思う、女優は当然次の映画も自分が主役だろうと考える、だが監督はそれはまだ白紙だと女優に告げる、二人はそれまで何もなかったのに白紙であると監督が女優に告げた瞬間に恋愛関係が始まりそれは破滅に向かって進行する……オレはジュンコに対して絶対にそういう関係を持つことができない……

「ソリマチさん、わたしはトラックの仕事続けていいのかな？」

「構わないよ、ただ、いつになるかまだわからないわけだけど、映画の撮影が始まったら無理かもしれないね」

「始まるといいな」

「ああ、これで資金ができるわけだから」

「このおじいさんのところへ行く日は決まってるんだよね」

「うん、金曜日だ、四日後だよ、仕事が休みだっていうから金曜にしたんだけど」

「わかってる、ホテルかな？」

「そうだ、どこのホテルかはまだ連絡がない、たぶん当日指定してくると思う、用心深いんだよ、はじめに食事したいそうだ」

「わたしとおじいさんと二人で？」

ジュンコは『ワインとセニョリータ』という本を両手で抱きかかえるようにして、そう言った。

「そうだよ、オレはホテルまでは送るけど」

「ふーん、じゃ、服を選ばなきゃ、何か指定はあるのかな、ワンピースとか」

「ホテルのダイニングにふさわしい洋服だったら別に何でもいいそうだ」

そういう話をしていて、反町は、セックスはなし、ということ以外何も決められていないのだ、と思った。手は握ってもいいのか？　キスは？　服を脱ぐのか？　老人の性器に触れたりするのか？　そういうことはルールとして説明されていないが、食事をして話すだけで百万払う男はいない。覚悟を決めろ、と何百回と自分に言い聞かせたことだったが、実際にジュンコを目の前にしていると覚悟が簡単に崩れ、何か重くいやなものが内臓の隙間に詰まっていくのがわかった。

『ストレンジ・デイズ』ドアーズ

老政治家が指定した金曜の夜、反町は赤坂の超高層ホテルまでジュンコを送って行った。ジュンコは、それまでに反町が見たことのないような薄紫色のスーツでアパートから現われた。どう？　変でしょ？　髪もきちんとウェーブがかかりセットされていて、別人のようだと反町は思い、おかしくなんかないよ、きれいだよ、と言った。こういう服も持ってたんだな、いつ頃買ったものなのだろうか、昔付き合っていたという男に買って貰ったものかもしれない、反町は２４６を走る間、そういうことばかり考えていた。

「時間は六時間だが、多少の延長は覚悟してほしい、今、七時だから、夜中の一時見当だな、ソリマチさんは、このホテルの旧館と新館の連絡階にある喫茶店で、その時間に待っていてくれないか、喫茶店は、二十四時間営業だ」

ホテルのロビーにはシミズがいた。初めてジュンコを目の当たりにしたシミズは傍目にも気の毒なほど緊張して、じゃあ、参りましょうか、などと大昔の映画のような口調で言った。

反町はジュンコとシミズがエレベーターホールのほうに消えるのを見送った。二人は本当に奇妙なカップルだった。親子にも、祖父と孫娘にも、知り合いにも、年の離れた愛人にも見えなかった。超高級な娼婦とそのポン引き、やはりそれにいちばん近い、と反町は思った。ロビーで別れてからエレベーターホールに消えるまで、ジュンコは反町のほうを一度も振り返らなかった。さすがによくわかってる、と反町は思った。振り返って目を合わせたって、どちらかが救われるわけではない。

反町はゆっくりと、異様にゆっくりとロビーを横切り、自動ドアが開く油圧ポンプの音を聞き、生ぬるい風の吹くビルの谷間を歩いてパーキングに向った。今から約六時間、何をするか決めていない。六時間後に、どんな顔をしてジュンコに会い、どんな話をすればいいかもわからない。

パーキングは屋外にあり、二つの超高層ビルにはさまれている。あたりは既に暗くビルの壁面は灯りがびっしりと埋め込まれているように見える。メルセデスに乗り込んでも行くところがどこもない、そう思いながら反町は二つのビルを見上げた。メルセデスはアウディとトヨタの間に停まっているが、高級車ばかりの中でまったく目立たない。客を待っているハイヤーの運転手が何人かいる。車の外で仲間と喋っている者、煙草を吸っている者、車内でシートを倒して寝ている者、客から呼び出しがあるまで彼らは待っていなければならない。彼らは自分のものではない時間をつぶしながら待つ。反町は、運転手達がつぶしている時間が実際に見えるような気がした。そしてそれが固くまとまって、自分の中に入ってくるような感覚を持った。そびえ立つビルとその壁面を被う無数の灯りと高級車の群れとハイヤーの運転手達、反町はそういう景色に薄ら寒い既視感を持った。風景は語りかけている。

〈お前は、無力だ〉

四十を過ぎてそういう意識を持つとは思わなかった。突然会社に行くのがイヤになりCDやレコード盤やカセット・テープを捨て家族と別れて、結局向い合ったのは、自分は圧倒的に無力だ、という意識だった。この先たとえジュンコが数百万を老政治家とのロールプレイで稼いだとしても映画をつくれる保証はどこにもない。ジュンコは今すぐにでも力のある既成のプロダクションに入るべきではないかという思いは依然として反町の中にとどまっている。だからといって、今までのすべてを放棄するのは単にセンチメンタリズムにすぎない。ボクは君を愛している、でもボクには力がなくて君を幸福にすることはできない、だから別れよう、他の誰かと幸福になってくれ……それは優しさではなくただの感傷だ。ただ、ジュンコのことはよくわからない。ジュンコはマーロン・ブランドとタヒチの話をした。欲望と希望についてだ。彼女は、単に映画女優になりたいのか、それとも反町によって映画女優になりたいのか、わからない。ただし、ジュンコは自分で決めるだろう。新しく誰かと知り合ってその人間を反町よりも信用したら、その人間と組むだろう。ジュンコに去っていかれたらオレは何もできない、反町はそのことも長い時間考えた。別にそれでも構わない、などと思うことはできない。ジュンコが去っていったら、その空洞は決して埋まらないだろう。だが今そんな心配をしても仕様がない。

反町は、内臓の隙間に、ある大きさを持つ冷たい金属が埋められているような、いやな感じのままメルセデスに乗り込みエンジンをかけた。

パーキングを出て車のテールランプの列に入ったが、どこにも行くべきところはないし、家に戻るつもりもなかった。こんな気分は初めてだ、と反町は思った。ハイヤーの運転手達がたむろするところを通る時に、何かが自分の中に入ってきて、それは金属のように冷たくて重く内臓の隙間にとどまって、消えようとしない。ジュンコを老政治家に預けた瞬間からいやな気分になるぞ、と覚悟は決めていたが、生理的な感覚として憂鬱が襲ってくるとは思わなかった。どこへ行って何をしようか、と考える力はゼロではなくてマイナスだ。思考は停止しているわけではなく、脈絡のない陰惨なフラッシュバックで反町のイメージを充たす。ジュンコが裸で屈辱的なポーズをとっているところ、ジュンコが怒りや恥ずかしさのために泣いているところ、そして反町が自分で車を衝突させてフロントガラスに頭を突っ込んで血まみれで死んでいるところ。内臓の隙間にある金属がそういうイメージを誘っているわけではない。脳が勝手に映像を喚起しているのだ。

反町は首都高速の環状線に乗った。料金所の係員がまるで幽霊のように見えた。どうしてオレはこんなところを走っているのだろう、どうしてジュンコのいるホテルの部屋に押し入って老政治家を殴り倒そうとしないのだろう、ハンドルを違う角度に少し切るだけですべてを終わらせることができるのになぜそうしないのだろう、そういったことだけが意識を支配しているが、そういう問いに対する解答は信じられないくらい曖昧だ。ジュンコと一緒に映画をつくる、と呟くと、対向車のヘッドライトの通過にタイミングを合わせて笑い声が聞こえてくる。何百、何千という群衆の、嘲笑。

〈映画？　笑わせるな、そんなものいつできるんだ、できるわけがないじゃないか〉

オレは本当に映画をつくりたいのだろうか？　反町は笑い声が背後に流れ去っていくたびに自問しなくてはならなかった。自問の種類は無数にあり、もちろん解答はない。まるで巣の中で蠢めく蟻や蛆虫のような無秩序の自問。オレはジュンコのことを結局はどう思っているのか？　ジュンコのことを大切に考えているのか？　大切に思っているのだったらなぜ老人にその才能とからだを売ったりするのか？　セックスはなしだというルールを信用しているのか？　フェラチオはどうなのか？　当然そんなことをジュンコも考えたはずじゃないのか？　彼女はなぜノーと言わなかったのか？　ジュンコはある欲望を感じたのではないのか？　彼女は自分が買われることがイヤではなかったんじゃないか？　あの女はそういうことが好きなんじゃないのか？　オレはジュンコのことをあの女と呼んでそれで平気なのだろうか？　自問はあとからあとから蟻や蛆虫のように湧いてきて、触手が伸び、それぞれが絡み合ってグロテスクな考えやイメージになった。血だらけになって死んでいる反町自身と、裸で辱められて泣いているジュンコ。

いずれ渋滞はなくなってしまう、と反町はトンネルの手前で動かないテールランプの列を眺めて思う。あと一、二時間もすれば環状線の渋滞は減る。そうしたらオレはまるで檻の中のハツカネズミのようにグルグルと首都高速を走らなくてはならない。こんな思いをするためにオレは会社や家族と離れたのだろうか？　ジュンコの妄想、自分のからだの中にサナダ虫がいてそれが人格を持っているという妄想が初めて生理的に理解できるような気がしてきた。それとジュンコがなぜ巨大なトラックに乗っているのか、ということも。今、メルセデスで大渋滞の首都高速環状線にいるのではなく、排気量八〇〇〇ccのトラックで東名や東北道を走っているのだったらどんなにいいだろう、と反町は思った。混乱しているが、はっきりしていることもある。蟻や蛆虫が蠢めく地面や腐肉に、ガラスの欠片が落ちていて、それが光を反射するのが見えるような感じではっきりしていることはいくつかある。昔のほうがよかったとは反町は思っていない。自分でもそのことは不思議だった。家族ともう一度一緒に住み会社に戻りたいとはまったく思わないし、過去は懐しくない。ジュンコと知り合ったことは、後悔の対象じゃないし、それは珍しく自分が進んで受け入れた現実だ。血まみれの自分と裸のジュンコの他に支配的に浮かんでくるのはさっきパーキングで見たハイヤーの運転手達だ。彼らは煙草を吸ったり冗談を言い合ったり居眠りをしたりして時間をつぶしていた。時間がある実体となって、たとえば陶磁器を包装するビニールのようなものとして実際に見えて、夜の駐車場に拡がった黒い影の手の指がそれを一つずつつぶし、引き裂き、火をつけて燃やしているようだった。時間のビニールは乾いた音でつぶされ、間のびした音で引き裂かれ、鼻をつく化学的な匂いを出して燃え黒ずんだ酸化物がボタボタとコンクリートに垂れた。昔オレはああいう世界にいた、と反町は思った。誰もが単に時間をつぶしていてそのことに気付かず死ぬまでそれで終わってしまう世界。そして、まわりは、それでいいじゃないか、お前はいったい何が不満なんだ、という声だけで満たされている世界。反町のメルセデスのすぐ前の車のブレーキランプが苛立たし気に点滅している。渋滞の列はまったく進んでいないので、前の車のドライバーはギアをニュートラルにしてサイドブレーキをかけ、退屈しのぎにブレーキペダルを短い間隔で踏んでいるのだろう。ブレーキランプが点く度に反町の顔や手が赤く照らされる。点滅。この世の中には退屈と憂鬱だけがあって、いつの間にか人間はそのどちらかを選ぶ。ランプが点灯すれば憂鬱になり、消えている時は永遠の退屈だ、その他には何もない、何もないような気がする、ジュンコと深夜のコンビニで出会ってドアーズのカセット・テープを渡した時は胸がときめいたが、あの時は何かがあったのだろうか？ジュンコがヌードになったり、唇と唇でキスをした時には退屈ではなく憂鬱でもない何かがあったのだろうか？セックスをしてみたらどうだろうか？すべてを中和してくれるものが発生するのだろうか？たぶん何もない、と反町は思う。この世の中のあらゆるものは、退屈と憂鬱のどちらかであり、そのどちらかの予兆と余韻にすぎない。今やっとわかったが、たぶんこの世界には圧倒的に甘美な憂鬱というものが存在するはずだ。今、反町はすぐに嘔吐しそうなくらい憂鬱だがその他に何かしたいことはないし、昔に戻りたいとも思わない。老政治家とのロールプレイを終えたジュンコと今から五時間後に会って何をどう話せばいいのかわからない。彼女は口の中に老人の精液を受け入れた直後かもしれない、だがオレは彼女を三軒茶屋のアパートまで送っていき、シミズからは金を受け取るだろう、家に戻っていつものようにコニャックを飲む時、これまでにない自己嫌悪と無力感に包まれるだろう、ナカヤマに会ったばかりの頃、ナカヤマがチャイルド・ポルノの話をして、受け入れる、という言葉を使ったような覚えがある、どんなひどいことでも人間は必要ならそれを受け入れる、確かそういう話だった、筋肉弛緩剤を打たれた子供の肛門が信じられないほど巨大なペニスで犯されるのを見るのを、受け入れる、それが結果的に無理だった場合は嘔吐してさらに場合によっては発狂する。

渋滞のラインがゆっくりと動き出した。トンネルの壁面に何十本ものヘッドライトが交錯する。圧倒的に甘美な憂鬱は何をどの程度受け入れたかということで訪れるものではない。

受け入れるべきものはすぐ目の前に常に用意されているわけではない。退屈は受け入れるものではない。たぶん逆だ。ハイヤーの運転手達は退屈に受け入れられてしまったのだ。退屈は目に見えない多層状の隙間のようなもので意志がなくても受け入れられてしまう。退屈に受け入れられるチャンス、などというものは存在しない。退屈とチャンスはほとんど同義語だからだ。憂鬱は憂鬱として気体のように浮いているわけではない。憂鬱には目に見えるものとしての予兆がある。憂鬱の芽、憂鬱の予兆は必ずセクシュアルだ。心がときめくちょっとしたキス、そういうものの中にあらゆる憂鬱が隠されている。憂鬱を達成していく時に、必ず何かを受け入れなければならないということはない。憂鬱がその人間を受け入れるということもない。憂鬱は細い階段をえんえんと昇った果てにある広場のようなものだ。受け入れようと受け入れまいと、その意志には関係なく必ずそこへ行き着く。老政治家は彼個人の憂鬱にたどり着くためにジュンコを裸にするだろう、それだけは間違いがない、と反町は思った。老政治家は裸にしたジュンコを放置して彼女が恥ずかしがるのを眺めて楽しむかもしれない、そういう最悪の事態というのは自分の知らないところで確実に起こっているものだ、というよりも、確実なことはそれ以外にはない、退屈な人間は絶対にそのことに気付かない、何年か後にオレは今のこの憂鬱を懐しむことができるだろうか？　こんな状況で映画ができるとはまったく思えない、たとえ数百万の金が手に入ったとしてそれでどういうふうに映画への一歩を踏み出せばいいのかオレにもジュンコにもナカヤマにもわからない、オレはもうすぐ四十二になる、オレがやっているのはゴミのようなことだ、このオレがあのハイヤーの運転手達とどう違うかなんて考えたところで何かが始まってくれるわけではない、無力感から自由な人間は存在するのだろうか？　ジュンコと会ってオレはたとえ一瞬でも無力感から脱け出せた時があっただろうか？　バカなことを言ってはいけない、ジュンコと会うことによってオレは無力感と出会えたのだ、無力感によって何かが始まるなんてのは大嘘だ、だが無力感だけが自分の輪郭を認識させる、考えてみればすぐにわかる、オレはまわりと際立っているのを無力感によってのみ確かめてきた、別に無力感なんかほしいとは思わないし、それは二十代の後半になると退屈の裏側にうまく隠れてくれるものだ、そしてある時世界に亀裂が入り、唯一の真実という装いで無力感が押し寄せる……悪くない、と反町は呟いた。悪くない、あと五時間このまま環状線をグルグル回り続けるのかどうか、それさえもオレは決めていない、五時間後にジュンコと会うのは死ぬほど憂鬱だし、老政治家の匂いと感触を取り去るために彼女はシャワーを浴びていてまだ髪が濡れたままかもしれない、あまり口をきかないかずっと喋りっ放しかどちらかだろう、イタリアワインの話をするかもしれない、だがジュンコはオレが会ったことのない老人の前で全裸になった、オレはやりたいことの〇・一パーセントもやっていないし、それが本当にやりたいことなのかどうかもわからない、だが、悪くない……

「うん、感じとしては、悪くない」

反町は、声に出してそう呟いた。

解説

加藤弘一

インターネット上で風俗嬢が発表した文章が、最近、いくつか本になった。元になったホームページは前から有名だったが、現在のパソコンは目が疲れるので、わざわざ読もうとは思わなかった。今回、本になったのを機に読んでみたところ、どれもじめついたところのない、スカッとした文章で、おもしろかった。

彼女たちのホームページを起点に、あちこち見て歩いたが、あるわあるわ、おびただしい数の風俗嬢サイトが店開きしている。写真と源氏名を公開した宣伝的なものが多いが、読者の悩みに真剣に答えている人生相談ページや、吉原の歴史をこつこつ調べた研究ページまである。だが、一番人気のあるのは本音系のページで、本になっているのはこのジャンルである。

風俗にはいった経緯《いきさつ》、客との心理的駆引《かけひき》、恋人や親に隠している後ろめたさ、性病、変態客の奇怪な生態など、風俗業界にはシリアスなネタがいくらでも転がっているが、彼女たちの多くはハイリスク・ハイリターンの仕事と割り切っていて、自分を可哀想がる暇《ひま》があったら、ハイリターンの部分をより多く味わおうとしているように見える。彼女たちは店に所属していても、基本的に個人営業であるから、世の男どもと違って、個人として自立せざるをえないのである。

村上龍も現役のＳＭ嬢、藤木りえとの共著『世のため、人のため、そしてもちろん自分のため』を出版した。この本は、村上が主宰するＪＭＭというメールマガジンに連載した往復メールをまとめたもので、一応、本音系にはいるだろうか。

ＪＭＭは経済問題や教育問題といった硬《かた》い話ばかりなので、息抜きのために風俗嬢を引っ張りだしたのだろうと思っていたが、それだけではなかったらしい。藤木はＳＭ嬢とはいっても、その方面の嗜好《しこう》はなく、アルバイトとして「商業ＳＭ」をやっているだけということで、男性読者が期待するような話題はほとんど出てこない。むしろ、天下国家を論じていると「世のため、人のため」的な色彩が強くなってしまうので、それをもう一度「自分のため」という等身大の視線に引きもどす役割を果たしているようである。

村上龍は昭和の末年に『トパーズ』で等身大の個人として、剝《む》きだしで生きる風俗嬢群像を描いて衝撃をあたえたが、十年たって『トパーズ』の世界が日常化したわけだ。

＊

村上は『トパーズ』の後、『コックサッカーブルース』、『イビサ』、『エクスタシー』と、風俗嬢をヒロインにした長編小説を次々に発表している。日本では永井《ながい》荷風《かふう》や吉行《よしゆき》淳之介《じゅんのすけ》のように、娼婦を描きつづけた第一級の作家がすくなくないが、この時期の村上もその伝統に棹《さお》さしていたと言える。本作、『ストレンジ・デイズ』のジュンコは、トラック運転手をしている女優の卵だが、結末で政界の大物相手にロールプレイというエロチックな遊びを提供することになるから、風俗嬢ものの一つに数えてよいだろう。

一連の作品の中で、もっとも重要なのは『コックサッカーブルース』だろう。この作品は世の中の価値観を覆《くつがえ》す女性によって、男たちが救済されるというテーマで、『トパーズ』ではまだ混沌としていたＳＭの世界に構造をあたえたからだ。『イビサ』やヤザキものなど、一連の傑作は『コックサッカーブルース』で切り開いた地平で書かれている。『コックサッカーブルース』は村上の転換点となった作品なのである。

娼婦による救済というテーマは特に新しいものではない。ドストエフスキーの『罪と罰』がそうだし、トルストイの『復活』もそうだ。人を救済することのできる存在は、何らかの意味で世俗を越えた神聖性をおびていなくてはならない。幼くて汚れをまだ知らない少女や、潔斎《けつさい》して神に全生活をささげた斎宮などだが、娼婦は逆の意味で世俗的な秩序を越えているので、やはり聖なる存在になりうるのだ。

『コックサッカーブルース』のヒロミは、自己嫌悪を極限まで高めて、破壊的なSMプレイをくりひろげる。SMプレイは性行為として倒錯的なだけでなく、性のタブーをも含むこの社会の秩序そのものを転倒するという意味で、二重に倒錯的な行為である。相手を鞭《むち》打ったり、糞便を食べたりするのは、本能の充足といったようなものではなく、世俗の価値観を覆すことであり、公序良俗やモラルといったもので支えられた自己を脱することである。その意味でSMとは「神秘主義」そのものであり、ヒロミはジャンヌ・ダルクのような聖女となるのである。

だが、風俗嬢を神聖視するのは、風俗嬢を特別な存在として棚上《たなあ》げすることにつながる。それは風俗嬢を等身大の個人として描いた『トパーズ』の世界からの後退であろう。『コックサッカーブルース』は『トパーズ』の混沌に構造をあたえたが、混沌の可能性を狭める結果にもなったのである。

それだけではない。風俗嬢になるにあたっての心理的壁がどんどん薄くなっているという『トパーズ』的現実が進行している現在（それは最終的に「援助交際」の蔓延《まんえん》という事態につながる）、娼婦であるというだけで、人を救済できるほどの神聖性をもてるのかという問題がある。もはやソーニアやカチューシャの時代とは違うのだ。

村上の描くヒロインが風俗嬢であると同時に、スピリッチュアルな能力をもっているのも、もはや娼婦が特別な存在ではなくなったことを示しているだろう。

*

『ストレンジ・デイズ』には『コックサッカーブルース』のような新しさはなく、一見、おなじみの村上的アイテムを寄せあつめて書かれているように見える。スピリッチュアルな娼婦と彼女に救済を見る絶望した中年男、横文字職業の内幕、政財界の大物が楽しむ秘密のプレイ、人身売買、女性のトラックドライバー、東京西郊の地主の息子、外国を本拠に活躍する作家(名前までヤザキとトウジを組み合わせたスザキトウジだ)、等々。形式まで、『恋はいつも未知なもの』以来の、好きな曲に想をえた連作短編形式だ。

もしかしたら、『ストレンジ・デイズ』は、『超伝導ナイトクラブ』のように、はっきりした構想もなく、ゆきあたりばったりに書きはじめられた作品なのかもしれない。最初の五章の迷走ぶりがそれを物語っている。

しかし、サンタナの『ブラック・マジック・ウーマン』を冠した六番目の章から、ギアはいきなりトップにはいり、小説は暴走をはじめる。曲名をならべた連作短編形式は名目だけのものになり、ヒロインのジュンコに宿ったサナダ虫のような異生命がうごめきだす。

なにがおこったのだろうか？

ヒロインのエキセントリックな才能に、周囲が巻きこまれ、支配されるというシチュエーションは、『コックサッカーブルース』以来、たびたび描かれてきたが、『ストレンジ・デイズ』の場合は、似ているようで違う。

CD‐ROMの撮影現場の場面を読みかえしてみよう。スタッフたちは、この撮影を収入の足しにするだけのやっつけ仕事と割り切って現場に来ている。ジュンコのことはただの無名のヌードモデルと決めてかかっていたが、彼女の存在感と演技によって、自分の中の野心と自己嫌悪を呼び覚まされ、極度の緊張に追いやられる。その気まずさを逃れるために、スケープゴート探しがはじまり、最初に不用意に下品な下着を広げたスタイリストの女が、次に映像にたずさわる者としての最低限の感受性すらもたないメイクの男が生贄《いけにえ》になる。メイクの男は、なぜ自分以外のスタッフが、どこの誰ともわからないヌードモデルごときに気を遣《つか》っているのかわからず、鈍感な振る舞いをつづけたので、ついには殴《なぐ》られ、蹴《け》られ、わけもわからず謝りはじめる。このすべてが、微速度撮影のように、細密に切り分けられて書きとられていくのである。

同じような場面を描くのでも、『ストレンジ・デイズ』は、時間を三倍から四倍細かく切り分けているような印象を受ける。従来の村上の小説が、ヒロインの異能を、一秒間に二四コマで撮っていたとするなら、『ストレンジ・デイズ』では一秒間に七〇コマから一〇〇コマで撮っているのだ。

この差は圧倒的である。ジュンコにふりまわされるスタイリストの女の精神が、より精密に腑分けされた結果、われわれは彼女のような才能をもたない人間も、ジュンコがかかえているのと共通の問題――サナダ虫のような異生命――をかかえこんでいることを納得する。

それは語り手である反町《そりまち》についても同じだ。ある意味で、彼とジュンコの関係は、『エクスタシー』と『メランコリア』に登場するヤザキとレイコの関係をなぞったものだが、ヤザキの絶望は通常の速度で描かれているので、妙な男が、妙なことにこだわっているぐらいにしか受けとれない。彼に共感できる読者はほとんどいないだろう。だが、反町の絶望は違う。細密に分析される表情の一瞬一瞬の変化は、嫌になるくらいわれわれに似ている。そして、彼にそうした動揺を引き起こしたジュンコも、われわれから遠い存在ではない。彼女が病理をかかえているとしても、それはもはや例外的な病理ではなく、万人が共有する時代の病理なのである。

この病理を象徴するのが「サナダ虫」である。「サナダ虫」自体は、おそらく、作中に挿入されるマリア・カラスの挿話がヒントになっていると思われるが(カラスはサナダ虫でダイエットしたという伝説がある)、寄生虫というテーマは、作者の予想を超えてむくむくと育っていき、ついにはこの作品を食いやぶり、近作の『共生虫』にまでつながっている。寄生虫というテーマには、村上の、あるいは時代の無意識に激しく共鳴するものがあるのだろう。

その意味で、『ストレンジ・デイズ』は『コックサッカーブルース』に匹敵する、重要な作品だと思う。村上が寄生虫妄想に基づく作品をこれからも書くかどうかはわからないが、一段階を画する作品であることは間違いない。

本書は角川書店発行「月刊カドカワ」一九九三年六月号〜一九九六年九月号に連載、小社より単行本として一九九七年七月に刊行されました。

ストレンジ・デイズ

村上《むらかみ》 龍《りゅう》

2000年8月15日第1刷発行
2001年10月30日第5刷発行

発行者——野間佐和子

発行所——株式会社 講談社

東京都文京区音羽2-12-21 〒112-8001

電話 出版部 (03) 5395-3510
販売部 (03) 5395-5817
業務部 (03) 5395-3615

Printed in Japan

講談社文庫

定価はカバーに
表示してあります

デザイン—菊地信義

製版——株式会社精興社

印刷——信毎書籍印刷株式会社

製本——株式会社大進堂

落丁本・乱丁本は小社書籍業務部あてにお送りください。送料は小社負担にてお取替えします。なお、この本の内容についてのお問い合わせは文庫出版部あてにお願いいたします。 (庫)

ISBN4-06-264914-4

講談社文庫刊行の辞

二十一世紀の到来を目睫に望みながら、われわれはいま、人類史上かつて例を見ない巨大な転換期をむかえようとしている。

世界も、日本も、激動の予兆に対する期待とおののきを内に蔵して、未知の時代に歩み入ろうとしている。このときにあたり、創業の人野間清治の「ナショナル・エデュケイター」への志を現代に甦らせようと意図して、われわれはここに古今の文芸作品はいうまでもなく、ひろく人文・社会・自然の諸科学から東西の名著を網羅する、新しい綜合文庫の発刊を決意した。

激動の転換期はまた断絶の時代である。われわれは戦後二十五年間の出版文化のありかたへの深い反省をこめて、この断絶の時代にあえて人間的な持続を求めようとする。いたずらに浮薄な商業主義のあだ花を追い求めることなく、長期にわたって良書に生命をあたえようとつとめるところにしか、今後の出版文化の真の繁栄はあり得ないと信じるからである。

同時にわれわれはこの綜合文庫の刊行を通じて、人文・社会・自然の諸科学が、結局人間の学にほかならないことを立証しようと願っている。かつて知識とは、「汝自身を知る」ことにつきていた。現代社会の瑣末な情報の氾濫のなかから、力強い知識の源泉を掘り起し、技術文明のただなかに、生きた人間の姿を復活させること。それこそわれわれの切なる希求である。

われわれは権威に盲従せず、俗流に媚びることなく、渾然一体となって日本の「草の根」をかたちづくる若く新しい世代の人々に、心をこめてこの新しい綜合文庫をおくり届けたい。それは知識の泉であるとともに感受性のふるさとであり、もっとも有機的に組織され、社会に開かれた万人のための大学をめざしている。大方の支援と協力を衷心より切望してやまない。

一九七一年七月

野間省一

講談社文庫 目録

講談社文庫　目録

毛利恒之　月光の海
毛利　衛　宇宙実験レポート〈スペースシャトル エンデバーの旅〉
森口　豁　最後の学徒兵〈BC級死刑囚・田口泰正の悲劇〉
森まゆみ　抱きしめる、東京〈町とわたし〉
百田まどか　妻はオイシ過ぎる
百田まどか　出産は忘れたころにやって来る
森田靖郎　東京チャイニーズ〈裏歌舞伎町の流氓たち〉
森田靖郎　新宿幇〈東京チャイニーズ〉
森田靖郎　密航列島
森　博嗣　すべてがFになる〈THE PERFECT INSIDER〉
森　博嗣　冷たい密室と博士たち〈DOCTORS IN ISOLATED ROOM〉
森　博嗣　笑わない数学者〈MATHEMATICAL GOODBYE〉
森　博嗣　詩的私的ジャック〈JACK THE POETICAL PRIVATE〉
森　博嗣　封印再度〈WHO INSIDE〉
森　博嗣　まどろみ消去〈MISSING UNDER THE MISTLETOE〉
森　博嗣　幻惑の死と使途〈ILLUSION ACTS LIKE MAGIC〉
森　博嗣　夏のレプリカ〈REPLACEABLE SUMMER〉
森　博嗣　今はもうない〈SWITCH BACK〉
森　博嗣　数奇にして模型〈NUMERICAL MODELS〉

森枝卓士　私的メコン物語〈食から覗くアジア〉
森　浩美　推定恋愛
諸田玲子　空っ風
柳田邦男　ガン回廊の朝《あした》(上)(下)
柳田邦男　ガン回廊の炎(上)(下)
柳田邦男　「人間の時代」への眼差《まなざ》し
柳田邦男　いのち〈8人の医師との対話〉
柳田邦男　この国の失敗の本質
山田風太郎　戦中派不戦日記
山田風太郎　婆沙羅
山田風太郎　甲賀忍法帖〈山田風太郎忍法帖①〉
山田風太郎　忍法忠臣蔵〈山田風太郎忍法帖②〉
山田風太郎　伊賀忍法帖〈山田風太郎忍法帖③〉
山田風太郎　忍法八犬伝〈山田風太郎忍法帖④〉
山田風太郎　くノ一忍法帖〈山田風太郎忍法帖⑤〉
山田風太郎　魔界転生(上)(下)〈山田風太郎忍法帖⑥⑦〉
山田風太郎　江戸忍法帖〈山田風太郎忍法帖⑧〉
山田風太郎　柳生忍法帖(上)(下)〈山田風太郎忍法帖⑨⑩〉
山田風太郎　風来忍法帖〈山田風太郎忍法帖⑪〉

山田風太郎　かげろう忍法帖〈山田風太郎忍法帖⑫〉
山田風太郎　野ざらし忍法帖〈山田風太郎忍法帖⑬〉
山田風太郎　忍法関ヶ原〈山田風太郎忍法帖⑭〉
山村美紗　マラッカの海に消えた
山村美紗　葉煙草《シガリロ》の罠
山村美紗　花の寺殺人事件
山村美紗　ガラスの棺
山村美紗　三十三間堂の矢殺人事件
山村美紗　ヘアデザイナー殺人事件
山村美紗　京都紫野殺人事件
山村美紗　京都新婚旅行殺人事件
山村美紗　京都愛人旅行殺人事件
山村美紗　京都再婚旅行殺人事件
山村美紗　大阪国際空港殺人事件
山村美紗　小京都連続殺人事件
山村美紗　シンデレラの殺人銘柄
山村美紗　グルメ列車殺人事件
山村美紗　シンガポール蜜月旅行殺人事件
山村美紗　恋盗人

講談社文庫　目録

2001年9月15日現在